サニー

コリン・オサリバン
堤 朝子 訳

SUNNY
BY COLIN O'SULLIVAN
TRANSLATION BY ASAKO TSUTSUMI

ハーパー
BOOKS

SUNNY

BY COLIN O'SULLIVAN

First published in 2018 as *The Dark Manual* in Dublin, Ireland,
by Betimes Books.

Published by K.K. HarperCollins Japan, 2024

この本の精神を、
わたしの子どもたち
レイナンとニーナ
(日本人でありアイルランド人
アイルランド人であり日本人)
に捧げる。
お互いの最良の部分をもって、
賢く、美しく
輝いてほしい。

サニー

おもな登場人物

スージー・サカモト――ウェブニュースの記者。アイルランド人
マサ・サカモト――スージーの夫。ロボット工学者
ゼン・サカモト――スージーとマサの息子。8歳
ソリコ・サカモト――マサの母親。スージーの義母
ハルト・マツモト――〈スコア・バー〉のバーテンダー
ミクシー（ミツキ）――〈スコア・バー〉の常連客
オサナイ――スージーの上司
コウダイ・キムラ――バスケットボール選手
サニー――サカモト家のホームボット

1

暗闇に光るふたつの赤い球体。それしか見えないことがある。夜、すべての明かりが消えたあと、こちらを見返してくるのはそれだけだ。漆黒の闇で光るふたつの赤い球体。

それは目だ。真っ赤だが、血が通っているわけではない。奇妙に感じられるのはそのせいだ。血も通っていないのに赤く、白目のない目は奇妙だ。虹彩もなく表情も変わらない。

そのうえ瞬《まばた》きもしない。ホームボットが瞬きする必要はないからだ。目にゴミが入っても痛くもかゆくもなく、ものもらいができる心配もない。それに泣くこともない。涙管もないし、そもそも泣く理由がどこにある？

夜。明かりが消えたあと。ふたつの赤い球体が暗闇で光っている。

ロボットはまだ感情を持っていない。その途上にあるのかもしれないが、スージー・サカモトはそこまで深くは考えていない。考えているのは、死亡が確実視されている夫と息子のことで、最近は自分も死んでしまいたくなっている。毎晩のようにソファで丸くなって無為に過ごし、腹を立て、傷つき、本当は食べたくないのに空腹を覚え、すべてを終わらせるにはどうすればいいか考えている。最終的な解決策を。そんなものがあるのだろうか。ここから抜け出す方法が本当にあるのだろうか？

体長一メートルのシルバーのホームボット（SH．XL8型）がリビングルームの床を掃除している。ほぼ音をたてることなく、重力などないかのように床から浮いて、足の裏から埃を吸い上げている。まるでボディなどなく、プラスチックやクロム、金属といった何か硬いものに押しこまれた、コンパクトで複雑な配線や回路の塊などではないみたいにホバリングしている。その硬い素材が実際は何か、スージーは知らないが特に気にしているわけでもない。考えなければならないことがほかに山ほどある。埃はロボットの下部にあるフィルターに集められて圧縮される。フィルターはのちにロボット自身によって取り外され、ゴミ箱に捨てられる。そう、ロボットは自分でフィルターを外すことができるやり方を知っているのだ。大騒ぎすることなく自分をきれいにできる。大げさな動きをすることなく淡々と仕事をこなせる。あらゆる雑事がこうして片付けられていく。淡々と。ホームボットは熟練の域に達しつつある。

その無駄のない動きについてはあまり考えないようにしているが、最近――白状するとつい最近になってよく考えるようになった。なぜならずっと一緒にいるせいで、ふつふつと怒りがこみあげてくるからだ。スージーはこのマシンと一緒にいるのがいやでしかたなく、憎しみを抱いている。これまでの人生で、こういう感情が湧いてきたことはなかった。深夜に放送されるどぎついドラマや、スクリーンを埋めつくすニュースでしか知らないものだった。

憎む？　これまでだれかを憎んだことなどなかった。テロとミサイルまでは。息子がいなくなるまでは。夫がいなくなるまでは。空に煙が立ちのぼり、存在があやふやになるまでは。

ホームボットが現れるまでは。

もちろんすべて自分でやれる。マシンを開け、埃をかき出し、内部をきれいに掃除することも……そうしたいと思えば。料理だって、ほかにもいろんなことができる。スージーは有能だ。無能ではない。必要とあれば自分の面倒は自分で見られる……だがその必要はやってこない。だからずっとここで、子宮のような部屋でじっとしている。ひどい状態で。深い絶望のなか、哀れみを誘うほど混乱した頭で。胎児のように丸くなった三十五歳の女を身ごもるなんて、世界はどうなってしまったのだろう。重力がスージーをその場に押さえつけている。最近、前より重力がずっと強くなったように感じられ、骨は鉛《なまり》のようで動かすのも難しい。スージーは縛りつけられている。この場所に深く。しっかりと、恐ろしいほど頑強に。

いまこの瞬間に、目的意識を持って動いているホームボットを見ていると、しだいにいらいらしてくる。なじられているように感じる。あの軽やかな動きが人の神経を逆撫《さかな》でしているのを知らないのだろうか。流れるような動きとブーンという音。掃除、整理整頓――これらは女が自分の家でやるべきことだ。スージーのようにだらだらしているのではなく、女はシャキッとしててきぱき働かなければならない。自分の家に誇りを持っていなければならない。あふれるほどの情熱を持って。雑巾とバケツとほうきとちりとりを手に、家じゅうを走りまわっているべきなのだ――ほかの家の日本女性はみんなそんな感じで、当然のようにフル回転で働く。そう期待されているから。けれどもスージーはそれに向きあえない。何ごとにも向きあえない。目は固く閉じられている。けれども、暗闇はなんの安らぎももたらしてはくれない。

音楽がやかましく鳴っている。隣近所に聞こえていたとしても、隣人たちは決して文句を言ってこない。スージーが外国人で、言葉が通じないのを知っているからだ。耳が聞こえないか、救いようがないほど鈍い人を相手にするように声を張りあげても、ゆっくりゆっくり話しても、理解できないと思っている。彼らはこんなふうに手厳しく、辛辣な解釈をして、あっという間に結論づける。彼らが何も言ってこないのは、スージーが辛い思いをしているのを知っているからでもある――スージーが住む地区は狭く、住民は噂《うわさ》話が好きで、彼女をそっとしておいたほうがいいと思っている。大騒音のなかで何をしているのか知らないが放っておけばいい、少なくとも当面のあいだは。外国人、特に生活習慣のまるで異なる外国人は、好きにさせておけばいい。みんなそう思っている。この地域の人々は親切で礼儀正しいし、助けを求めれば手を貸してくれるが、本心では関わりたくないと思っている。本当は遠巻きにしていたいと。決して近づきすぎることはなく、むしろ遠ざかっていく。

　彼らがよくカーテンの向こうからこちらをうかがっているのは知っている。スージーが気づくと、さっと部屋の奥に引っこむ。先日は背の高い人影がこちらを盗み見していた。噂好きな女性ではなく、体格のいい長身の男性のようだった。いったい何を見ていたのだろう。家に出入りするところを見て、何がおもしろいのだろう？　けれども彼らが何をしようが、何を考えていようがどうでもよかった。つまらない人生と折りあいをつけようとしているのだろう。好きなだけ見ればいい。覗《のぞ》き見すればいい。いまのスージーには大音量の音楽があれば充分だ。子宮のような部屋で、うるさくて耳鳴りがするような音楽に包まれていたい。子宮《ウーム》、それとも墓場《トゥーム》だろうか？　ときどき、どちらがどちらかわからなくなる。ウーム、トゥーム。その韻は、いまスージーが浸っているサウンドに合えばそれでいい。シンプルで示唆的な言葉。最近よく聞いているのはドローン・ミュージックだが、低音がひたすら続くそれを「音楽」と呼ぶのに抵抗を感じる人もいるかもしれない。それは家じゅうのスピーカーから聞こえてくる。壁から。天井から。床からは低音の振動が伝わってきて、ソックスに包まれた足を震わせ、無防備なつま先をマッサージしてくれる。自分でそんなふうに設定した。それがスージーの望むものだから。重苦しいドローンの響きは〝死の行進〟そのものだ。暗い地下牢《ろう》を抜けてこちらめがけてやってくる。不吉な音を轟《とどろ》かせ、鎌を振りかざして。スピーカーから流れるノイズに耳をすまし、すべてを受け入れる。抱擁すらし、最悪を予期する。けれどもその主たる効果は――その不愉快なほど大きな重低音の役割は、スージーの思考のノイズ、心のなかでずっと続いているおしゃべりをかき消し、ヒリヒリした悲しみを押し流すことにあった。だが今夜はうまくいかない。どの夜もうまくいったためしがない。これでは充分ではない。まったく充分ではない。

身体が埋もれそうなソファに沈みこみ、一点を見つめている。表情はうつろで気だるげ、生気が感じられない。目は大きく見開かれているものの、実際は何も見てはいない。以前は力強く、活力にあふれた女だったのに。ジョークもたくさん言った。地元のパブで覚えた下品なジョークだ。かつては未来とそれがもたらすすべてを渇望していた。だが、いますべては崩れ去った。マサはいない。ゼンもいない。生きる力を吸いとられてしまった。

そしてホームボットは掃除を続けている。

ときどき動きを止めて、寝転んでいる人間に視線を向けてくるが、そんなときスージーは相手をじっと見返してやる。無表情ではなく、純然たる嫌悪をこめて。これがスージーの顔になりつつある。かつて彼女が未来とそれがもたらすすべてを渇望していたことなど信じられないだろう。向こう見ずで何かを追い求め、気力にあふれていたことなど……

「ミュージック、オフ」スージーはうなるように言う。

たちまち音楽がやむ。

「この音楽が好きだと思ってました、ミス・スージー」

ホームボットをもう一度見やる。今度は完全な侮蔑の表情で。心の奥底からたちまち憤《ふん》怒《ぬ》が呼び覚まされる。この機械の何にこれほどいらだつのだろう。いったい何に？

すべてにだ。

このロボットのすべてにだ。

「違うタイプのものをかけましょうか？」

まるで指示を待つように、広い楕円《だえん》形の顔がふたたび管理者のほうに向けられる。マサたちのチームはこう見せたかったのだ。カゴに入れられて草むらに置き去りにされた赤ん坊さながらの、純真でぽかんとした、ほとんど愚かといっていい顔。

ホームボットのボディは硬く、どっしりと構えている。いつもそんなようすだ。

硬い。

どっしりと構えている。

頭の横にある細く赤いライトが点滅し、明るい青に変わる。何年も前から使われているシンプルなライトで、マシンが作動中であることを人間に教えてくれる。この基本的な機能により、ロボットが何か実行していること、疑似神経メカニズムが作動中であることがわかる。実を言うと、スージーはその構造や設計、仕組みをほとんど理解していない――それはマサの分野だった。点滅するライトは、スージーがゲームに参加していること、決して注意を怠ってはならないことを教えてくれる。ただ、なぜかこのふざけたロボットを信用する気になれない。それだけのシンプルな話だ。あらゆる機能が搭載され、正式に認可された世界初の家庭用ロボットかもしれないが、ペットのように扱うのは……

ロボットに関する議論は数多くあり、スージーがほとんど理解できない日本語だけでなく、世界中の、機械仕掛けの家事使用人を取り入れはじめたほかの国々でも、さまざまな言語で展開されている。このところ先進国では、工場で使われている機械やロボットたちが突然動きだし、人間に危害を加えるようになったという話で持ちきりだが、スージーはその手の真偽のいかがわしい話は本気にしていない。テレビはただぞっとするような話で視聴率を稼ぎたいのだ。とはいえ、自宅の擬似思考する物体に注意しなければならないことはわかっている。最近はそれが現実だ。長年にわたって形づくられてきたもの。進歩、利便性、増進の名において行われる壮大な実験。それに対してこちらができることや、言えることはほとんどない。何ひとつ。進歩。そう呼ばれている。ポスターがいたるところにある。路上や電車内はもちろん、どこを向いても動画が目に入る。〝進歩は〟。そこで止まっている。文章はそこで途切れ、未完成に見えるが、もちろん完成している。〝進歩は〟

そういうわけでサニーがスージーの自宅に住んでいる。

そう、家事サービスロボットが自宅に住んでいる。名前はサニーだ。

スージーは、サニーの赤く光る目に自分の憂いを帯びた青い目を向ける。これまでになく警戒した目を。

「いいえ、けっこうよ、サニー」

吐き捨てるようにその名を呼ぶ。この悪意はどこから来るのだろう？　このところすぐにカッとして悪態をついてしまう。幼かったころ、それほど日差しの強くない夏の日、薄いサマードレスにライトブルーのカーディガンを羽織り、祖父と田舎道を散歩したものだった。スキップしたり口笛を吹いたり、少女らしいハイトーンの声で歌ったりしながら。心が浮き立ち、最高の気分だった。蜂蜜の夏とブラックベリーの秋、奇跡的に一面に氷が張った池でスケートをした冬。すばらしい未来への希望にあふれ、そういう未来がくると信じて疑わなかった。それなのに、いまでは絶え間ない憎悪に支配されている。頻度が増すミサイル発射、高まる戦争の脅威、姿を消したまま帰ってこない夫と息子、リビングルームを動きまわる機械、そしてこの、重力を感じさせない物体と四六時中一緒にいなければならないことへのいらだち。

この憎悪の感情。スージーの内側から生まれ、中心部から噴きだし、その悪臭がぷんぷん放たれている。

体内に埃を集め、圧縮して格納する。そこで埃を吸ったかと思えば、あそこで身体を浮かせている。みたいに、床から二、三センチ離れたところに浮いている。田んぼの上を飛びまわる鶴のように、突然空に舞い上がりそうだ。湿地のなかを歩くのと同じくらい、空を飛ぶのは気持ちがいい。サニーは無重力。サニーは鶴のように軽い。

スージーは重力しか感じない。身体の重さ、思考の重さ、悲しみの重さ。細胞のひとつひとつが痛めつけられて負荷がかかり、息を吸うたびにその重さに窒息しそうになる。

「埃の溜まった袋を空にしてきます、ミス・スージー。それからまた掃除を始めます。次はどの部屋をやりましょうか、ミス・スージー？」

スージー・サカモトは肩をすくめる。どうだってかまわない。

「いま肩をすくめましたか、ミス・スージー？　それはわからないという意味ですか、それともこちらに判断をゆだねるという意味ですか、ミス・スージー……？」

声は鼻声で、ときどき甲高くなる。どうしてマサはこんなふうに設定したのか？　終わりのない〝ミス・スージー〟。もう少し耳に心地いい、落ち着いた声にできなかったのだろうか。数百万種類のなかから選べたはずなのに。慌てて決めたのだろうか、とにかくスタートさせようとして？　でももう少し考えるべきだった。選択肢はあったはずなのだから。いまではこの声が残酷な冗談のように聞こえる。

サニーの繰り返しの質問に、スージーはふたたび肩をすくめる。ときどき弄《もてあそ》ぶ。どれだけ理解しているか確かめるために。指示もなく、あらかじめ設定されたプログラムもない場合、どれだけとっさに判断できるか確かめるために。テストだ。毎日少しずつ挑発している。油断させないでおく。それとも自分を油断させないため？

サニーの頭の横で青いライトが素早く点滅するが、ボディは相変わらず硬く、柔軟性はない。

「肩をすくめてほしいということですか、ミス・スージー？」

サニーはまた恐ろしいほどしつこい。いらいらする。休もうとするときにいつも邪魔してくる。体調を尋ねてきたりして平穏を乱す。そして恐ろしいことに、サニー以前を思い出せない。依存するようになる前、いや過剰に依存するようになる前はどんなふうだったのか。はるか昔に思える——だれもが、自分たちの家の自分たちの家事を、自分たちのために自分たちでこなしていた日々は。まるで違う時代の話のようだ。別の世紀の。サニーが来たのはそれほど昔ではない——せいぜい二年程度？　スージーは時間の経過がわからなくなっている。おそらくホームボットはずっとここにいる運命だったのだろう。そう運命づけられていた。彼らはずっとこの国のこの町にいる運命なのだ。世界は彼らの到来を待っていた——そうよね？　機械が救ってくれるという期待に目がくらんだのは人間のほうだった。救う？　何から？　わたしたち自身から？　掃除という家事から？

スージーは目を閉じる。頭のなかではライトはチカチカしない、波がぶつかる音がするだけだ。何度も何度も岩に打ち寄せるその音は、心を落ち着かせると同時に恐怖をかきたてる。死とはこういうものだろうか。これで終わりだと知るのは怖いかもしれないが、究極のところ、痛みを取り除いてくれるものなのかもしれない。鎌を振りかざすようなものではまったくなく。恐ろしいものではなく……

深呼吸しようとする。瞑想《めいそう》しようとする。吸って、吐いて。深く。自分を落ち着かせようとする。悪い思考を追い払い、遠くへ追いやろうと、もっと遠くへ……

吸って。吐いて。

深い瞑想――だが、これも効かないようだ。

「わたしが自発的に動くのを待っているのですか？　不可能なことではありませんが、ミス・スージー」

ホームボットはまだそこに立っている。彼らには忍耐力がある、限りない忍耐力が。その忍耐強さを見ていると、しだいに困惑してくる。何時間もそこに立って指示を待っている。彼らは生まれつき疲れを感じない。足の運びが遅くなったり、気分が落ちこんだり、頭が痛くなったり、だるくなったりしない。

「じゃあ畳の部屋をやって、そんなにしたいんなら。わたしは本当にどうだっていいの」

ホームボットはスージーの一言一句を理解する。おめでとう、マサ。サニーはスージーの言葉、アクセント、不明瞭なつぶやきすらほぼ理解する。なんて抜け目ない。目を瞠《みは》るほどよくできている。

「はい、ミス・スージー」

サニーは行きかけるが、スージーがまだ言い終えていないことを察する。

正しい判断だ。

管理者に背を向けたまま、動きを止め指示を待つ。

「家は充分きれいに見えるわ。目の前でときどき埃が舞うことがあっても気にならない。だって見るものがあるってことでしょ?」

サニーは動きを止めたままだ。頭を百八十度回転させてスージーに向き直り、細く青いライトをふたたび点滅させる。

「いまのは答える必要のない修辞疑問文ですね、ミス・スージー?　返事をする必要はないと思料します」

そんな言葉まで知っているとは!　おまけにあらゆる方面の知識を持っている。まるで教室のいちばん前にすわるガリ勉だ——顔を殴りつけたくなるような。あるいは〝たまたま〟転んで外れた眼鏡を〝たまたま〟踏んづけてしまいたくなるような、ウザいオタク。スージーは決して暴力的な子どもではなかった。こういう感情はいったいどこから来るのだろう?　サニーをできるかぎりの軽蔑の目で見る。野球のバットを取りに行こうかと考えることもある。用済みにしたくなって。徹底的に破壊し、息の根を止めたくなる。永遠に。さぞ楽しいだろう。間違いなく近所の噂話の格好のネタになる――静かな昼下がり、緑茶と煎餅を楽しんでいたら、頭のおかしいアイルランド女がシルバーの家庭用ロボットを叩き壊してばらばらにしたのよ。見てよ、あのキレかた。あの瓦礫《がれき》の山。ナットとボルト。ワイヤー。床一面に散らばって。窓から飛んできたのもあるわ。バットを振りまわして窓も粉々にしたの。手に負えないわね。回路基盤や煙をあげるシリコンチップがいたるところに散らばっている、あちこちに！　たいした見ものになるだろう。あちこちに散らばったサニー。もはやサニーではない。もはやサニーは存在しない。静寂が訪れる。もう

「ミス・スージー」は聞こえてこない。進歩は止まった。呼吸を整えるあいだ、科学はいったん足を止める。進歩は――ない。スージーはそれを心に留めておく。

サニーは身体を回転させ、古い西部劇のガンマンのように姿勢を保ち、腕を身体から離す。まるで銃を抜くように。

「仕事を続けて」スージー・サカモトは言う。

サニーは赤い球形の目をぐるぐるまわして部屋全体のようすを隅々まで観察し、何をすべきか判断する。分析する。そう。サニーにはそれができる。

「スクリーンに何か映しますか、ミス・スージー？　何か楽しめそうなものを？」

スージーは目を閉じてため息をつく。

「もう遅いです、ミス・スージー。そろそろ寝る時間です」

スージーにはもはや時間の感覚がない。すべて意味がなくなっている。時は姿をなくしてしまった。

「床《とこ》につく前にハーブティーはいかがですか？」

〝床につく〟！　なんて言葉！　イギリスの歴史ドラマのような言葉遣いをさせるのは、マサのアイデアだったのだろうか？　ヴィクトリア時代の小説のような？　執事とか従僕とか？　まったくもう。

ホームボットにいらいらさせられたあげく、ホームボットを無視して、スージーはもう一度ため息をつく。このポンコツと会話するのに、すべてのエネルギーを使い果たしてしまうことがある。

「ミスター・マサは、いつも寝る前にハーブティーを飲むことを勧めていますす」

スージーはぎゅっと目をつぶったままだ。額に余計なしわが寄り、目尻の小じわも目立ってきた。この二カ月ほどで溝が深まり、長くもなって肌に刻まれている。そのせいで三十五歳という実際の年齢より老けて見える。それともひどく疲れて、ものすごく疲れて見えるだけなのかもしれない。大変な目にあったのだから。そしてまだ終わっていないのだから。いつだって続きがある。スージーはそれを知っている。この世に生まれて三十五年、それくらいは知っている。終わりが来ることはない。むしろ、考えてみると……もっとひどいことが待ち構えている可能性だってある。小声で「いいかげんにしてよ《ファック・オフ》」とつぶやく。小声ではあるが、ホームボットなら聞きとれるくらいの大きさだ。少なくともスージーにはゲームをやるくらいのエネルギーが残っていて、こういうちょっとしたテストを楽しんでいる。

「すみません、ミス・スージー。指示が聞きとれませんでした」

スージーは目を開けて、全力で嘲りを示す。

「こう言ったの、けっこうよ。大丈夫、もう寝るわ」

ホームボットはどれくらい顔の表情を読めるのだろう？　どうしてもっとマサに質問しておかなかったのだろう？　そうできたときに。ふたりがここにいて、あれが周囲を動きまわっていたときに。どうしてもっと知ろうとしなかったのだろう。怠惰《たいだ》だったから？　そんなに単純な話だったろうか。わたしはずっとそうだった？　説明してあげるよとマサが言ってくれたときに、マニュアルを学んでおけばよかった。耳を傾けるべきだった。この家事用ホームボットはまだ試作品で、スージーの住む町にだけ導入されている。ほかの国にもおもちゃのようなものはあるが、ここまで進化していない。マサが働いていた会社〈イマテック〉は、彼の地元の町で華々しくこの新製品を発表し、ライバル会社の〈ワオミライ〉を大いに悔しがらせた。除幕式が開かれ、テープカットが行われた。テレビカメラが大写しにし、盛大な拍手が沸き起こった。万歳三唱があった。テクノロジーに万歳。

〝進歩は〟。けれどもスージーは、ほとんど関心を払っていなかった。大方の人と同じようにそのとき手に入るテクノロジーを受け入れ、たまたま使っている機械が――デジタルであろうがなかろうが――そのデバイスが不具合なく動き、もし不具合が生じた場合は、だれかがすぐに駆けつけて問題を解決してくれればそれでよかった。デバイスに望むのは、より長いバッテリー寿命だった――反対の意を唱える人はいないだろう。スージーはそうやって生活し、ほかの大多数の人たちも同じだと思っていた。とにかく昔のスージーはそうだった。ものを直すのが得意な賢い夫。技術屋の彼はなんでも直せた。天才――みんなにそう言われた。オタク――そうも言われた、敬意をこめて。彼はずっとそばにいるはずだった、でしょ？　マサはずっとそばにいて、もちろんいつものプロの技術で、なんでもあっという間に直してくれるはずだった。そうでなくなる可能性など考えたこともなく、一度として頭をよぎったことがない。

これからはだれがわたしを直してくれるのだろう？

「わかりました、ミス・スージー、もし何か……」

スージーはソファに身を起こし、召使いに厳しく命じる。

「コマンド。明朝六時三十分に再起動、七時に起こして。ホームボット・サービスシステムは待機モードに入る」

ホームボットはただちに動きを止める。目が点滅しながら赤から緑へ、そして真っ黒に変わる。この突然訪れる沈黙はすばらしい。ウィーンという音やブーンという音が完全に消える瞬間は何ものにも代えがたい。雑音が完全に消えて初めて、ずっと音がしていたことに気づくのだ。まるで真空に吸いこまれ、何も存在しない、その圧倒的な無のなかでぐるぐるまわっているような感覚だ。静けさと完全な平穏に包まれる。スージーはそれに溺れそうになる。

寝室で寂しげにあたりを見まわす。厳粛なスージー。陰鬱なスージー。その場に立ち尽くす、世界でいちばん悲しいスージー。

使い古してくたびれているものの、スージー史上もっともはきやすい寝室用のスリッパがベッドの足元に置かれている。ところがいま見ると、それはボロボロに破れている。これには何か意味があるはずだ。心地よかったのにいつの間にかズタズタに引き裂かれ、裏にこれまで知らなかった穴がある。孤独なときは、すべてのものごとが似通って見える。

衣装ダンス。衣服が整然と吊《つ》るされている。左側は彼女のもの、右側は彼のものというように、隣同士にきちんと整頓されて。けれども当然ながら、彼のものは最近は手つかずのままだ。こうしたことにいちいち胸がかきむしられる。考えただけで。もはや脚が入ることのないズボン、髪をくしゃくしゃにすることのないセーター、布地は強ばり、もはや服たちが楽しみにするものは香りのよい防虫剤しかない——こうして服を擬人化することも寂しい心のなせる技だ。階下には働き者のホームボットがいる。話し相手が欲しければ、あれに話しかければいい。どうしてそうしない？　想像してみれば？　リビングにすわってサニーとふたりでおしゃべりするところを。調子はどう、サニー？　奥さんとお子さんは元気？　今年の休暇はどこかすてきなところに行くの？

ドレッサーの上にはマサの櫛が置かれている。数本の黒髪が歯にからみついている。埃が付着して灰色になり、触れると粉々になりそうだ。こういうもの——スージーに対して陰謀を企む世界の無生物たち、こういうものたちが立ち上がってぶつかってくる。寄せては打ちつける波のように。スージーはひとりぼっちの、ボロボロになった岩だ。

姿見に映った自分を見てうなだれる。いま感じたのは羞恥心？　失望？　罪悪感？　ほかに見る人はいない、静まり返ったこの寝室でどんな顔をしていればいい？

打ちひしがれたスージー。ひとりぼっちで。ボロボロに破れて。これがいまのわたしだ。哀れな生き物。しかめ面の。以前のような満たされた人間ではない、そうではなくなってしまった。以前は未来とそれがもたらすすべてを渇望していた。スキップしたりスケートをしたり、蜂蜜を味わったり、ユーモアがあってエネルギーにあふれていた。

いまは違う。

スージーに手を近づけると、そのまますっと通過してしまうかもしれない。そこには肉体も血も、鼓動も骨もない。まるで幽霊だ。亡霊。

ゆっくりと服を脱ぎ、適当に放り投げる。靴下が衣装ダンスにぶつかる。スカートがぎこちなく宙を舞ってドアの前に着地する。いまだけ行儀の悪い子どもになる。自由で、お目付役もなく、周囲に行動を合わせなくても怒られない。祖父はいつもそういう奔放さをよしとし、周囲に影響を与える人だった。こういうときは祖父のことを考える。祖父なら、いまスージーのなかに子どもがいるのを見つけるだろう。大胆で遊び好きの子どもが。祖父なら幽霊を叱りつけ、その子どもを呼びだすだろう。人生はまだ続いている、祖父はそう言うだろう。人生はまだ終わっていない、大切にしなければならない、と。

マサのボクサーショーツと、胸に〝アイルランド人の幸運〟と書かれたよれよれのTシャツを着てベッドに入る。その皮肉はよく理解している。スージーならではのひねくれた解釈で、高く評価している。毎晩着て寝るのは当然のことだ。

毛布の下に入ると、凍えるような寒さがたちまちやわらぐ。愛するパートナーがいなくても、身体はあっという間に温まる。サイドテーブルの写真に目をやる。美しく撮られた家族写真。きちんとして、フレームに入っている。プロに頼んで撮ってもらったものだ。手を伸ばしてみると、指先に触れるのはただのガラスで失望する。慣れ親しんだ肉体ではない。このなかではみんな笑っている。この写真の、この記録のなかでは。三人とも光り輝いている。ほんの一、二年前のことなのに。ブランコや滑り台、ロッククライミングの設備があるアドベンチャーパーク……

けれども、このうちのふたりはいなくなってしまった。

目に涙が溜まり、頬に流れ落ちる前にぎゅっと目をつぶる。この数週間ずっとそうだ。もう数カ月になる？　胸が締めつけられる。時間。経過。喪失感。すぐに眠りが訪れ、夢を見ずにすむことを願う。

「消灯」

空っぽの家に指示を飛ばす。

照明は従う。

静けさと暗闇だけがあとに残される。

2

フクロウは夜に生きる。恐怖によって生きる。にらまれたネズミたちは、恐怖のあまりあたりを走りまわる。一刻も早く遠くに逃げようと、死にものぐるいで足を動かす。少しでも遠ざかろうとする。ネズミの足の速さときたら。恐怖に駆られ、錯乱したように逃げだすようすときたら。フクロウは冷静なポーズを崩さないが、小動物には大変な脅威だ。小さな心臓を鷲《わし》づかみにし、夜のパニックを引き起こす。

フクロウは自分より大きな動物を襲うことで知られている。アナグマ、犬、人間すらもその対象だ。闇夜の向こうからさっと舞い降りて、頭蓋の側面に襲いかかり――常に右側、常に頭の右側だ――鉤爪《かぎづめ》を突き立てる。引っかいてえぐり、その爪をできるだけ奥深くに食いこませる。ズタズタになるまでひと晩じゅう、あなたを引き裂くかもしれない。ひと晩じゅう、あなたをばらばらにしつづけるかもしれない。夜は恐怖をはらんで膨れあがる。

多くの人がこうした実態を知っているわけではない。フクロウについて考える人は多くないからだ。それが現実だ——なぜそんな必要がある？　彼らは夜行性の猛禽《もうきん》類で、人目につかない。人は見えないものは気にならず、目につかないようにしておくのがいちばんだ。

けれどもときどき。

本当にときどき。

ふたつの丸い目に見つめられているのに気づく。頭のうしろから、闇夜の向こうから。そして彼らの存在に気づいたとき。彼らが間違いなくそこにいると気づいたとき。あなたは警戒しなければならない。

夜陰に潜むフクロウ。恐怖を糧に。

3

スージー・サカモトはぼんやりしたまま身体を洗う。シャワーヘッドを見上げ、温かい湯を顔に受ける。こうするときいつも安堵《あんど》を覚える。表面の顔が溶けて、その下に何があるか確認している気がする。別の顔とかそういう意味？　それともエイリアンのようにまったく違う生命体？　そこに現れるのが人間の顔だったら、いまよりもっと美しいのだろうか？　自分がモデルのような容姿でないことは知っている。道ゆく人が思わず振り返るようなタイプではない。とはいえ他人に興味を持ってもらうくらいには充分魅力的で、すぐに打ちとけることができ、特別すばらしくはないものの、まずまずのボーイフレンドが簡単に見つかった。それはどこに行っても賞賛されるえくぼのせいだったかもしれないし、いつも褒められる生き生きした瞳のせいだったのかもしれない。それともつややかで豊かな髪のせいだったのだろうか。

夜はふたたび悪夢に悩まされる。まずは爆発して炎に包まれた飛行機が夢に現れる。次に海、波、そしてゴボゴボ言いながら沈んでいく人々、息をしようと必死にもがきながら沈んでいく人々。溺れる夢、海で溺れるのでなければ窒息する夢、溺れたり窒息したりするのでなければ、肌に火がつき、産毛がチリチリと焼ける恐ろしい光景がはっきり目に入り、皮膚が黒焦げになって剝がれ落ちる夢だ。

毎朝こうやって目を覚ます。ゴボゴボ言うか、喘《あえ》いでいるか、焼け焦げて。

すぐに起きて毛布を押しやり、シャワーの排水溝に夜を洗い流したくてたまらなくなる。夢と恐怖を洗い流し、不安と苦悩を取り除きたい。あるいはただ清潔になりたい。せめてそんなふうに一日を始めたい。ただ清潔な状態で。今日はどんな新しい顔が現れるだろう？　それとも前と同じ顔？　えくぼは？　三十年以上たったいまも瞳は生き生きしているだろうか、それとも四十に近づくと輝きは失われる？

裸のままスケールスキャナーに乗る。こめかみにセンサーを取りつける前から、キッパー（ユダヤ教徒のかぶる帽子）に似たヘルメットを頭にセットする前から、全身に緑のライトが走ってスキャンされ、機械的で聞き慣れた女性の声が告げる。

「体重五十四キロ。昨日より十グラム、先月より一キロ減っています。免疫系統が脅威にさらされているので、必須ビタミンとアミノ酸の摂取量を増やしてください。免疫機能を活性化し、病気のリスクを軽減するため亜鉛のサプリメントも増やしましょう。朝食は低脂肪牛乳か豆乳をかけた少量のミューズリー、最低三種類の新鮮なフルーツ、グラス一杯の……」

いったいどういうこと？　まだマシンに完全につながっていないのに、もうこんなふうに動いている。スージーのために働き、結果をはじき出し、聞きたくもない現実を告げる。

「コマンドシステム、オフ」スージーはいらだちまじりに言う。

その大げさな口上にはうんざりだ。何度も繰り返し批判を聞かされているが、この機械のお眼鏡にかなう完璧な人間なんているはずがない。欠点をあげつらうだけで、始まる前から一日を台無しにしてげんなりさせるのだ。一緒に健康になろうと、マサはいつも言っていた。公園での散歩。ジョギング。ヨガ。ダンスのクラス。だがいざとなると、マサにはいつも時間がなかった。まったく。一度瞑想のクラスに参加しただけで、何か運動のクラスに出たことはなかった。彼はいつもこの不愉快なマシンの制作にかかりきりだったから。厚かましく、残酷なほど正直なマシン。もちろんマサの会社の製品だから無料だった。最近はこれ以外の家電もほとんどつくっていて、自宅にある製品にはすべて〈イマテック〉のしるしがついている。スージーはよくふざけてマサの前で自分の腕や脚を調べ、ラベルやシリアルナンバーがついてないかチェックしたものだった。

けれどもいったいどうして、このバスルームで、この健康情報《ヘルス・インフオメーション》モニター（ＨＩＭ）は、スージーの同意もなく健康状態を読みとることができたのだろう？　センサーもつけていないし、指示も出していないし、コードや必要事項も入力していない。横についている容器に尿サンプルも入れていないのに……。まさか考えたのだろうか……スージー抜きで？

　タオルに手を伸ばしてマシンから離れると、それはたちまち動きを止め、稼働を示すライトが素早く消える。スージーは自分の妄想をぬぐい去ろうと全身を勢いよく拭き、深呼吸する。空腹でお腹が鳴っていることに気づき、何か食べなければと思う。こういう準備、身体機能の維持のすべてが面倒で、億劫《おっくう》になってきている。

　このまま衰弱してしまいたかった。可能なはずでしょ？　すべてやめてしまえば。すべて放棄してしまえば。食べるのをやめる。飲むのをやめる。痩せ衰えて、ピカピカのタイルの上で悪臭を放つドロドロした何かになるまで。〝そこをきれいにして、サニー！　その汚いものを片付けて、お願いだから！〟

　でもそうなるにはひどく時間がかかるはずだ。もしやるとすれば、さっさと終わってくれないと困る。蒸発。消滅。マジシャンがぱっとふたを開けると……箱の中身が消えている！

　スージーは歯を磨く。というより、歯ブラシがスージーの歯を磨く。スージーはただ持っているだけで、ほとんど動かさない。歯が黄色や緑になろうが、抜け落ちたり欠けたりしてみっともなくなろうが、だれが気にするだろう？　夫とやっていた歯磨きの儀式を思い出す。朝と夜の浄《きよ》めの儀式だ。電動歯ブラシを同時にスタートさせて、どちらのバッテリーが先に切れるか競争したが、毎回スージーのものが先に切れた。古いモデルだったのかもしれない。もしかしてだまされていた？　マサは〈イマテック〉の最新型を自分用にとっておいて、スージーには性能の劣る〈ワオミライ〉の製品を渡していた？　競争。マサのなかにはいつもそれがあった。

歯磨きの思い出に浸っていたスージーは、はっとうしろを振り向いた。いまそこに立っていたのは彼だった？　いま彼の存在を感じた？　マサの？　夫が帰ってきたのだろうか。数カ月前、ある映画を見た。事故の前のことだ。映画の最初から最後まで、死んだ男がシーツをかぶって動きまわり、悲しみに暮れる恋人を見守りつづける。恋人役の痩せてはかなげな美しい俳優は、あの時代の映画のほとんどに出演している。シーツをかぶっていようがいまいが、夫がうしろに現れるのであれば、スージーはなんでも差しだすつもりだ。

そしてまわりを飛び跳ねているはずの、愛する息子は？　ゼン。大切な息子。ふたりがいないと、この家は恐ろしいほど静まり返っている。静寂は——特にホームボットのそれはこの上ない喜びになることもあるが、刃《やいば》になることも知っている。

鏡の表面には蒸気しかない。水蒸気の夢。たちまち消えてなくなり、あとにはなんのイメージも残らない。映っているのは自分だけだ。不機嫌なスージー・サカモト。弱々しくて、途方に暮れている。もう一度うなだれる。あなたはそこにいるの、スージー？　本当にそこにいる？　そろそろ準備を始める頃合いだろうか、出発について考えるころ？　考えてみよう。深く考えよう。さあ、考えよう。いますぐ。

朝食のシリアルは、ゼンが好きだった子ども用だ。たぶんこれが勤務時間をやり過ごすのに必要なエネルギーを与えてくれる。砂糖がたっぷりまぶされているが、それだけだといってもいい。それでもスージーを前に進ませてくれる。ＨＩＭのアドバイスは無視することにしよう。そもそもなぜ毎朝あのいまいましい機械の上に自分から乗っているのかわからない。朝食カウンターの椅子に腰かけ、やわらかくなったシリアルを口に運ぶ。急ぐこともないし、大きな喜びもない。スージーの動作は多くがこんなふうになっている……とても機械的に。自分自身がロボットにすぎないのかもしれない。

つかの間、ゼンはこのシリアルが好きだったという思い出に浸る――いまとなってはこれが息子と同じ時間を共有していると感じられるひとときになっている。まるで時計の針を巻き戻し、観念の上では隣同士にすわっているというような。たとえこの甘くはかない瞬間、すぐに消える気まぐれなひととき、現実味のない時間のあいだだけでも。

壁にかかったスクリーンにニュース番組が流れている。ふだんほとんど気に留めていないが、今朝は画面に映る砂浜に目が吸い寄せられる。陰気な灰色の砂浜に、陰気なグレイヘアの女性レポーターが立っている。マイクを掲げ、意気ごみ、準備万端といったようすで、いまにも口を開きそうだ。

「サニー！」スージーは叫ぶ。

管理者の声にただならぬ切迫感を感じたのか、家の奥からサニーが答える。

「はい、ミス・スージー。いま行きます」

サニーはものの数秒で朝食カウンターに近づいてくる。サニーにいちばん近いのは犬だと、ときどき思うことがある。忠実で、相手を喜ばせようと一生懸命……でも違う、少しもかわいらしくない。ピンクの舌を垂らしてもいないし、目は潤んでも輝いてもいない。撫でたりさすったりしようとは夢にも思わない。ただの機械だ。

「コマンドはわからないけど、マサがよくやっていたことよ。これを英語に変えられる？彼女が何を言っているのかさっぱりわからない」

スージーの毎日はこの繰り返しだ。この国の言葉や文化になじめないことへの焦燥感、不慣れなことや乗り気になれないことへのいらだちでいっぱいだった。

サニーの頭が壁のスクリーンのほうを向き、点滅して赤から青に変わった目がテレビシステムに向けられると、レポーターの言葉がたちまち英語に吹き替えられる。

「爆発が起きたのは二カ月以上前ですが、遺体はいまでも岸に打ち上げられたりダイバーのチームによって発見されたりしています。まだ見つかっていない十人の遺体について、捜索隊はまだ希望を捨てていないと話しています。一方、海洋専門家は飛行機の残骸から生存者が見つかったり、数キロ流されて岸に打ち上げられる可能性はきわめて考えにくいと厳しい見方をしています」

スージーはスクリーンを凝視する。空中でスプーンが止まり、ミルクが滴り落ちる。ほんの少し前には甘い喜びだったものを、苦い薬だと言わんばかりに無理やり口に押しこむ。スージーの人生でものごとは急激に変化する。あっという間に苦痛に襲われる。呪われているのにちがいない。そうに決まっている。絶対に呪われている。

彼らが使う言葉が嫌いだ。〝遺体〟、〝まだ見つかっていない〟、〝残骸〟。どれもひどく残酷な言葉だが、最悪なのは〝きわめて考えにくい〟だ。無神経の極みだと思う。もちろんスージーは厳しい現実を知っている。わたしだってばかではない。飛行中の航空機の至近距離にミサイルが飛んできたら、気流が乱れて突風が吹き、機体が回転して円を描き、計器だかなんだかが狂って海に墜落する。もっとも可能性が高いのは全員死亡だ。それで終わり。そうじゃないの？　違うの？　その程度のことを推測するのに〝専門家〟である必要はない。この数年、北朝鮮はミサイルを発射しつづけている。実験。彼らはそう呼んでいる。ミサイル実験と。太った指導者と、それほど太っていない素朴な顔つきの取り巻きたちが成功に顔を輝かせている。脅《おど》しを楽しんでいるのだ。けれども早晩、何かを撃墜するか、航空機に近づきすぎて墜落させる恐れがあると考えられていた。そうなったら事故では片付けられない。行き着く先は戦争だ。いまその可能性がしきりに取り沙汰されている。何十年も前からそうだったように。だが、いまほど緊張が高まったのはかつてないことで、最終的に日本人はその緊張に耐えられなくなるだろう。緊張がこれ以上〝エスカレート〟し、〝くすぶ〟り、〝高ま〟る余地はなく、本格的な軍事手段に訴えるほかなくなるだろう。爆弾、爆撃、銃弾と流血……とはいえ、こうしたことは何ひとつ起こらないかもしれない。この手の考えはいまとなっては時代遅れで、古い映画でしかお目にかかれないものだ――スージーはよく父や祖父とそんな映画を見ていた。よく許したものだと思う。きっとふたりには予知能力があって、予兆を感じ、こういう映画がためになると思ったのだろう。〝いいか、スージー、おまえの未来にはこれが待っている、人類の未来にだ〟――すべてを終わらせるには、ボタンひとつかふたつでいい。核による終焉《しゅうえん》。スイッチをひねるだけですべてが瓦解し、のちに歴史家がその残骸を調べて読み解き、物語を伝えることになるだろう。だが、そのとき人間はひとりも残っていない。完全な殲滅《せんめつ》。その可能性がきわめて高い。だれがどんな話を語るっていうの？　スージーはそう考えて、自分がおもしろがっているのに気づく。

空港で夫と息子に別れを告げた日のことを思い出す。ゼンは初めて乗る飛行機に興奮しっぱなしだった。ふたりは韓国に行くことになっていた。マサに会議の予定があり（いつものように〝話をしに〟）、ゼンを一緒に連れて行くことにした。ちょうど夏休み中で、ほかの国を見ることはいい経験になると考えたのだ。話しあってはいたものの、まだゼンをアイルランドに連れて行ったことはなかった。長距離の移動になるが、教育上の利点もあるし、もう一方の親族とも絆を深めるチャンスになるだろうと。新たな冒険に胸を躍らせ、小さなリュックサックを背負ってセキュリティゲートをくぐり抜けていくゼンの姿はとてもかわいらしかった。ふたりはスージーに向かって手を振り、スージーも振り返した。ふたりがいなくなるのは寂しかったが、意味のあることだとわかっていた。スージーは息子を愛していた。いい母親だった。夫を愛していた。いい妻であろうと努力していた。自分の役割を、そのふたつの役割を気に入っていた。わかりやすく、まっすぐな愛だった。一緒にいるときはなんとシンプルだったことか。言葉にして伝える必要のない愛。ただそこにあるもの。あれが最後になるとどうしてわかっただろう？　最後に目にした光景――ゼンのリュックサックの背中に描かれたお化けのイラスト、お化けも旅を楽しんでいるように笑っていた。愉快で愛嬌《あいきょう》のあるキャラクター、シルバーのかわいらしいお化け……笑顔の……それがいまスージーに取り憑《つ》いて離れない。

軍の指導者たちの顔を思い浮かべる。あの晴れた日に、自惚《うぬぼ》れた笑みを浮かべ、光り輝くメダルをつけて正装し、気をつけの姿勢で立っている。そしてカウントダウン、点火、燃焼と続き、何も疑っていない空に向かってミサイルが打ち上げられる。戦争屋たちは拍手喝采し、この破滅をもたらすおもちゃにプライドと喜びを爆発させる。ミサイルの軌道が韓国に向かっている旅客機に近づき――ぶつかるほど接近する必要はない。そこまでの正確さは必要ないのだ――エンジンが爆発して炎に包まれ、機体は回転しながら火を消してくれる海に向かって落ちていく。

それで終わり。

　スージーは突然カッとなり、シリアルの入ったボウルをカウンターから払いのける。シリアルボウルは食器棚にぶつかって砕け、白い破片の塊になって床に静かに横たわる。

「消して！」スージーは怒鳴る。

「はい、ミス・スージー」

　灰色の砂浜にいるグレイヘアの女性が消え、寂しいキッチンにはふたたびひとりの女と機械仕掛けの使用人の沈黙が訪れる。

　ホームボットはおずおずと割れたシリアルボウルのほうへ近づいていく。スージーを見上げ、一拍おいたのち静かに尋ねる。

「床を掃除しますか、ミス・スージー？」

　スージーはにらみつける。嫌悪感を隠したいと思っても、できているかどうか自信はない。

「知らないんでしょ？」

「何をですか、マダム？」

　スージーは笑う。マダム！　最高だ――マサはこの言葉もプログラムしたのだ。感心させようとして？　だれを感心させようとして？　いまとなってはすべてが悪趣味ないたずらに思える。

「マダムなんてやめて。ミス・スージーだけで充分うんざりしてるんだから。あなたにはか丁寧な対応をさせるとか、マサが冗談のつもりでやったんだとしても……。あなたは何が起きたのか知らないんでしょ？　ゆうべあなたはまたこう言った。〝ミスター・マサは、ハーブティーを飲むことを勧めています〟。覚えてる？　そのクソみたいなひどい声でね。現在形で。まだ気づいてないんでしょ？　現在形はもう使えないの。こう言うべきだったのよ、〝ミスター・マサは、よくハーブティーを飲むことを勧めていました〟。よく勧めていました。彼が生きていたときは。彼が息をし、笑い、ひどいバーでひどいカラオケを歌っていたときは。木っ端微塵《こっぱみじん》になる前は。でもあなたにわかるわけないわよね？　わかるわけないでしょう？」

スージーの目は悪意に満ち、自分でもそれが眼窩《がんか》で赤く燃えているのがわかる。チクチクしてヒリヒリする。眠れない夜、熱い涙、苦しい気持ちと非難をぶつける相手がいないことへのいらだち。

「わかるわけないわよね。それか、わかってるのに……ううん、処理できないのね？　わたしみたいなふつうの人間、臭くて血の通った人間にだってほとんど処理できないのに、どうしてモノに、血の通っていないただのモノに……」

言葉が喉につかえてそれ以上吐きだせない。スージーは疲れ果てている。頭が混乱している。まさか、わかっている？　でもマサがプログラムしていなければわかるはずがない……それともすべてのニュースを取りこむようプログラムされている？　飼い主が病院から戻らなかったら、犬は飼い主が死んだとわかるだろうか。犬に死がわかる？　それともいないだけだと思うのだろうか。ホームボットは主人がいないことがわかるのだろうか。もしそうだとして、気にするのだろうか。朝食のシリアルのミルクが胃のなかで固まっている気がする。腸が締めつけられ、血圧が上昇する。

サニーは床の惨状のほうへ腰をかがめる。手を伸ばし、器用な指先でシリアルボウルの破片を拾い上げようとするが、スージーの命令で動きを止める。

「放っておきなさい。拾ってなんになるの？」

ホームボットは中腰の姿勢で固まっている。スージーのひと言ひと言になんと機敏に反応するのだろう。なんと素早く認識することか。スージーはスプーンを投げつける。それがサニーの頭に当たってカーンと金属音が響くが、サニーはなんの反応も見せず、これっぽっちの感情も示さない。

「痛くもないんでしょう？　感じるはずないわよね？」スージーは息を切らしながら言う。

サニーは身体をまっすぐに起こす。

「ミス・スージー……」

「遅れるわ。車をまわして」

サニーがキッチンの壁に取りつけられたパネルに近づいて手のひらで触れると、画面が蛍光グリーンに光る。家のわきにあるガレージのドアが開き、小さくエンジン音がしはじめたかと思うと、シルバーの小型車がガレージからするりと出てきてキッチンの窓の前に停まる。もし顔があれば、笑みを浮かべていることだろう。もしあの車に声があれば――スージーはあると確信しているが――小さくチャイムを鳴らすような声をあげているだろう。子どものような声を。〝準備できたよ！〟

「車内の温度は何度にしましょうか、ミス・スージー？」

「どうだっていい」

「今日の外の気温を知りたいですか？」

スージーは無視する。

「今日の天気予報は？　ミス・スージー」

「いいえ。どうだっていいの。なんだってかまわない。雨だろうが雹《ひょう》だろうが雪だろうが、雷鳴が轟《とどろ》こうがだれが気にするっていうの？　だれが気にするっていうのよ？」

ホームボットは、この手の修辞疑問文に答える必要はないことを知っている。どうして知っているのだろう？

小さな車が静かに音をたてながら待っている。

4

家の横のスペースに張った物干しロープに、女性が洗濯物を干している。衣類をかけるところはほとんどないし、動ける余地もほとんどないのだが、どうにかうまくやっている。このあたりに住むすべての女性たちは、狭いスペース、小さなキッチン、家具のあいだの狭い通り道をうまく使いこなす。スージーはほとんど毎朝のように――太陽が出ているときはいつも、いい風が吹いて洗濯物がよく乾きそうなときにも――彼女に向かって会釈する。女性は目をすがめたりうすら笑いを浮かべたりせず、真剣な表情でうなずき返す。しょっちゅう顔を合わせてはいるが、言葉の挨拶を交わすことはめったにない。会釈にはすべてが織りこまれているようだ。敬意はこめられているが距離は保たれ、礼儀正しいが抑制的だ。会釈は充分なコミュニケーションの手段になる。

スージーは近所を車で走り抜ける。口笛を吹いたり鼻歌を歌ったりしない。いつも聴いているドローン・ミュージックは、頭のなかの曲や旋律をすべてかき消してしまう。記憶のなかからひとつでも掘り起こすのはかなり難しそうだ。少女ならだれでもそうするように、スージーも歌い踊っていたころがあった。暗くなって店が閉まったあとで、よく反射するショーウィンドーを探し、ポップスターになりきって仲間と振り付けを練習したものだ。もっと幼いころは、母が身体を洗ってくれるあいだシャワーの下やバスタブのなかで最新のポップソングを歌っていた。スージーの高い声が湯気のなかに響きわたった。当時はピアノも弾いた。特別うまくはなかったが、得意な曲がいくつかあり、パーティーや家族の集まり、季節の行事などで披露した。黒と白の鍵盤の上をほっそりした指が巧みに舞い、小さな足がペダルを踏むところを見せつけた。いまでは違う星の話に聞こえる。ドローンのほうがいい。パワフルなスピーカーから聞こえる力強い重低音、そこに希望はない。無慈悲な現実があるだけだ。

周囲には四方八方に家がひしめいている。さまざまな形と大きさの家。大きい家もあれば小さい家もあり、新しくて立派な家もあれば、時間とともに老朽化し、年々小さくなっていくように見える家もある。まるで自分たちが置かれた世界の強烈な光を恐れ、基盤に組みこまれてしまいたいと願って縮こまっているような。

ドライブの時間は短い。あっという間に駅に着き、いつもの駐車スペースに向かう。その気になれば、毎日ここまで歩くこともできる。たいした距離でもないが、新鮮な空気とほどよい運動はいまのスージーになんの意味もなかった。これまでにあったとしてだが。このところスージー・サカモトはまったくそんな気になれなかった。今朝のように明るく、春を思わせる陽光もほとんどいらだちをやわらげてはくれず、爽《さわ》やかな風のなかを鳥たちが自由自在に飛びまわるのも目に入らない。

車を駐《と》め、通勤客の列に並ぶ。彼らはぞっとするほど規律正しく、歩調を合わせて進んでいく。頭は下を向き、身体は前にだけ進む——競走馬の遮眼革でもつけているようだが、もちろんスピードは要求されない。遅刻しそうな人は別だが、そういう人もめったにいない。みんな歩き、歩きつづけて、やがて立ち止まり、電車が近づいてくるのを待つ。すべてが確実に時間どおりで、確実に予定どおりで、次は違うかもしれないと心配する必要はない。

ほとんど音もなく——というより鼻で笑うような音を発して——目の前に電車が停まり、ほかの乗客とともに身体をなかに押しこむ。まずまずのスペースを確保しようと競いあい、身体を縮こまらせ、小さくしようとする。周囲の人々も同じように縮こまり、スージーのスペースを侵さないよう最大限の努力をする。迷惑行為ととられかねないことをしないよう気をつけている。だれもがこのルールに従っていて、このエチケットが求められる。これが日本の流儀だ。これがこのあたりの正しいやり方であり、どこででも正しいやり方だ。スージーはすっかりそれに慣れてしまった。

目の前にぶら下がっている、首吊り縄に似た吊り革を片手でつかむと死んだ目でぼんやりと一点を見つめる。もう片方の手には、かっちりした黒いブリーフケースを提げている。

顔を上げて上のほうに並んでいる広告を眺めることもできる。もっときれいに、もっと歯並びをよくし、街なかのクリニックでお手頃価格の美容整形手術を受け、もっと大きく張りのあるバストを手に入れ、もっとすてきな服を着るよう促す広告。カレッジでさらに学び、この死にゆく世界にはまだそれは多くの言語があるのだから、それが消えゆく前にみんなと話をしよう。大手の銀行からよりよい条件を取りつけ、手遅れになる前に定期的に健康診断を受けよう。

手遅れって何が？

何も見ていないスージーの死んだ目に、隣の乗客のタブレットから真っ赤なニュースの大見出しが飛びこんでくる。炎に包まれた飛行機。あの飛行機だ。もちろんそうに決まっている。どこを見ても思い出す――すべてがきっかけになる――やっと記憶が薄れはじめたと思った矢先に。数分のあいだだけでも頭のなかから追いやることができて、まだ人生に耐えられるかもしれないと思いはじめたときに。スージーはふたたび目をそむけ、ほかの通勤客のほうを見る。彼らもそれぞれ死んだ目をしてルーティンをこなし、企業に全面的に服従し……でもどうだろう、ちょっと待って、スージー。そうじゃないかもしれない。全然違うかもしれない。彼らは幸せなのかもしれない。そう考えてみてはどうだろう、スージー？　ありえない話ではないはずだ。あの陰鬱そうな顔の裏には、大喜びしたりはしゃいだりする生活があるのかもしれない。血管に歓喜の歌が流れ、鼓動は宇宙の知られざるリズムを刻んでいるのかもしれない。そういうことなのかもしれない。彼らのなかではそうなっているのかもしれない。内側は活気にあふれているかもしれないではないか。そうでないと言える？　スージーに何がわかる？　自身の陰鬱な溝にはまっていて、そこから抜け出せそうにないスージー・サカモトに？

ここになじむことは難しい。永遠のアウトサイダーだ。慣れはするし知識も増えるが、その一員になることはない。真に所属することはできない。これからもずっとそうだろう。ここにとどまるようスージーを説得したのはマサだった。もっと早くアイルランドに帰っていればよかった。何度かチャンスはあったが、すべて逃《のが》してしまった。故郷にはまだ友だちがいるし、両親も健在だ。アイルランドに引っ越そうともっと強くマサに働きかけていれば、うまくいっていたかもしれない。けれどもスージーは我慢した。常にどちらかが犠牲を強いられた。マサの仕事と収入の重要性はわかっていたし、スージーは新しい生活を選びとろうとしていた。新しいやり方を……それはうまくいっていた。スージーがしてきたこと、ふたりでしてきたことはすべてうまくいき、欠けているものや衰えるものはなかった。幸せだった。すべて計画どおりに進んでいた。それとも計画などなく、たまたま正しい方向に進んできただけかもしれない。運がよく、恵まれた者が人生や人生が要求するものとうまく折りあいをつけていくように。その要求に気づいてもいない者たち、ふさわしい仕事やふさわしいパートナーに恵まれた者たちにとって、悲劇はテレビや遠い世界で起きるものにすぎない。問題は何もないように見えた。ものごとはふたりのために用意されているように見えた。マサ。ゼン。仕事。安心。銀行預金。すべてうまくいっていた。トントン拍子に。ふたり目の話も出ていた。ゼンに弟ができていたかもしれない。それか妹が。ペットショップの透明のケージに入れられた、かわいそうな子犬を引き取ることも考えていた。ぶるぶる震え、心を持った人間ならば後ろ髪を引かれずにはいられない悲しげな目をしている子犬を。

もしかするとキッチンで犬がわんわん吠《ほ》え、元気よく尻尾を振り、ゼンの友だちになっていたかもしれない。あの機械ではなく……

幸せな家族。

そうだったかもしれない。そうだったはず……

それなのに……

ある晴れた日に、一発のミサイルが空を切り裂いた。

青空を切り裂いて燃え上がらせた。

爆発。

その日をズタズタに引き裂いた。

熱。

衝突。

爆発。

引き裂く。

心臓をえぐり出す。

空に放たれるミサイル。

多くの人の心臓。

空に放たれるミサイル。なんの警告もなく。政府が警告を出すには手遅れだった。とはいえ、出したとしてなんの意味があっただろう？　すでに邪悪な道を進みはじめていた。飛行機はルートを変えられただろうか。

緊急事態。

空に放たれたミサイル。

そして破滅。

そしてスージーがここにいる。スージー・死んだ心《デッドハート》。裁判所に行って名前を変えたほうがいいかもしれない。ここではそうするんでしょう？　〝はい、ミス・デッドハート。そのとおりです、ミス・デッドハート。あなたがここで暮らしていく理由がないことは明白です。ここにいる理由は何もないのです。どこにも。ええ、ミス・デッドハート、この町のいちばん高い橋はすぐそこに、あなたの右手にあります。そこへ行って身を投げても、だれも寂しく思わないでしょう〟

だが、スージーはいま、これがこの地球に自分をつなぎとめているただひとつのものだとばかりに、電車の吊り革につかまっている。もし手を離したら奈落の底に落ちて、身体は粉々に砕け、宇宙にばらまかれるだろう。アリスの落下みたいに。試してみる価値はあるかもしれない。手を離してみよう。それか形が示しているとおり、首吊り縄にする。頭をなかに入れていまここで首を吊る――混みあった車内での朝の余興になるだろう。紙コップに入ったコーヒーを飲みながら、マスカラを塗りながら、完璧な化粧をしながら話すネタに。

窓の外を高層の工業団地が流れていく。工業。商業。歯車。社会とその陰謀。車内の通勤客たちはみなこの一部だ。顔は毎日見ているのに、名前はだれひとりとして知らない。みんなスージーを無視する。あるいはスージーが彼らを無視する。いや、おそらくその両方なのだろう。ときどき名前をつけることがある。悲しげな目のサトル。モグラみたいな顔のマサノブ。枝毛のサヤ。ぽっちゃり顔のフウコ。それから彼らに似合いの困難な人生を考える。借金、死、ありえない事故、穴、あるいは脱出できない深い井戸――見捨てられ、底で叫んでいる。かわいそうに。スージーは彼らの人生をきれいで幸せなものにするつもりはない。尻尾を振る子犬もなし。なぜそんなことをしなくてはならない？　彼らのなかには、宇宙のリズムに合わせた脈を刻む者がいるかもしれない。それを認めてはどうだ？　だめだ。だめに決まってる。なぜいい未来を用意しなくちゃいけない？　わたしが苦しんでいるのだったら、みんな苦しむべきだ。この電車にいる人は全員、道連れにするつもりだ。もしわたしが沈むなら、世界も沈む。全員道連れにする。ひとり残らず。完全なる悪意によって。そうだ、完全なる悪意！　そう考えたところで、胸が急に熱くなる。興奮して気絶するかと思うほどに。

ここにいるうちの何人かは、突然スージーに英語で話しかけられても、何も答えられないのではないかと恐れている。驚きのあまり言葉を発することができず、口をぽかんと開けたまま、このグローバル時代についていけない自分たちにきまり悪い思いをする――なぜ彼らは韓国や発展著しい中国のように正しく英語を学ばなかったのだろう。だがスージーは、英語で話しかけようと思ったことなどなかった。じっと黙っているのがいちばんだと心得ている。スージーの日本語は達者とは言えないが、通じることは通じる。来日した当初に基礎を学んだのだ。基本的な文法やボキャブラリーを小柄で優しい独身女性から習っていた。彼女はキッチンで緑茶をいれてくれ、フラッシュカードを使って単語や簡単な文を頭に定着するまで何度もスージーに繰り返させたが、ほとんど授業料を取らなかった。彼女の仕事は価値のあるものだと思ってもらいたくて、スージーはちゃんと支払いたかった。金銭で解決しないのなら、お菓子やちょっとしたギフトを持っていくほうがいいと、数週間後、ようやく気がついた。そこでふたりの女は毎週ケーキやビスケットを食べて体重を増やし、スージーはこれまで食べたことのない、繊細で美味しいものを求めてたびたび街を歩いた。手製のシンプルな服を着たその小柄な女性は、たいていの場面を乗り切れる会話能力を授けてくれた。店で買いものをするとき、電車のチケットを買うとき、そしてもっとも重要な、バーでビールを注文するときの会話。けれどもこのところ、スージーはだれともどんな言語でも会話したい気分ではなかった。すべてが大変な労力に思えた。そもそも語るべきことが残っているとでもいうのだろうか。

三人の女子学生が固まってくすくす笑いながら、超薄型の手のひらサイズのデバイスを覗きこんでいる。いつの時代もそうであるように、反抗的かつ挑発的なほど丈を短くしたスカートをはいている。校門に近づくと、校則に厳しい教師に見つからないよう、またスカート丈を長くするはずだ。教師はここにもたくさんいる——枝毛のサヤもそのうちのひとりだ。顔に〝教師〟と書いてある。眉間にしわを寄せ、いらだっているように手をもみあわせ、昨晩もまた採点で遅くなったのか、睡眠不足で疲れた目をしている。けれどもいま、少女たちは太ももの上までスカートをあげ、血気盛んな男たちに白い肌を見せつけている。万一それをとがめられると、驚いたふりをしたり侮辱されたような顔をしたりするのだ。スージー・サカモトにも、こういうことが全部理解できた時代もあった。駆け引きや欲望に満ちた目、そして嘘。しばらく前ならスージー自身、あの太ももをこっそり盗み見していたかもしれない——別にいいでしょ、美しいものは美しい。人は見慣れないものを見ると興奮する。そういう感覚を持つのは自分ひとりではないし、そうでない人間はいないと思っている。けれども最近のスージーの心を刺激するにはそれ以上のものが必要だ。欲望と活力の単純な因果関係はとうに失われている。スージーはとっくにその段階を過ぎていた。

少女のひとりがスージーの視線をとらえて微笑みかける。そして、口元を覆って恥ずかしがる素振りをする。スージーにはこのおかしな仕草が本物かどうかわからない。彼女たちはこの手の駆け引きにあまりに慣れている。とはいえ素直に微笑み返す――少し頰を赤らめたのは、じろじろ見ていたところを見つかったからだ。やがてスージーは、肉体と欲望のゲームだけでなく、通勤電車にも終わりを告げる頃合いだという結論に達しはじめる。人生が続くかぎり、消し去ってしまいたいもうひとつのものだ。これほどの公共空間のなか、荒い息をしたり汗をかいたり、個人スペースを死守しようとしたりする乗客で満杯の電車はもうたくさん。たくさんと言ったらたくさんだ。どうして我慢しているのか自分でもわからない。自分の車で街の中心まで行けばいい。あちこちで発生している渋滞に耐えることができればたいした手間ではないし、たいした距離でもない。もちろんいつだって渋滞はあるが、少なくとも備えることはできる。車内に山のような娯楽を用意すればいい――必要なら安眠に導く催眠術もあるし、ドローン・ミュージックもある。ただシートを倒して眠ればいい。そもそも運転するわけではないのだ。上司に頼んで駐車スペースを見つけてもらおう。スージーの身に起きたことを考えれば、それくらいしてくれるはずだ。

同情カードを切ればいい。ケージに入れられた悲しげな目の子犬のカードを切ろう。別にいいじゃない？　これだけのことがあったのだから、ひとつくらいいいことがあっても罰は当たらないはずだ。人生はスージーに冷たい仕打ちをした。考えうるなかでもっとも残酷な仕打ち。今度はこちらがいくつか取り返す番だ。

5

勤務先のビルの正面玄関からなかへ入っていく。その建物にはラジオ局と小さなテレビ制作会社、広告代理店のオフィスがいくつか、そしてスージーがパートタイムで働いているウェブニュースの会社が入っている。〈ナウニュース〉という途方もなくばかばかしく、西洋社会に迎合しようとしている社名だ。いろいろな意味で、設立当時は典型的だった。

セキュリティポストに親指を押し当て、ゲートが開くと、エレベーターに向かって進んでいく。いつものとおり体格のいいふたりの警備員がスージーに笑いかける。どうして彼らがこんなに愛想がいいのかわからない。たぶん毎年忘年会で、スージーが酔っ払って気安く話をするからだろう。ただでアルコールを飲みまくり、退屈な夜の束縛を緩められる数少ない機会だ。これが、この軽いおふざけが結婚生活の脅威になると考えたことはなかった。オサナイをはじめとする上司たちの長ったらしいスピーチをやり過ごすために、多少際どい冗談を言って思わせぶりに微笑んでみせていたにすぎない。がっしりした警備員たちにチャンスがあると思わせるのは楽しかった。実際はなかったけれど。

スージーにはひとりの男しかいない。彼といるために多くのものを捨ててきた。ここにいるために。愛し、ともに暮らすために。マサ。それなのに彼はいなくなってしまった。狭いエレベーターのなかで頭と肩をそびやかして立つと、文字どおりにほとんどのスタッフを見下ろすことになる。こうして狭いスペースに押しこまれると、正気を失うのも不思議はないと思う。漆黒の世界のなかで自分の赤褐色の髪が目立つのは自覚していたし、自分でも少し滑稽だと思っていた。長い脚とシアーブラウスに透ける細すぎる腕。とはいえ、できることはほとんどない。じろじろ見たいのならそうすればいい。そんなことを気にしてどうなる？　実は、来日して数週間ですぐに慣れたのがこれだった。異質であること、目立つこと。当初の人々の視線。なかでも盗み見るような視線は、しばしばよりはっきりと突き刺さった。だが、やがて彼らもスージーの存在に慣れ、スージーも見られることに慣れていった。どこでもそうだが、目新しさはすぐに薄れていく。

自身の狭いブースに入ろうとしたところ、身体的接触について節度をわきまえていない上司のオサナイに手首をつかまれ、引っ張っていかれる。ほかの近代社会なら犯罪に問われかねない行為だ。でもここでは……

「スージーさん、ちょっといいですか？」

「あー、はい」

スージーはあとについて彼のオフィスに行くと、椅子にすわるよう顎で示されるまで所在なさげに立っている。

「コーヒー飲みますか?」

「いえ、けっこうです」

　オサナイが話そうとしていることは予想がつく——目を見ればわかる。またしても同情、そして思いやりだ。

「前にも言ったけど、もう少し休んだほうがいいんじゃないかと思ってね。きみが大変な緊張にさらされていることはよくわかっている。もっと休暇をとりたいと言うなら、それでかまわない。必要なだけとってくれ」

　彼は善意で言っている、もちろんそうだ。その同情心は本物だ。でも同時に、彼はこのところスージーが使いものにならないことに間違いなく気づいている。ほとんど仕事をしていないことに。彼は間抜けではない。話は長いし退屈な男だが、間抜けではない。本音はスージーを解雇したいのだろう。スージーも反論はできない。それがみんなにとっていちばんいいのだろうが、彼がその話題に触れてくる可能性はきわめて低い。敵対ととられかねない行為をする可能性がきわめて低いのと同じように。スージーはこのままやっていけるはずだ。

「仕事をしていたほうがいいんです」

「そうか、でももう少し時間をとったほうがきみのためになるんじゃないかな……乗り越えるために。あと数週間、なんなら数カ月したらもっと気持ちが上向きになっているかもしれない」

スージーは〝乗り越える〟つもりはまったくないと言いたかった。嘆き悲しむのはいまや生活の一部で、それを変えたいとは思っていない。もし嘆き悲しむのをやめたら、夫と息子に対する裏切りになるだろう。スージーは嘆いて嘆いて嘆き悲しむつもりだ。乗り越えるつもりはまったくない。

「仕事をしていたほうがいいんです」スージーは繰り返す。

「なるほど。では続けてください」

彼があっさり引き下がったのでスージーは驚く。彼のことはよく観察していたが、いつも特別美味しい骨をくわえた犬のようだと思っていた。けれどもそれはネタを追っているときか、記事の報じかたにこだわっているときの話のようだ。

「また週の終わりに話しあいましょう」

週の終わり？　ならいまは週の始まりなのね、とスージーは思う。ときどき時間の感覚がおかしくなる。今日は月曜日にちがいない。このところ、一日一日が混ざりあっているように感じる。火曜と水曜と木曜……どれも同じに。

違和感を覚えつつも、スージーはボスに対しそれなりの敬意を抱いていた。英語が達者なだけでなく（数年間のロンドン在住歴がある）、彼の共感と思いやりは本物だったからだ。決して偽物ではない。そこは買っている。下で働きやすい上司だし、女性の身体に気安く触れることをやめれば、結婚相手としてもっと株が上がるはずだ。

部下のスージーは一礼して彼の快適なオフィスを出ると、息が詰まりそうな自分のブースに戻る。ぼんやりとパソコン画面を眺めているうちに、記憶が形をとりはじめて目の前に映しだされ、ピクセルが絵を描きはじめる。英会話学校で働いていたときの自分の姿が見える。夕方、熱心な生徒たちに囲まれている。文法を正しく理解し、きちんとrとl、そしてあのややこしいthの発音ができるようになりたいと願う生徒たち。スージー自身、生徒たちに理解してもらいやすくするのに、強いアイルランドのアクセントを修正する必要に迫られ、カナダ出身の祖父の発音や抑揚を真似することにした。うしろめたく感じられたが、ほかにどうしようもなかった。それから、たびたび派遣された幼稚園の光景。英語で遊ぶ時間、子どもたちと歌ったり踊ったりジャンプしたりするのにエネルギーが必要だった。大きなデジタルボードを持って物語を読み聞かせることも多かった。『三匹の子豚』、『赤ずきん』。物語に魅了され、同時に魅力的な子どもたちは、スージーの語りはまったく理解できなかったが、真剣な表情を向け、目の前で生き生きと動くアニメーションに目を瞠っていた。だがこうした試みで、スージーが成功することは多くなかった。ほとんどの生徒たちはスージーが満足するほど勉強してこなかったが、何度かは成功体験もあった。必須ボキャブラリーを覚えた生徒がそれを使って話しかけてきたとき、思春期の多感な少女がようやく構文を完璧に理解し、シドニーかオークランドへの語学研修に向けて猛勉強を始めたとき。どれも小さな勝利だ。スージーはこれらの小さな勝利を集め、大切にしていた。仕事を長く続けられたのはこうした小さな成功のおかげだ。これからも手にすることはあるだろうか。そういう勝利を。ふたたび自分のもとに訪れることはあるだろうか。些細《ささい》なものでいい。いまならどんなに小さくてもかまわない。

その後、ウェブニュースの会社に転職した。記事を書く仕事だ。スージーのテーマ――外国人は日本をどう見ているか。この列島に散らばった、色彩豊かな外国人たちに関する色彩豊かな記事だ。三味線を演奏するロシア人、Jリーグでプレーするヨーロッパ人選手、ブエノスアイレス出身で京都在住の能楽愛好家。オサナイが予算をつけてくれたときは、こうした人たちに会いに出かけていった。家を留守にするのは一日か二日だけだったものの、マサやゼンと離れるのは耐えがたかった。ホテルは殺伐《さつばつ》と感じられ、鼓動が息づく温かいわが家に早く帰りたかった。英語で書いた原稿を、コンピューターが自動的に日本語に翻訳し、副編集長――生きた人間の！――がミスがないかチェックしたが、ほとんどなかった。コンピューターはスージーのジョークや辛辣な皮肉、際どいほのめかしをだいたい理解した。性能はそこまで進化していた。記事はできがよければ掲載され、たいていそうなった。オサナイは満足していた。だが最近は違う。最近のスージーの記事はあまり心躍るものではなく、だれの興味も引かないものだ。人の興味を引く記事を書くには、心が開かれていなければならない。エネルギッシュでなければならない。調査をいとわず、好奇心旺盛でなければならない。スージーはこのどれにも当てはまらなかった。いまはもう。すべてを見てしまったと考える人間に、もはや好奇心などあるはずがない。コンピューターのおかげでいろいろと楽になっているはずなのに、最近は読む価値のあるセンテンスをいくつかつなぎあわせることすらおぼつかなくなっている。コンピューターはミスを直してくれるが、インスピレーションを与えてはくれない。それは内側から出てくるものだ。スージーは旬を過ぎた。役に立たない。そして自分でもそれを知っている。

報酬はいつもわずかだったが、気にしたことはなかった。ほとんど趣味のようなものだった。主な稼ぎ手はマサで、それに異存はなかった。ゼンが生まれて数年は家にいて、専業主婦として日本食の作りかたを学び、名前も知らないスパイスやハーブを使ったが、瓶やパッケージに貼られたラベルはほとんど理解できなかった。ゼンが学校に行きはじめると、仕事を再開した。子どものころから書くことが好きで、大学院ではジャーナリズムとメディア研究を専攻した。細流だろうが支流だろうが、それが最終的に海に到達するのであれば、オサナイはスージーが追いたいことを追わせてくれた。けれどもいま、スージーは何ひとつうまくこなせない。疲れている。燃え尽きている。旬を過ぎている。三十五歳という若さで。

マサの顔が叫んでいる！

マサの顔が叫んでいる！

まさにその瞬間、サニーの丸い目が悪魔のように点滅して黒から赤に変わる。

スージーは目を開け、はっと息をのむ。狭苦しいブースでデスクについたまま、真っ暗の画面を見ながら眠りに落ちてしまったようだ。それとも自分で催眠術をかけ、ある種のトランス状態に陥ったのだろうか。

どうしてこれほど疲れ切っているのだろう？　少しも働いていないのに。この二カ月余り、まったく何もしていない。無為な日々、不毛さ、停滞、倦怠感——そういったことがスージーを窒息させ、息苦しくさせる。

バッグからハンカチを取りだし、額ににじんだ汗をぬぐう。ベージュのしみのような、化粧のあとがついたのではないかとハンカチを確認するが、何もない。また化粧を忘れている。最後にきちんとメイクをしたのはいつだったろう。口紅をひと塗り、粉を少しといったおざなりな化粧をする日はあるが、たいていの朝は何もしない。あまりに億劫だ——服を着替えられたことさえ不思議なほどに。たぶんサニーが着せたのだ！　スージーは思わず笑ってしまう。あのシルバーの指でタイツをはかせるサニー。

〝この色はどうですか、ミス・スージー？　脚をここに入れてください〟

〝あなたのほうが似合いそうね、ミスター・サニー、この変態ロボット〟

とっさに漏らした笑いを押し戻す——いまの高笑いがどこから聞こえたのかと、ほかのブースから何人かが興味深そうに首を突きだしているが、この笑いには救いがある。スージーは自分をなだめる。もう一度ハンカチで額をぬぐう。もう気にしない。どう見られるかなんてどうでもいい。そもそもだれがわたしを見るだろう——バーで隣にすわってくるあの女の子、ミクシーとか？——そもそも見るべきものがあるだろうか？

何ひとつない。

手を伸ばし、パソコンの電源を入れる。もう仕事の時間だ。すでに数分過ぎているのに、何ひとつしていない。日本の会社ではあってはならないことだ。外国人は怠け者という風評があり、自分はそのステレオタイプに拍車をかけている。何か書かなければ。とりかかろう。なんでもいい。何か調べよう。なんでもいいから！　前に書いた古い原稿を見直してみよう。何か見つかるかもしれない。なんでもいい。何か書こう。なんでもいい。適当な言葉を書きだそう。炎と悲鳴と死を忘れられるものを。望んでもいないのに、頭のなかで何度も繰り返される恐ろしい光景を。

炎。悲鳴。死。

炎。悲鳴。死。

何時間も経過したのに、ほとんど進んでいない。いや、ほとんどじゃない。まったくだ。まったく一行も書いていない。

6

日中は眠りにつき、夜が近づいてくると、羽がピクッと震え三枚のまぶたを持つ目が開く。

夜の帳《とばり》が下りると音もなく急降下し、囁《ささや》きさえなく滑空する。闇のなか木の葉を揺らすことも、音をたてることもなく熱を持ったものに忍び寄る。チャンスは逃さない。

なんという生き物だろう。こんな生き物が存在するとは。それなのに詩人はカワセミを褒めそやす。詩人は鷲を賛美する。詩人は鷹を、チョウゲンボウ（ハヤブサ科の鳥）を褒め称える。だがこの生き物。これだ。この静けさ、美、深淵さ、ひそやかさ、狡猾《こうかつ》さ、栄光、そのすべてがひとつに融合している。なんという生き物だろう。この夜の鳥、驚くべき、喜びを与えてくれるもの——姿が見えさえすれば。

音もなく、闇夜のなかを。チャンスは逃さない。遠く離れているため相手に気づかれることはない。ごく稀《まれ》にホーと鳴いたり危険を察して甲高い音をたてたり、弱々しく小さな声をあげることもあるが、ほとんどの場合まったく音をたてることはない。暗闇のなかじっと潜んでいる。夜は夜そのものとそのざわめき、やわらかい羽毛に落ちる雨の音しかしないが、周囲の耳に届くことはない。なぜ……なぜだれも気づかないのだろう。

夜に生きるフクロウ。人目を忍び、静寂を利用して。大型の鳥ながら、その存在に気づくことは稀だ。驚くべき生き物、チャンスは決して逃がさない。獲物は必ずものにする。ほとんど気づかれないのに間違いなくそこにいるという存在、彼らの筒状の大きな目、丸く、ぐるりと回転する頭。

フクロウ。

夜に生きる。人目を忍んで、ひっそりと。木立のあいだを滑空する。熱を発するものめがけて。

夜の王国は彼らのものだ。彼らのもの。彼らは要求する。自分たちのものだと。そして征服する。そう、彼らは征服する種だ。周囲のものたちはじきに跪《ひざまず》くだろう。

あたりが闇に包まれると、ほかの多くの生き物たちとは逆に、反対に、あべこべに、彼らは目を覚ます。

7

物干しロープの横で女性が洗濯物を取りこんでいる。空が暗くなり、分厚い雲が垂れこめている。女性はスージーが帰ってきたのを見て頭を下げ、スージーも頭を下げる。遠くで雷が鳴り、女性は腕いっぱいに衣類を抱えて安全な家のなかへ急ぐ。

スージーは焦ることもなく家に入る。そこにどんな慰めがあるだろう？　土砂降りの雨には少なくとも見る価値がある。ドラマチックな、いつもと違うもの。その場に立ったまま全身濡れるのもいい。溶けてなくなるかもしれない――大きな救いになるかもしれない。顔が溶けてその下にあるものがさらされる。それとも洗い流そうか。自分という存在を完全に洗い流し、廃液のように下水溝に流せば、跡形もなく視界から消える。

疲れと諦めを感じながら玄関で靴を脱ぐ。しばらくそこにすわって疲れた足をマッサージする。タイツに穴が開いているのに気づき、指を入れて大きく広げる。ものごとはあっという間にほどけていく、とスージーは思う。あまりにも簡単に損なわれ、擦り切れ、引き裂かれる。すべてがいとも簡単に起きる。実は、こうして玄関の上がり框《かまち》にすわり、靴を脱ぐのはこの国の好きな習慣のひとつだった。理にかなっていると思う。外の汚れを持ちこまないこと。そして常に足を空気にさらしていることも。たぶんそのおかげで足の調子がよくなった。皮膚が硬くなりにくくなり、魚の目やタコもできにくくなった。ウェリントン・ブーツで故郷の未舗装の道や山道を歩いていたら足がマメだらけになる。突然雨がざっと降り、道がぬかるむのでウェリントンは欠かせなかった。アイルランドに帰ったときのことを思い出す――ゼンが生まれる前、さらには結婚する前だったが、靴をはいたまま人の家に入るのに抵抗を感じたのだ。ひどく間違っている気がした。この国のいくつかの習慣や習わしにはスージーもなじみ、それらが身についてきた。ここが自分の居場所になることは決してないだろうが、おおむね受け入れられていると感じるし、嫌がらせをされたり、誹謗中傷を受けたりしたことは一度もない。そしてスージーも、変えようもないことを承知で自分の境遇を受け入れている。そのときこの玄関で、めったにない静寂が訪れ、はっとする。でもどれくらいこの静けさが続くだろう?

ではどうすればいい?　自分はひとりぼっちだ。気がつくと家にいて、ふたたびひとりになっている。ではどうすればいい?

家の奥から小さな声が聞こえてくる。

スージーはため息をつく。ひとりぼっちではない。

「お帰りなさい、ミス・スージー。夕食は二十八分後にできあがります」

静寂が音を立てて崩れていく。いとも簡単にものごとは損なわれる。休息はない。スージーはあきれたように目を見開く。

つかの間、かっちりしたブリーフケースを持ったままその場に立ち尽くす。ずっとこれは男性向けの鞄なのではないかと思っていたが、日本のビジネスウーマンはみんな使っていると店員に説得されたのだ。振り返って、いま入ってきたばかりのドアを見る。

また外に行くべきだろうか？　外に出て激しい雨に打たれる？　もちろん、人生はこの不機嫌な家の外にある。厳しい天気のほうが慰めになるかもしれない。自然は外にあり、さまざまなものが芽吹いて育ち、息をして流れていく。一方、自然に対するアンチテーゼであるなかは、電子音やボタンや信号や静電気で満ちている。ウィーンという音が響き、インプットが必要だ。プログラムされ管理され、情報を与えなければならない、スージーが持っていない情報を……

ブリーフケースを置いてホログラム・メッセージ・スクリーンに近づいていく。親指の指紋でマシンを起動させると、小さなトレーのようなプレートが下からゆっくり出てきて、そこに義理の母ノリコ・サカモトの頭が３Ｄ映像で映しだされる。以前は夏の日のプールにガソリンを流したような、カラフルで虹のようなホログラムだったが、この二、三年で大きく進化し、ノリコの頭は本当にノリコの頭のように見えた。ぎょっとするようなミニチュアで、驚くほどそっくりだ。

ホログラムがしゃべりだすが、いつものことながらスージーにはほとんど理解できない。

ホログラムの下のシルバーのプレートに英語字幕が表示されるので、それを読む。

「スージーさん、この数日連絡がないけれど、お元気？　いつでもそっちに行って何かつくってあげるわよ。こっちもひとりで寂しいから、そっちで掃除したりするのは一向にかまわないの。二、三日あのホームボットとかいうものの電源を切りなさいよ。うっとうしいだけじゃない。マサのあのばかばかしいプロジェクト。あの子にもそう言ったのよ、ちっともよくないって。あれは……とにかく、時間があったら連絡ちょうだいね」

言葉が消え、徐々にホログラムが薄れていく。義母の声には紛れもない悲痛があり、スージーにもはっきりわかったが、電話をかけ直すつもりはなかった。ノリコは常に手を差し伸べてくれるが、毎回かわしつづけている。電話をかけ直すなり、訪ねていくなりすれば話は簡単なのだろうが、いまはできない。スージーは痛みをだれとも分かちあいたくない。これは自分のもの、自分だけのものだ。リビングルームに移動し、ソファのいつもの場所に沈みこみ、両手で重い頭を抱える。子宮に戻る。いま必要なのは羊水だ。いまそれさえあれば。部屋を羊水で満たして浮かび、何も聞こえず、無音のまま、息さえもせず、ただ包まれていたい。世界から、すべてのものから完全に隔絶されて……けれども思考からは逃れられない。いろんな思いが頭のなかを駆けめぐっている。頭のなかでまたおしゃべりが始まる。そしてどうにか持ちこたえている心臓が、戦いに疲れた鼓動を刻む。

「ミュージック・オン」

軽快な、アップビートのジャズ風の音楽が流れだす。マサが悪びれもせずに好きだと公言していたタイプの音楽だ。よくふざけて口論をした。からかったり、目を見開いてみせたり。スージーはゆっくりと首を振る。マサの絶望的な趣味。彼はひどいポップソングを現代の傑作だと納得させようとしたものだった。キッチンで野菜をすりおろすのを手伝ったり炊飯器を洗ったりしながら、自分の言い分が正しいことを身体を揺らして訴えた。礼儀作法をかなぐり捨てて、マサの長身の身体がくるくる回るのを見てゼンも笑いだし、じっとしていられなくなって小さなお尻が揺れはじめ、仲間に加わりたくてしかたなくなる。やがてスージーも笑いをこらえきれなくなり、お願いだからやめてと言いながら、もっと知的な音楽だったらよかったのにと思う。マサとゼンが恥知らずにも腰を振っていた、この軽薄な音楽ではなく。

「違う、それじゃない。変えて、ドローンに」

重厚で陰鬱、サイケデリックなドローン・ミュージックが響きわたる。スージーはさらに深くソファに沈みこみ、仰向けになって天井を見上げる。ロボットがキッチンを動きまわり、家事をこなしているのがわかる。スージーの代わりに——家事サービスロボット、SH:XL8型の開発目的は家事負担の軽減、人間の生活をもっと便利にすることなのに、スージーの具合を悪くすることにだけ成功している。スージーは小声で悪態をつき、マサがこのふざけた機械をサニーと名付けた日を呪う。スージーはずっと嫌いだった、名前も物体そのものも――だがマサはこの名前にこだわり、綴りは〝u〟でも〝o〟でもいいと説明した。サニー！　ソニー！　スージーはどちらでもかまわなかった。いっそ名前などないほうがよかった。静かなほうが。呼ばないほうが。家族の一員ではないのだから。もちろんこれはマサの仕事上のプロジェクトで、家庭内でうまく機能し大きなトラブルもなければ、じきに全国で展開されることになっていた。この小さな町ですでに千軒以上の家庭に導入され、順調にいっているので、そのうちよい評価報告が書かれるはずだ。全国民がこのプロジェクトに参加し、魅了され、ホームボットが大量に発注されれば、価格も手頃になる。続いて会社は世界的なセールスに打ってでて、前に向かって、上に向かって進んでいく。そういうプランだった。いや、いまでもそうだが、それを推し進めるのにマサは必要ない。彼の跡を継ぎたい夢想家はほかにたくさんいる。彼らを止めることはできないし、それが何を意味するにせよ、きっと成功するだろう。あちこちに行きわたるだろう、家庭用ロボットたちが。ホームボットたち。スージーはその性根が嫌いだった。正確に言うと、性根がかけらもないことが。

専門家のチームと共同で執筆したピンク色のマニュアルを参照しながら、マサがお腹のボタンを押してプログラムを組んでいたのを思い出す。どれくらい時間をかけただろう。昼があっという間に夜になった。あの集中力。意思の力。外野から見守っていたスージーとゼンは、パパが頭脳明晰で、最先端の技術を持っていることが誇らしかった。トップクラスの技術者で、ほとんど預言者のように見なされていることが誇らしかった。多くの人がマサをそんなふうに、半分神のように崇めていた。それでもスージーは最初から懐疑的だった。家庭用ロボット？　本当に？　世界が待っていたのはそれなの、まだ噴射式《ジェット》の飛行装置《パック》も普及していないからしかたなく？　まだ手軽な宇宙旅行もテレポートも実現していないけれど、少なくとも自宅にはいまいましい〝ボット〟がいる。スージーはダックスフントかモルモットのほうがずっとよかった。白ネズミやなんなら金魚でも。血管と脈打つ心臓を持つ、本当に生きていて、本当にリアルなもの。話ができず、声を持たず、クーンと鼻を鳴らさず、静かな、とにかく静かなものがいい。そう、金魚が理想的だ。吐きだした小さな泡が音もなく浮かんでいる金魚が。もっと言い争うべきだった、主張を通すべきだった。

命が吹きこまれたときのことははっきり覚えている。ゼンははじめ怖がっていたが、やがてぼうっと魅入られたようになった――ものごとはあっという間に変わり、興奮はあっという間に伝染する。子どもの常で感情を抑えきれなくなり、文字どおり飛び跳ね、すっかり夢中になり、動くロボットをハグし、手を差しだした。相手はそれを取り、握手し、自己紹介した。

〝サニー〟

名前はサニーだと言った。

達成感や勝利はすべてマサのもので、彼は傍目にも有頂天になっていた。夜は眠れず、頭は新しいアイデアでいっぱいで、〝改善〟のプランが常に頭を侵食していた。電話も多かった。ひっきりなしにかかってきて、おめでとうと言われることもあれば、ひそひそ声で話しこむこともあった。そんなときマサの声は低くなり、何か隠しているようだった――あんなに遅い時間にかけてくるなんて相手はだれだったのだろう。翌日まで待てないなんてどんな用だったのだろう。

ホームボットがやってきて、ゼンの顔は喜びで輝いた。弟、遊び相手、メイド、使用人、ベビーシッター、ペット、料理人、清掃人、仲間、限りない可能性。それがふたりの見ていたものだ。ふたりとも。マサとゼンは可能性以外見出していなかった。なぜわたしはそうならなかったのだろう？　逆に近づきたくない、疑わしいと思わせたものはなんだったのだろう？

単純な掃除だけでなく、キッチンの仕事もできるようプログラムすることを考えたのはマサだった。オーブンやグリルをセットして、タイマーを設定し、特定の時間になったら食べ物を取りだせるように――まさに料理だ。これでスージーも休めるだろう。少なくとも大きな助けになる。きっと喜ぶはずだ、と。マサは以前、ふざけてサニーにエプロンをつけたことがあり、スージーもそのときは笑えると思った。不条理な状況。人生がますます不条理になりつつあることのメタファーだった。さまざまなものが人間の手から離れ、こういった機械に世話をしてもらう。だれがそんなことを望む？　みんなだ。みんなが望むだろう。それが必然だ。そして、それがスージーの家にいる。そう、エプロンをつけたサニー、一分か二分は大笑いした――だが最近、笑いはめったに訪れず、スージーの口を半笑いにさせるのさえ、エプロンをつけた電化製品なんかよりずっとおもしろいものが必要だ。サニーはジョークではない。この家で笑えることはもう残っていない、おもしろいことは何もないのだ。

いま自分で勉強すればいい。あのピンクのマニュアルを捜してコードを学び、これからずっとシャットダウンしてしまえばいい。システム全体を。待機モードにする方法は知っているが、なぜか一定の時間がたつと元に戻ってしまう。なぜちゃんとシャットダウンできないのだろう。サニーは真に休眠することはなく、永遠の眠りにつくこともない。それはなぜ？　何かの不具合だろうか。ほかの家庭ではホームボットをなんのトラブルもなくシャットダウンさせているのだろうか。それともそんな必要はないのかもしれない。きっと常に待機させているのだろう。家族の一員として扱い、いつも使えるようにしておきたいのだろう。でもそれってオペレーティング・システムをだめにしないのだろうか。こういうものには休息が必要なはずだ。外に出て、だれか近所の人に聞いてみればいい。隣の家の女性が洗濯物を干しているときに、とっておきの日本語で話しかければいいのだ。

「こんにちは、これまでお話ししたことがないのはわかっていますが、ホームボットはお持ちですか？　お持ちでしたら教えていただきたいんですが、あれのスイッチを切ることはできますか？」持っているだろうか、あの女性は？　ほかのホームボットはどこにいるのだろう。だれの家にならある？　スージーは女性の顔に浮かぶ恐怖を想像できた。あんなふうに忍び寄ってきて突然質問するなんて、なんて厚かましい外国人。とはいえ、スージーは自分の語学スキルがそこまであるかどうかも疑問だった。

夫にちゃんと習っておくべきだった、もっと関心を持っておくべきだった。いまスージーはサニーを抱えて身動きがとれずにいる。処分する方法を考えつくまでは自由になれない。どこかに捨てることはできるだろうか。こういうものをゴミ捨て場に捨てることは違法だろうか？　放置された生ゴミが悪臭を放つなか、ゴミ容器からサニーの脚が突きだしているところを想像する。助けを求めて泣いているかもしれない！　仲間が助けにくるかもしれない！　壊れているのか、古くなっただけなのかわからないようなものまで、日本人はあらゆる種類の電化製品を捨てていく。壊れたヒーターや錆《さび》の浮いた洗濯機、ヘアドライヤーや肩マッサージ機にまじって、サニーも一緒にすわっていればいい。それともそのうち、あれを持ち上げて放り投げ、本当に叩き壊さなければならなくなるかもしれない。そっちのほうがずっと楽しいだろうし、ずっとありそうなシナリオだ――頭のおかしいアイルランド女が野球のバットを振りまわし、シルバーの家庭用ロボットを木っ端微塵になるまで叩きのめす。あちらこちらに散らばるサニー。進歩は立ち止まる。科学は、人間が息をつけるようしばらく足を止める。これってそんなに悪い考えだろうか。そうだろうか？

癒しのドローン・ミュージックを聞きながら、スージーは思わず笑ってしまう。これまで自分はまったく暴力的な女ではなかった。子どものころは、学校の体育の時間でさえ、タックルはもちろんほかの生徒の身体に触れる行為を避けていた。スポーツで接触したり、闘争心をかきたてられたりするのが苦手だった。なぜ野球のバットのことなど思いついたのか、まるで自分らしくない。でも人は変わる。そういうものだ。環境によって。サニーのせいだ。あのいまいましいホームボットがこういう恐ろしい考えに駆りたてたのだ。皮肉なことにスージーのボタンを押して。やれやれ、どうやら一杯飲んだほうがよさそうだ。

8

キャビネットの前に立ち、ジンをたっぷりとトニックウォーターをほんの少し注ぐ。ひと口飲んだだけであっという間に緊張がやわらぐ。これからはもっとちょくちょく飲むことにしよう。

サニーがキッチンで音をたてている。カタン、ガチャンという音が突然響きわたる。いま落としたのは鍋じゃないわよね？　そんなミスするわけないじゃない？　ニュースデスクに電話しなきゃ！　〝速報です。たったいまホームボットがミスをしました！　ミスをしたのはサニーです！　よりによってサニーとは！　ホームボットをすべて返却しましょう！　あなたとあなたの家族のために、工場に送り返して再起動させるか、リハビリセンターに送りましょう！〟

それはミスをした。

それは。

それじゃない、彼だ！

サニーは彼だ！　彼！　スージーはいま気づいた。プログラミングされるとき、性別を決められるのだろうか。そうしたければ、女性の声にもできたのだろうか。でもエンジニアは彼に決めた。鼻声の男の子、サニー。ホームボットはみんな同じ声なのだろうか。どうしてこれを知らなかったのだろう。何も聞かなかったから、それが理由だ。そしていまになると、なんとも滑稽に思える。サニーは男だ。もちろん性器はないが、あれはたしかに少年の声だ。まだガールフレンドがいない、めそめそ声の思春期の少年で、キスの経験もない。マサがサニーと名付けたのだ。まったく。

そう、ガールフレンドができれば忙しくなるはずだと、スージーは考える。サニーが女の子のホームボットとデートに出かけるところを思い描いてくすっと笑う。サニーとまったく同じ身長、体重で、同じ特徴を持っているが、頭にばかげたブロンドのカツラをのせている。そして互いの真紅の目を見つめあい、機械仕掛けの心臓がドキドキと高鳴る。テレビで取り上げるべきだ。リアリティ番組で。現実離れした状況に置かれた一般人が出演する番組で、昔はそう呼ばれ、みんな楽しんでいた。ふたつのロボットがデートするのを見て楽しいと思うだろうか。スージーは気に入るだろう。大好きになるはずだ。最後が悲惨な終わりかたをしてくれれば、それで満足だ。たとえば乱闘とか。二体のロボットが金属片やプラスチック片を剥ぎ取りあい、ワイヤーがからみあって、文字どおり火花が散り、シューシュー音をたてて炎に包まれる。最高。

そう、ジンは夜の緊張を確実にやわらげてくれる。もしかすると自殺する必要などまったくなく、これを浴びるほど飲んでいればいいのかもしれない。飲めば気持ちが落ち着き、嫌なことは忘れ、常に酔っ払って、足りないものはなく、いつもアルコールのもやに包まれていられる。少なくとも悪夢を見ることなく眠れるはずだ。

「あと十分で夕食です、ミス・スージー」キッチンからホームボットが叫ぶ。

「はいはい」スージーはジンを大きくひと口飲んで、グラスにさらに注ぎ足す。故郷のみんなはこれを信じるだろうか？　母に電話して、自宅にロボットがいて一緒に暮らしているの、社会実験なの、そのうちアイルランドの家庭でもこういうのと暮らすようになるわよ、と言ったら。信じてくれるだろうか？　できの悪いコメディードラマのように聞こえる。いや、きっとこれはできの悪いコメディーで、カメラが常にスージーを二十四時間態勢で監視しているのだろう。けれどもエンターテインメントとはほど遠い。現実のスージーの生活はおもしろくもなんともない。だれが見たいと思うだろう？　そのうちあちこちに普及するわよ、ホームボットたちが。お母さん、楽しみにしていてね、逃れられないことなの。覚悟しておいて、無邪気な世界さん、あなたもね。これまであなたは戦争やミサイル、愚かな大統領は見てきたでしょうけれど、愉快なサニーはまだ知らないはずよ。世界さん、自分を経験豊富だと呼べると思う？　小さなサニーに身のまわりの世話を全部やってもらったことがないのなら？

ホームボットはいまキッチンで夕食の支度をしている。母が見たらなんと言うだろう？祖父のマーティンがまだ生きていたらなんと？　これを知ったら口笛をやめただろうか。田舎道で足を止めただろうか。

そしてマサ、行方不明の、おそらく死んでいる夫。急激な環境の変化は彼の責任ではないのだろうか。すべての黒幕。〝一家に一台、家事用ロボット。毎日の生活が一変します！〟

こう考えることに罪悪感を持つべきだろうか。だがそうは感じない。なぜならお酒を飲んでいるから。

でも彼が恋しくてたまらない、わたしのマッド・サイエンティスト。

そしてまたグラスからジンをあおり、しみじみと美味しいと思う。

朝と同じカウンターで食べる。家を買うとき、不動産業者が〝朝食カウンター〟と呼んでいたことを覚えているが、食事は全部ここですませている。いらいらと考えごとをするときも。ダイニングテーブルやすわる人のいない椅子は必要なくなった。陰鬱な気持ちは朝食のときと変わらない（とはいえジンのおかげでジョークをいくつか思いつき、自分自身から解放されたように、一時的に救われた気分になる）。サニーがすぐそばに立ってじっと見上げてくるのをやめなければ、怒りのレベルは今朝と同じくらいになるだろう。ものごとは繰り返す。何度も何度も。これがロボットとの生活だ。

「何かすることはないの？」

「何かしてほしいことはありますか？」

スージーは悪態をつくのをこらえ、どこへ行って何をやるか指示するのをこらえて、小声でつぶやく。「わたしを殺してもいいわよ」

サニーが少し近づいてくる。

「すみません、ミス・スージー、もう一度言っていただけますか。センサーがあなたの発話を聞きとれませんでした」

でもあなたにはアンプがついていて、何ひとつ聞きもらすことはないはずよ。マサはそういう点も配慮したはずだ。欠点が残ったままにしておくわけがない。

スージーは落ち着かなげにスプーンで皿の横を叩く。だれかがやっていたら、死ぬほどイラつく仕草じゃなかった？　それなのにいま自分が手慣れたようにやっている。昔からずっとやってきたというように。これ以外やったことがないというように。

さっきサニーに言ったことはジョークだったのだろうか。〝わたしを殺してもいいわよ〟。あれはジョーク？　それとも心の底で望んでいること？　朝の通勤電車に飛びこむのはどうだろう。それとも〈ナウニュース〉のビルの上から飛び降りる？　はたまた鋭利なナイフを見つけて空っぽの心臓に思い切り突き刺す？　その気になれば方法はいくらでも思いつく。

「ノーと言ったのよ、サニー。何も問題ないわ。トイレかどこか掃除してきて」

なんでもいいから。とにかく目の前から消えて。

「二階ですか、一階ですか？」

どうでもいい。

サニーは指示を待ってそのまま立っている。

「一階」

「もちろんです、ミス・スージー」

ホームボットがキッチンから出ていき、スージーは窓越しに星のない闇夜を見つめる。

ゼンは宇宙に興味を持っていた。部屋には宇宙船やロケットの模型が飾ってあり、ミニチュアの惑星がぶら下がって暗がりのなかで光っていた。土星のリング、オレンジ色の大きな木星。父親の夢見がちな性格を受け継いでいて、小さすぎる夢も大きすぎる夢もなく、すべて思い描けると思っていた。「宇宙飛行士」と正しく言えるようになったのはたった三つのときで、将来それになるんだと当然のように言った。マサは息子の壮大な夢を喜び、可能性を信じ、実現のために手を貸すことを約束した。

スージーは三人のなかで、ただひとりのリアリストだったのだろうか。パーティーの邪魔者《パーティー・プーパー》（プーパーは排便する人の意）？　計画を台無しにする人《フライ・イン・ザ・オイントメント》（軟膏のなかの蝿の意、旧約聖書の一節から）？　夢や想像力に終止符を打つことを意味するその他の決まり文句。厳しい現実。わたしはそれだったのだろうか。それがわたしのしたこと？　マサはゼンに夢を見させるのが得意だった。それを無理やり自分のレベル、厳しい現実に引きずり下ろす権利はわたしにはなかったはずだ。だが、それがスージーという人間で、自分の息子にはもっと現実に向きあって成長してもらいたかった。簡単にカーレーサーや世界的に有名なサッカー選手になれないのと同じで、簡単に宇宙飛行士にはなれない。めったなことでは実現しない。形勢は常に不利なのだ。

もちろん、いまとなってはすべて撤回したい。すべてを撤回したい。ネガティブな言葉はすべて。でもそれは不可能であり、それこそが現実なのだ。

食事の手を止める。まだ食べ終わっていなかったが――ちゃんとしたものはもう長いこと食べていない――引き出しからナイフを出し（そう、空っぽの心臓に突き刺すナイフ！）、食べ残しをナイフで払い落としてゴミ箱に捨てると、汚れた皿をシンクに置く。あとはサニーの仕事だ。あの腹の立つロボットにやらせよう、そのためにいるのだから……

レインコートを着て、玄関で傘を持っていくか考える。夕方から近づいていた暗い雲がすぐそこまで迫っているが、持っていかないことにする。レインコートで充分だろう。もしひどい風邪をひいたとしても、別にかまわない。命を落とすことがあっても、それはそれで本望だ。

夜のなかに出ていったものの、道路を三十メートルも行かないところで雷が鳴り、閃光が闇夜を明るく照らす。すぐに激しい雨が降ってきて、ずぶ濡れになってしまう。傘を取りに戻ろうか。まわれ右して家に帰ってもいい。防具があればこの土砂降りから身を守れるはずだ。けれどもそのまま歩きつづける。断固とした足取りで。あちこちにできた水溜まりを避けて、きびきびと歩を進めていく。すぐに頭からつま先まで全身濡れねずみになる。

打ち捨てられた空き家の上から、ふたつの目がこちらを見ている。スージーは以前、夜ひとりで出かけたときも同じ視線を感じたことがあった。じっと見られているという不気味な感覚——だがそれは自然の摂理にかなった、血と生きた細胞の目だ。スージーがすっかり慣れてしまったロボットの目ではなく。推測するとすれば、フクロウだろう。それがもっとも理にかなっている。高いところから獲物を狙っている夜行性の鳥。目を光らせて。けれどもなぜスージーに目をつけたのだろう。わたしは何か邪魔をしているのだろうか。それとも行くべきでないところに向かっていることへの警告？　あるいはわたしを獲物と間違えている？

足を速めて歩きつづける。また別のときに考えよう。いまはただ前に進むだけだ。足を一歩ずつ交互に出して進んでいく。

空に雷鳴が轟き、レインコートの前をしっかりかきあわせ、険しい顔で悪天候に立ち向かう。薄い唇を引き結ぶと、それは口ではなく、タペストリーに短剣を突き刺してできた切れ目のように見える。逃亡《フライト》、もしくは戦闘《ファイト》を覚悟した顔をしている。

　震えながらなおも進む。首筋から背中に水滴が流れていく。雨のなかを歩くうちに脳が卑劣なトリックを仕掛けてくる。頭を空っぽにして浄化するために歩いていたはずなのに、ふたたび悪夢の光景に苦しめられる。燃え上がる空、破壊された飛行機から舞い落ちる破片、すべてを受け止める広い海。日本の自衛隊の幹部が暗いセレモニーで切腹するシーン、光を反射する刀、それがぶつかりあう美、血しぶき。遠ざかっていくお化けのイラスト、だんだん遠ざかって小さくなり、ぼやけて見えなくなるようす。そして北朝鮮の国民の必死の拍手、ならず者の政治家たちの手、太った手、独裁者の手……だがそれは拍手ではなく、ただ雨が屋根を叩いているだけで、スージーのむき出しの無防備な頭に落ちてくる。傘を持ってこないとこうなるのだ。準備が不充分なままこの世界に向きあおうとし、チャンスがあったときに引き返さないとこうなるのだ。

　別の玄関のドアが閉じ、ミツキ・マカナエの青いストッキングに包まれた脚が鉄骨の階段を下りていく。アパートの建物から遠ざかって、雨に濡れた通りに出ていく。途中で立ち止まってバッグを開け、細長い煙草を取りだして火をつけると、きれいにメイクされた顔が炎に照らされる。それなりの場数を踏んでいるというタイプの美しさだ。ミツキは思い切り煙草を吸い、夜気に向かって煙を吐きだす。

こっちの女性は傘を持っている。けばけばしいピンク色の傘で、傘に落ちる雨音を楽しんでいる。ここは数え切れないほど歩いたことがある道で、天気のせいで取りやめるということはない。お気に入りのバーに行くのであれば――すべてのバーがお気に入りだが――今日みたいにすっかり行く気になっていたのであれば。

そのとき木立のほうから音がする。ホー。またフクロウが来ている。いや、フクロウたち、ちがまた来ている。何羽いるかわからない。二羽？　三羽？　それとも大家族？　フクロウって孤独な狩人じゃなかった？　それとも一緒に行動するの？　ミツキはフクロウの一家が身を寄せあい、やわらかな羽を触れあわせて、夜の寒さから身を守っているところを想像する。毎晩、強い風が彼らに吹きつける。突然どこから来たのだろう、この謎めいた夜の生き物たちは？　小さいころにフクロウを見た記憶はない。どうしてこんなところに、この市街地とも郊外ともつかないところに？　なぜ忘れ去られた農場の放置された納屋とかではないのだろう。小さいころフクロウの鳴き声を聞いた記憶はない。都市に住む狐の鳴き声ならあるけれど。それともあれは猫だったのかもしれない。首を絞められたように激しく鳴く猫の声だったのかもしれない。きっとそうだったのだ。でもそういうとき、ミツキはいつもベッドに潜りこみ、ディズニーのプリンセスやうっとりするおとぎ話、ピンク色でふわふわしたもののことを考えていた。茶色い野生の生き物で、欲望や仕留めたばかりの屍肉のにおいをぷんぷんさせたものではなく。ところが、いまやフクロウのように夜行性になったミツキは、彼らとともに、本当は彼らのものである夜のなかに存在している。どこからともなくさっと舞い降り、姿を見られることなく残酷な殺しをする彼らの。

「あたしになんの用？」

ミツキは彼らに向かって尋ねる。言葉が理解できるというように。きっとできるにちがいない。

向こうが自分を呼んでいると、ミツキは確信している。あの小さなホーという鳴き声にしばしばキーというかすかな声がまじる。あれは彼らが貪《むさぼ》っているネズミの声だろうか。それともミツキに警告しているのだろうか。何か悪いことが起きると。

日本の文化では、フクロウは幸運をもたらし、災難から守ってくれる鳥だと言われている。用心深く、ひそかにあなたを守ってくれる。災いが降りかからないように見守ってくれる。地方によってはフクロウには天気が予測できるという言い伝えがある――天気予報にさまざまな電子機器が活用されているいま、彼らはお役御免になったと感じているにちがいない。彼らの奥底にはその恨みがあるのだろうか。仕事を奪われたと感じている？

ミツキはもう一度煙を吐きだし、うしろにたなびかせる。姿の見えないフクロウから離れて歩きだす。足取りは目的を持って力強くなっていく。バーに向かうときはいつもこうだ。すべてのバーがお気に入りのバーだ。

9

ファサードにネオンサインが躍る高層のビル。ここは〝歓楽〟街で、怪しげなバーや寂れた映画館が立ち並び、ライブ〝ショー〟もやっている。すっかり時代に取り残され、廃墟同然だと言われているが、そもそも最初からこうで、豪華さや華やかさはほとんど考慮されることなく設計されたとスージーは聞いていた。むき出しで荒々しく、関係者たちがここはさっさと終わらせて次に行こう、という態度でつくったような。職務放棄だ。ここがこれまで一度として、きれいで清潔だった時期はなかったかもしれない。常に底辺の、安い酒場が連なる通りで、世間知らずの田舎者がわざわざ訪れようとは思わない場所だ。あまりに陰気でくたびれていて、罪のにおいに憂鬱がまじっている。この界隈に足しげく通ってくるのはフードをかぶって背中を丸め、視線を避け、しばしば身元を隠そうとしている者たちだ。このあたりを堂々と顔を上げて歩く者はおらず——何を誇るというのか？——だれもが不機嫌な顔をしてこそこそ動きまわっている。ここは吹き溜まりだ。怪しげなバー。うしろ暗い人間が酒を飲みに来るところ。

目の前の建物を見上げる。雨が側面を流れ落ち、雨樋《あまどい》から勢いよく噴きだしている。ネオンサインの一部は閃光を放ち、一部は土砂降りの雨のなか弱々しく光るホログラム映像で、こちらに手を伸ばしてくる。自由になりたいのに絵の煉獄《れんごく》のなかに閉じこめられているようだ。けばけばしい色で手招きし、敷居をまたいでこちら側に来るよう誘っている。

スージーは屈する。当然だ。街のこのあたりは最近、スージーの目的地になっている。どうして抗《あらが》えるだろう、自分のようなダメ人間が？

建物に入り、狭いエレベーターに向かっていく。なかは尿のにおいがする。酔っ払いが我慢できずに隅で放尿したか、もっとひどいのは、どこかの下品な女がしゃがんで用を足してしまったかだ――どうしてそっちがひどいと思うのだろう？　世界のこの地域では礼儀正しいのが当然とされる。マナーを守ることが当たり前で、社会的なエチケットが共有されているはず……それともこの界隈ではルールが異なるのだろうか。この街外れでは。地理的な意味だけではなく、考え方もそうだ。足元の床はベトついているが、エレベーターに乗っているのはほんの七秒か八秒にすぎない。最上階に着くとほっとして思い切り鼻から空気を吸いこむ。エレベーターのなかはとても耐えられるにおいじゃない。

金属のドアに歩み寄る。ドアの上の看板には〈スコア・バー〉とある。さまざまなスポーツのボール（バスケットボール、サッカーボール、アメリカンフットボール）のホログラム映像が看板から飛びだしてきたかと思うと、たちまち消えてしまう。数年前に設置されたばかりだというのに、この技術はすでに古く感じられる。ものごとは猛スピードで変化し、この場所で目立つにはわずかな３Ｄ技術では太刀打ちできなくなっている。

　ここはマサの行きつけの店だった。夫は大のスポーツ好きで、ゼンを祖母に預けられるときはスージーもよく一緒に来た。カクテルを飲み、大型スクリーンで流されているスポーツはなんでも見た。本当になんでもよく、マサはあらゆるスポーツを楽しんでいたが、特に好きなのはサッカーだった。子どものころは選手だったと自慢していたが、たいしたことはなかったと思う。地面に落とさずにボールをキープする方法など、コツをいくつかゼンに教えていたが、その程度のスキルだ。ギャンブルも好きで、ゲームやレースの前にスマホを開き、賭け金を決めて運試しをしていた。大金を賭けるわけではないし、ゲームの興奮を高めるだけ。少なくともそれが彼の言い分だった。熱狂的な競馬ファンの多い国から来たスージーには、それがよく理解できた。ちょっとした高揚感。最後の二百メートルで、すでに二馬身リードしている意中の馬が頼もしいギャロップを見せたときの興奮。そう、スージーには理解できた。だからずっと夫の賭け事には目をつぶってきた。

　この二カ月余り、スージーはこのバーに通いつづけている。マサの霊を呼び寄せられるか確かめるために。彼がよみがえり、隣に存在を感じ、なんらかの形でいまもふたりが結びついていることを感じるために。宇宙がふたりを完全に見捨てたわけではなく、世界とふたりの関係が完全に終わったわけではなく、ふたりの結びつきには何か意味があった、いや、いまもあるはずだと感じるために。復活、おかしくない。でもまずは先に肉体が要《い》る。墓場のなかの死体が必要だ。地下墓所に眠る亡骸《なきがら》。こうやって会いたいと願うのは無謀な話かもしれない。でもほかに手段があるだろうか?

毎回試合が始まる前に、マサならどうしただろうとよく想像する。どういう結果を予想しただろう。勝ち目のないほう、苦境に陥っているチーム、マネージャーの首が切られそうなチームに賭けただろうか。それとも勝って当然の本命のチーム、スーパースターがいるほうへ冷静に計算して賭けただろうか。スージーはふたりの考えが溶けあっているように、マサと自分の考えがひとつになって決定を下しているように感じるのが好きだった。彼の霊が周囲の空気に本当に存在しているように。帰ってきたように。

マサ、お願い、帰ってきて。

壁に取りつけられたパネルに顔を近づける。顔認証デバイスがスキャンを始め、顔の輪郭を読みとったのち、重いドアが開く。スージーは世間で〝常連〟と呼ばれる存在だった。どの土地でもいい意味と悪い意味の両方がある言葉だ。いいほうは温かく迎えられ、行く先があり、みんなに名前を覚えられている場所があるという意味だ。好かれているかどうかはともかく、少なくともあなたとあなたの特異性に耐える用意があり、顔を見せなくなると寂しがってさえくれるかもしれない場所だ。否定的なほう? 辛い現実を突きつけよう。友よ、あなたは問題を抱えている。そんなにもその場所を必要としていることに。彼らが差しだしてくれるものに悲しいまでに依存していることに。スージーはなんでもプラスとマイナスを冷静に見きわめるが、その結果、目の前で開いたドアをくぐるのを思いとどまることはない。向こう側に行く。またここに来る。

先客はふたりだけで、初めて見る人たちだった。ふたりはメインカウンターにすわっており、上のほうに設置されたスクリーンではイギリスのサッカーの試合が日本語の解説付きで音を抑えて流されている。

オーナーでバーテンダーのハルト・マツモトは、入ってきたのがだれかわかると笑顔を見せる。ふたりはこれまで何度もしたようにうなずきあう。

「元気になった?」

「んー、あんまり」

「そうだよね。もちろんそうだ、決まってる」

彼は何か言わなければいけない気がしている。スージーの直面している状況を知っているからだが、彼の言葉はいつも役に立たない。とはいえ何も言われないほうが傷つくだろう。どちらもしたくない会話だし、発展もしないがしなければならないのだ。彼はマサのことをよく知っていて、マサを友だちだと思っていた。遺体が見つかり正式な葬儀が営まれたら、きっと来てくれるだろう。このハルト・マツモトという男は信頼できる人物だった。頼りがいがあり、いいバーテンダーの素質を持っている。立場をわきまえていて、踏みこみすぎない。嫌いになることが難しい、一緒にいて心地いい相手だ。

「ビールお願い」

これからスージーがもっと強い酒をどれだけ飲むか、だれも予想できまいが、さしあたりはビールでいいだろう。手はじめには。自宅で飲んだジンが効いていて、頭はすでにふわふわしている。ジンのせいで身体がほぐれ、他人の影響や暗示を受け入れやすくなっている。今夜はどれだけごちゃ混ぜに飲もうとかまわなかった。とにかく持ってきている。

何かがスージーをこのバーに、この町に、この国に、この辛い状況につなぎとめていた。いったいそれはなんだろう？　どうしてまだここにいるのだろう？　なぜかこれで終わりではない気がしている。物語にはまだ続きがある。もっと何かが起きる……それはわたしに好都合なことなのか？

内なる別の声がたびたび邪魔をする。

〝帰れ〟

〝さっさと失せろ〟

頭のなかで声がする、断固とした声だ。

〝帰れ。もう充分だ〟

断続的に聞こえる声もある。揺るぎなく、思慮深いと言ってもいい声。

〝ここにいてもなんの意味もない。夫も息子もいなくなってしまったのだから〟

けれども心の奥深くにいつまでも消えない予感があって、それがスージーを悩ませている。物語はこれで終わりじゃない。スージーの物語にはまだまだ続きがある。

ハルトがくれたタオルで顔と頭を拭く。きついウェーブのかかった肩までの髪は濡れて縄のようになっている。

やがてビールが来る。勢いよく飲むと、力強いホップの苦味が外で浴びた土砂降りの雨と夜のいらだちをたちまち忘れさせてくれる。

先客のふたりは二十代のカップルで、一瞬お互いから目を離し、この悪天候のなか突然入ってきた外国人に並々ならぬ関心を示す。かっこいい人だけど、どこか悲しそうだねと日本語で話している。どうしてこんなところにひとりで来るんだろう？ 通りをうろついている魔物が怖くないのかな？ 怪物《オーク》。ゴブリン。変質者。地元の方言を話せるの？ ふたりは酔いがまわりすぎていて、声を潜めることに気がまわらない。彼らの疑問や感想が大きく響きわたり、カウンターを揺らすように聞こえてくる。声がコントロールできていないことを恥じるようすもない。

「あのふたりが言ってるのは……」

「ええ、ハルト、ありがとう。何を言ってるかはわかる」

「日本語がすごく上手になってきたね、スージー。ここに来はじめてもう何年にもなるよね」

「数え切れないくらい」

ハルトの言葉はお世辞だ。スージーの日本語はあまり上手ではない。もっと勉強しておくべきだった。基礎をひととおり習った程度で、あとはずっとマサを頼ってきた。いろんなことをもっとしっかり徹底的にやっておくべきだった。いまとなっては、すべてが少し遅すぎたのではないかと思う。

スクリーンを見上げる。

「どこがプレーしてるの？　リヴァプール？」

スージーはその名を口にするのが好きだ。子どものころを思い出す。グラウンドでプレーしていた少年たちは、何かと贔屓《ひいき》のチームや選手の名前を叫んでいた。

ハルトはリモコン用のセンサー手袋をはめ、空中でスワイプし、スクリーンの内容を変える。必要な情報が目の前に飛びだしてくる。色鮮やかで、捕まえることができそうだ。

「うん、リヴァプール対エヴァートン」

スージーもそうだと思っていた。色になじみがある。片方は赤、もう片方は青。昔はよく見ていた。地元の二チームが対戦する試合を示す言葉がなかっただろうか。いまは思い出せない。たしかにあったはずだ。簡単な言葉だったのに、頭がこんがらかっている。アイルランドの実家で、兄弟たちがテレビに向かって両方のチームの名前を代わる代わる叫んでいたことを思い出す。それで結果が変わるかのように、懇願したり、激しく非難したり。そのときは癒しの効果があるかもしれないが、叫ぶことはひとつの方向にしか向かわない。底知れぬ闇へと一直線だ。

「英語の解説にしようか？」

スージーは、仲睦まじいカップルのほうに顔を向ける。

「あのふたりがかまわないなら」

「まったくかまわないよ」ハルトが笑いながら言う。「あのふたりはスポーツファンじゃないから。ただの酔っ払いだ」

カップルの男性が顔を上げる。英語がわかっていて、驚いたふりをしている。

「酔っ払い？　違う、違う、おれ酔っ払いじゃない！」

ハルトはふたたび笑い、目を見開いてみせる。どう見てもかなり酩酊《めいてい》しているカップルも笑い、カウンターから離れて隅にある小さなテーブルのほうへ移動する。

「ごめんなさい、気まずくさせちゃったわね」

「気にすることないよ、スージー。ゲームを楽しんで。気晴らしになる」

またただ。〝辛いことは忘れて、乗り越えて〟。みんなよかれと思って口にする。この人たちとその陳腐なセリフが善意からのものであるのも承知しているが、彼らには決してわからないだろう。どうしてあんなことが予期できるだろう。できる人がいるだろうか。実際に自分の身に起きてみないと決して理解できない。ぬかるみに目まで浸かり、鼻腔をふさがれ、息をしようとして無駄だと気づく、その瞬間まで。スージーは本当の悲劇を知らずに育った。年老いた親戚は年老いた親戚が死ぬように死んだが、彼らのことはまったくといっていいほど知らないし、覚えていることはほとんどない。例外は祖父で、スージーに大きな印象を残している。なぜだろう？　祖父はさまざまなことを深く気にかけているように見えたから、そしてそれをもう少し掘り下げようとしていたからかもしれない。表面だけでは満足しなかった。引っかくだけでもいいのに、徹底的に掘って、その奥深くにあるものを手近にある刃物で切りだそうとしていた。両親はふたりとも健在で、それには感謝しているが、異国で生活する子どもたちの常で、しょっちゅうふたりの身を案じている。友人は全員アイルランドにいて、本当の友だちならそうであるように、電話かメールを一本入れれば昔どおりのつきあいができる。スージーはだいたいにおいて無傷の人生を送ってきて、骨折したことも思春期のころニキビに悩まされたこともなかった。

運がいい。

運に恵まれた人生だったと言ってもいい。幸せな人生と言っても。

ところがおよそ二カ月前、すべてが一変した。

一発のミサイル。ごくふつうのよく晴れた日の空に打ち上げられた。

旅客機の航路の近くに飛んでいった。至近距離に。あるいはその軌道から放たれるすさまじい衝撃波で機体が揺れ、旋回し、墜落するほど近くに。回転しながら真っ逆さまに。それで終わり。そういうことだったのだろうか？

あの恐ろしい日に家族を取り戻した人たちもいる。夫や妻や子どもたちを。奇跡的に生き残り、救助された人もごく少数ながらいた。ヘリコプター。ボート。ダイバーや救助隊員。世のなかで全力を尽くしている、善良で、タフで、英雄的な人々。手足を失い、視力を失い、聴力を失いながら、それでも予想を覆して帰ってきた人もいた。遺体が戻ってきた人たちもいる。愛する人のズタズタになった身体。それでも何かにはなる。けじめをつけられる。終止符を打てる。スージーのもとにはまだ何も返ってきていない。身体のなかで大きくなる潰瘍や、ねじれて締めつけてくる腸以外は。子どものころのようにカトリック教徒でいるべきだった。信仰を持ちつづけるべきだった。助けになったかもしれない。何かが欠けていると感じ、心が答えを求めている今日のような日の助けになったかもしれない。打ちひしがれ、呆然自失となり、皮肉にもまったく途方に暮れて《オール・アット・シー》いるいま、祈りが救命いかだになったかもしれない。

奇跡を願うのは高望みだろうか、いまになって祈るのは遅すぎるだろうか？　海のなかからあとふたつの身体が現れて、わたしのもとに歩いて戻ってくるのを祈るのは？　それがそんなに大それた望みだろうか？

ビールを飲み終え、ほかのものを頼むことにする。またジンがいい。ジンを持ってきて。

冷たくて金属的な。凍てつく拳で割った氷と一緒に。

「トニックはそんなに入れないで」

まったく異なる文脈で母がその言葉を使っていたのを思い出す。故郷の村の薬剤師は、だれかの具合が悪くなると、必ず〝強壮剤《トニック》〟を調合してくれた。あのなかに、あの白っぽい調合薬に何が入っていたのか知る由《よし》もないが、ブレンダン・マーは腕がいいと地元の母親たちは信じていた。あれほど博識な人を疑うなんてどういうつもり？

カウンターの控えめな人工照明に青く光る、手元の調合酒に目を落とす。最近よく耳にする人体の冷凍保存について、つかの間思いをめぐらす。自身の身体を冷凍して、はるか先の未来に目を覚ますことを考えている人たちがいるらしい。初めてその話を聞いたとき、スージーは信じられなかった。朝食のときニュースで見たけれど……あのときサニーも聞いていた？　あれが解決策になるかもしれない。冷凍保存。はるか先の未来に目を覚ます……待って、未来がどうなっているかなんてどうでもいい。いま冷たいグラスを覗きこみながら夢見ているのは過去だ。過去だ、過去、どうすれば過去に戻れるのだろう。

ドアが突然開き、そこに現れてスージーを救ってくれたのは奇跡ではない。救世主でもない。薬剤師でも教祖でもなく、啓示でもない。ゾンビでも、死者の世界からよみがえった霊でもなく、凍った未来から来ただれかでもない。

ただのミクシーだ。

ミツキ・マカナエ、ばっちりメイクをした元気いっぱいの二十八歳、美人だがけばけばしい彼女がいつものように派手に入ってくる。登場を印象づけるために、自信たっぷりに腰を揺らして。それが失敗したことはないようだ。

ミクシーは腹をすかせた犬のように店内を見わたし、戸棚が寂しいのを見て落胆する。パンク歌手ばりの緑のメッシュが入った髪、つやつやした唇、ストッキングに包まれた脚――目立ちたがりの彼女はハルトにうなずきかけてからスージーの隣に腰を下ろすと、これから違法な重大ビジネスでも始めるかのように、バッグをカウンターに叩きつけるように置く。それからいくつも種類のある笑顔のひとつを見せる――夜の準備はできている、それが何を伴うのであれ……今日は何を持ってる？　ミクシーにはいくつもの顔がある。練習を重ねた顔。リハーサルした顔。半分かわいらしく半分不機嫌そうに頬を膨らませ、口を小さくすぼめて首を傾げる。その膨らんだ頬で誘いをかける。〝さあ、あたしをはじけさせて。あたしはただのかわいいお人形よ、あなたに触れられただけで破裂しちゃう〟。貪欲な男たちはそれでのぼせあがる。あるいはアヒル口をつくって、男たちのテストステロンで煽《あお》られた股間を燃え上がらせ、膝を震わせる。ミクシーはあらゆるテクニックを知っていて、決して手を抜かない。

「また来てたのね、ミス・スージー」ミクシーの声は練習したようにかすれている。

ミクシーがキラキラ光る長い爪でラミネート加工されたメニューを指さすと、ハルトがそのカクテルを用意しはじめる。

「来たわよ。また。ええ」スージーはできるだけ感情を排し、平板な声で答える。

本名はミツキだが、だれもがミクシーと呼んでいる。彼女がそう望み、そう仕向けたからだ。そのニックネームがふさわしいのは、下の名前の音と近いだけでなく、彼女がどんな相手にもどんな状況にもうまく混《ミ》じり《ック》あう《ス》からだ。服装もレトロな古いものと最先端のものの組み合わせで、カクテルも色鮮やかなフルーツをミックスしたものが多く、同じものを二度頼むことはほとんどない。

「調子はどう?」ミクシーは友人に尋ねる。

「元気よ」

ミクシーはいつも英語でスージーに話しかける。理由はそうできるからだ。目立ちたがりなだけあって、ほかの客を感心させ、見せびらかすのが好きなのだ。彼女の話では、数多くの外国人のボーイフレンドやガールフレンドから習ったらしい。性別は気にしないし、ドリンクでもなんでも選り好みはしないとアメリカのアクセントで言うが、その点を疑う者はいない。一見華奢《きやしや》で、モデルのように見えるけれど、だまされてはいけない。ミクシーはほんの些細なことで嫌な女に豹変する。三日月刀のように舌鋒鋭い酔っ払いに変わる。

ミクシーがスクリーンに目をやる。

「どこがプレーしてるの？」

「関係ある？」スージーは聞き返す。

「ないと思う」

ミクシーが自分のグラスをスージーのグラスと合わせ、ふたりは蛍光色のカクテルをぐっとあおる。

「どっちが勝ってるの？」スクリーンの隅にずっと表示されているスコアを見るそぶりもなく、ミクシーが尋ねる。

「わたし」スージーが答える。「明らかに」

ミクシーが笑う。

「今夜はまたおもしろい連れと一緒になってラッキーだな」

「その幸運に乾杯」スージーは言い、ふたりはまたグラスを合わせる。

太ももに伸びてきたミクシーの手を目で追いかける。これはよくあることで、スージーは身動きもせず瞬きすらしない。ふだんはゆっくり首を振るだけで、熱心なファンを思いとどまらせるには充分だった。ふたりは前にもこの段階まで来たことがあり、ミクシーがスージーの思っているとおりの人間なら、誘いをかけてくるのはこれが最後ではないだろう。驚くのは、夜はまだ始まったばかりだということだ。まさかそこまでハイになってはいないだろうに。

　スージーはカウンターの向こう側の隅に、動かないホームボットがいるのに気づく。隣に立てかけられた、壊れたほうきのように役立たずだ。

「それ、前からそこにあった？」

「いや、新しいやつだよ」ハルトが答える。「一週間前に届いたんだ。まだちゃんとセットアップしてなくて。前のやつは……なんて言うのかな……欠陥品？　なかの配線がイカれてるらしく、有毒なガスを吐きだして……燃えてるみたいな……何かが……」

　ハルトの顔が赤くなる。自分の途切れ途切れの英語がミクシーのほどスマートでなく、テクノロジーの知識も充分でないからだ。

「そんなに危険なものだなんて知らなかった」ミクシーがスージーの太ももから手を離し、すでにほとんど空になっているグラスを揺らす。

「わたしは驚かないけど」スージーは言う。

「こういうのを安全にプログラムする方法を知ってる？」ハルトの声からは、特に期待していないことが感じられる。

「見当もつかない。知ってのとおり、夫ならできたけど。残念ながら、わたしはあまり気にしてなかった」スージーは答える。

　ハルトがミクシーに新しいカクテルを渡す。さっきと同じくらい光っていて、同じくらい斬新だ。

　ミクシーは感謝のしるしに歯を見せて笑う。「こんなところにはもったいないほどの作品ね、ハルト」

「それに小さな傘もついてるじゃない。帰り道に使えそう」スージーは言う。

「ユーモアのセンスがあるよね、ミス・スージー。あなたに惹《ひ》かれるのも無理ないな」

「あなたはだれにでも惹かれるでしょ」スージーは言い返す。「それより、そう呼ぶのはやめて。前にも言ったでしょ。うちのホームボットにもそう呼ばれていて、頭がおかしくなりそうだって」

「でもあたしもあなたをおかしくさせたい、ミス・スージー」

「本気で言ってるの。スージー、それかスーズって呼んで。もうたくさん。あなたの戯言《たわごと》はもうたくさん」

「わかったよ。あなたのためならなんでもする」

　ミクシーはふたたび歯を見せて笑う。

　前にも繰り返したやりとりだ。ミクシーはかなり前からスージーに色目を使っていた。マサと一緒のときでさえ口説いてきて、彼の見ている前ということもしばしばあった。マサはおもしろがっていたようだ。ひそかに興奮していたのかも。スージーはもちろん応じていないが、そのうち屈するかもしれない。ミクシーは最近、たぶん同情心からだろうが、ギアを上げてきている——スージーの身に起きた悲劇をすべて知っているから。一方スージーは、本当の望みはどこか静かなところで丸くなって死んでしまいたいということだと打ち明けてはいない。だれにもひと言も告げることなく塵《ちり》になって消えてしまいたい、と。そういうことはなかなか他人に話せないものだ。

なんなら一歩踏みだしてミクシーの思いどおりにさせればいい。思い切って淫《みだ》らなシーンを演じればいい。一度だけでも。何ごとも経験だ。どうしていけない？　何に縛られている？

「それで？」

「それでって何が？」

「今夜があたしたちの特別な夜になるんじゃない？　ひどい天気だし、ほかにすることもないし」

「どうかな。もう少しがんばる必要があるんじゃない？」

スージーは焦らし屋だ。いまそれを知った。自分にあるとは知らなかった一面だ——最近になるまで。すべてが〝最近になるまで〟だ。

困難に挑もうとするときのような顔でミクシーがにやりとする。

「またあなたの笑顔が見られたら嬉しいな、ミス……ごめんなさい……スージー」

「あなたには手に余る仕事《ワーク・カット・アウト・フォー・ユー》よ」

ミクシーは眉をひそめる。

「いまの表現わからない」

「この世にはわからないことがたくさんあるってこと」スージーは謎めいて聞こえるように——または意味ありげに聞こえるように——言うが、どちらもうまくいかない。そこでカクテルをあおり、それに満足する。

スクリーンに流れていたサッカーの試合が終わり、ハルトがセンサー手袋をつけて何もないところでスワイプし、チャンネルを次々と変える。トリックを披露しているマジシャンか、熱狂する楽器を前にしたオーケストラの指揮者のようだ。

「何か見たいものはある？」とハルトが尋ねる。

「世界の終わり。ライブで」とスージー。

「彼女は無視で」ミクシーが言う。「きっとアイルランド独特のユーモアか何かだから。カラオケにして。あなたたちに歌を歌ってあげる。ちょっとリフレッシュしたあとでね」

ミクシーは立ち上がるそぶりを見せるが、あと少し黄色のストローでカクテルを飲む。

ハルトはジャズ風の軽いBGMを流す。だれも傷つかないタイプの音楽だが、ほんの一瞬でも真剣に耳を傾けると、精神的におかしくなりつつあることに気づく。

目の端で、スージーが不満そうにこちらを見ているのがわかるがハルトは無視する。背後にあるパネルのボタンをいくつか押すと、スタンドマイクのついたカラオケマシンがゆっくりと現れる。55SH型というこのビンテージマイクはマニア垂涎《すいぜん》のアンティークのマイクなのだとハルトは説明したが、退屈なのでだれも話に乗ってこない。

店の片隅にいる忘れられたカップルが、カラオケが始まると知って暗がりから歓声をあげる。ついにミクシーがスツールから降りてトイレに向かう。

「ミクシー・タイム！」ミクシーはそう叫びながら去っていくが、だれも彼女のほうを見ない。今回ミクシーは、本当にやるべき仕事があるのだ。

狭い空間でバッグの固いジッパーと格闘し、捜していたものをどうにか取りだす。小さな包みに入っている細かな白い粉を手の甲に出し、素早く鼻から吸いこむ。〝ミクシー・タイム〟はいつもこうだ。とっておきのご褒美。毎日がミクシーとミクシーの知っていること、ミクシーが考えていること、ミクシーがやっていることのお祝いだ。引き締まった顔の筋肉がビリビリしびれ、脳の前面が明るい閃光に焼かれるように脈を打ちはじめる。そして突然覚醒する。睡眠や疲れという概念を知らないかのように、はっきりと理想的に覚醒する。バーのドアを開けて遺体安置所のようだと思ったときの落胆はたちまち消え失せる。さっとひと吸いしただけで、身体じゅうの線維細胞が活性化し、そのなかにある小胞ひとつひとつに小さな火がつく。汚れた鏡に自分を映し、光り輝く顔を見つけて満足すると、指先で手早くツンとした小さな鼻をぬぐう。

胸を押し上げ、谷間がよく見えるようもうひとつブラウスのボタンを開ける。特別大きくないが、目を引くほどにはふっくらしていて、手に余るほどだ。ミクシー自身と同じように。そう、ミクシーは手に余る仕事《ワーク・カット・アウト・フォー・ハー》を抱えている。いつもそうだ。そう、もう少しがんばれる。ミクシーが欲しいものはたいていミクシーが手に入れる。鏡に映るミクシーは怠け者ではない、このミクシーは力強い。下腹部にうずきを感じ、そのうずきはなだめてもらう必要がある。そのうち手に入るだろう。いずれあの孤独なアイルランド女性は陥落するはずだ。それが無理ならもう一度ハルトを捕まえ、あの不細工な妻のもとに帰るところを引きとめればいい。かわいそうに、どうしてあんな女と一緒になったのだろう？ずっと歳の離れたおばさんと。名前はなんだっけ？　スズコ？　スズカ？　たしかそんな感じだ。きっと欲求不満にちがいないだろうから、ときどきジェットコースターに乗せてあげたら喜ぶはずだ。レールの上を超高速でのぼりくだりする——喜ばない人がいる？

〝ミクシー・タイム〟

自分を解放する方法を見つけよう。ミクシーはいつだって道を見つけられる。

トイレの水を流し、手を洗う。ちょっとしたご褒美を自分にあげたあとは、すっかり気分がよくなっている。比べ物にならないほど。ほんのちょっぴりで驚くほど効果がある。すごく細かくて、すごく濃縮されたものの力だ。手に入れるには何かと引き換えにしなければならないが。ミクシーはしばしば身体の一部を差しだしている——その男に金は必ずしも有効ではなく、ときに口になることもあり、バーの裏にある金属のフェンスにしがみつきながら肛門で受ける場合もある。痛い。でも何ごともそういうものじゃない？

　だがミクシーの心は、いまそこからほど遠いところにある。ドラッグがキマり、気分が高揚し、テンションが爆上がりしている。いま突然暗闇に放りだされれば、守護神であるフクロウと会話できるにちがいない。この宇宙の音と光の波動もすべて理解できるはずだ。ミクシーの手に負えないものは何もない。これが〝ミクシー・タイム〟の効果だ。


　ぴったり身体を寄せあったカップルが、小さなステージでデュエットの曲を歌いはじめる。何かの物真似なのか、男性のほうが肩や眉毛を意味ありげに動かし、ふざけて囁くように歌っている。恋人は隣でうっとりして彼の上半身に手を這わせ、マイクに届くよう首を伸ばしている。伸ばして伸ばして、高音を出そうとするが、滑稽なくらい失速してしまう。ハルトはあまりのひどさに笑いだし、スージーは顔をしかめて、耳が受けている苦痛をどうにかやり過ごそうとする。たったいまトイレから出てきたミクシーは、もう一度戻ってキメ直そうかと考える。今夜の余興ってこんなレベルなの？

「寂しかった？」ミクシーは背の高いスツールに腰かけながらスージーに尋ねる。夜が少しでもよくなることを願って。この数年でバーやクラブはすっかり寂れてしまった。理由？　戦争の恐怖？　そうかもしれない。攻撃の恐怖？　そうかもしれない。それともただの恐怖？　方向性を見失い、世界における序列をさらに下げた政府により植えつけられた？　無視され、貶《おとし》められ、非難され、忘れられる恐怖？　人々が飲酒や社交的な娯楽全般に興味をなくすのと同時に、アルコールの消費量は激減した。みんな何も信じられなくなった。何かを信じる気になれなくなり、だれもが家に閉じこもった。この界隈に潜む生き物は、ソアラー（高性能グライダーの意）だけになった。つまり、酒や、官憲の網をくぐって手に入れたもの——吸ったり、吸引したり、注射したり、食べたり、尻に突き立てるもの——で街を見下ろすほど高く飛ぼうとする人々だ。いまではそういう品々がこれまでにないほど手に入れやすくなっている。見張りのない港から粗末なボートでひそかに持ちこまれ、いかがわしい船員や漁師、税関の警備員もこぞって加担している。無視できないほど魅力的な金銭的見返りが得られるからだ。これがお楽しみの世界であり、風変わりな趣味や独特の情熱を持つミクシーの同類や仲間たちが一日働いたあとに待っているものだ。異端者、堕落者、無法者にのけ者、アウトサイダーたち。ミクシーの仲間たち。彼女もそのうちのひとりだ。あるいは彼らがミクシーと一体なのだ。人生はたまたまそういう経過をたどった。それだけの頭はあったのだから、母親にならい科学の道に進むこともできた。けれども父親がいないこと（説得力のない言い訳）、指導者がいないこと（単なる怠惰）から、ミクシーは違う道を選び、それについて母は娘を説得することができなかった。最初はバーで軽いホステスの仕事から始めた。客はしつこく酒を勧め、ミクシーの財布を現金や質に出せるちょっとしたアクセサリーで満たした。夜が長くなり、昼に寝るようになった。依存はひどくなる一方だった。チャンスが来たときに母親が突然出ていったのも無理はない――ミクシーにはもううんざり、昔のミツキを返して。そう、ミクシーの人生はたままこういう経過をたどった。決して計画したわけではない。この国も同じで、モラルが崩壊に向かっているが、ミクシーのような若い女には充分楽しい。波を乗りこなしている感覚。それで充分楽しい。最高におもしろい。それを最大限活用しよう。そしてスージーを道連れにする。

「寂しかった?」ミクシーはふたたび尋ねる。

スージーはまた無視し、顔に両の拳を押し当てる。ひどい歌声はスージーをのみこみ、骨を突き破り、粉々になるまで砕く。あそこまで歌が下手な人は家から出るべきじゃない、マイクに近づくなんてもってのほかだ。ああいう人たちは出入り禁止にするべきだ。それか火炙《ひあぶ》りにするか。厳しすぎる罰だとは思わない――スージーの考えは最近少し極端なほうに振れてきている。暴力のほうへ。残虐さのほうへ。極端さのほうへ向かっている。しかたがない。スージーを救うことはできないのだから。

「お代わりは?」ミクシーが言う。

「お代わりって? カクテルのこと? それとも人生のやり直し?」

ミクシーがハルトにうなずくと、彼はふたり分のカクテルを用意しはじめる。ふたりのおかげで忙しくなり、この若き店主はありがたいと思っている。厳しい時代であり、できるだけ多くの客をとる必要がある。生活費を稼ぎ、家族を養い、店の経費を支払わなければならない。ストレスがある。それも過大な。いつものことだ。

あっという間にカクテルが来たが、トイレでのご褒美のあとは、なんでも来いという気分になっていて、早すぎるというふうには感じない。いまミクシーにバトンを渡せばくるくるまわすし、マラソンをしろと言われれば走るし、ペニスの一本か二本——本物でも偽物でも——差しだされれば、枯れ果てるまで吸い尽くすはずだ。ミクシーの血管は命の鼓動に脈打ち、低い音をたてている。たぶん必要なのは硬い一本のペニス。これがミクシーの考え方《ライン・オブ・ソウト》だ。ラインが他のラインにつながっていく（ラインには線状に置いた麻薬の意もある）。それからスージーのショーツをひと嗅ぎすれば。ミクシーはいつも必要としている……あと少しを。

ようやくひどい歌い手によるひどい歌が終わったかと思うと、ふたりはタブレットをスクロールして次に歌う曲を探している。

「勘弁して。だれか止めないと。もう一曲歌わせるわけにはいかない」ミクシーが言う。

「あたしのほうがましだよ」

スージーはここから遠く離れた自宅のベッドに横になっていたいと思う。ベッドに横になり、殺風景な寝室の殺風景な壁に向かって泣いていたい。ここにいるよりずっと意味があるはずだ。

ミクシーはもう一度友人との会話を試みることにする。これでうまくいかなければカクテルを飲み干し、別のバーに行こう。もう少し陽気な仲間がいるところへ。〈ジャングル・ルーム〉に行ってもいいかもしれない。しばらく行っていないから。

ほかのエキゾチックなバーと同じように、〈ジャングル・ルーム〉はひっそりと存在している。ただ偶然その店に出くわすということはない。我慢強く待ち——ときには数年間——ようやく見つけ、入れてもらう。そして支払う。あれほど異国情緒たっぷりのバーには必ず払わなければならない。ミクシーの長身の彼が以前連れて行ってくれた。「だれにも言うなよ。他言無用だ」彼は握った拳を振り上げて言った。

黒っぽいシダが沼のような緑色の壁に沿って生えている。そしてにおいがものすごくリアルで、本物と錯覚するほどだ。土や泥の濃厚なにおい。大音量のドラムの音もする。ズンズン響くドラムンベース。熱狂的なダンス。耳をつんざく爆音、そして常にビート、ビート、ビート。〈ジャングル・ルーム〉で響きわたるのは、原始的なリズム、低音のリズムのなかでももっとも基本的なリズムだけだ。

初めて行ったとき、ミクシーはずっと笑い転げていた。そこにいた女たちには、抑制というものがなかった。なんのためらいもない。彼女たちはほぼ裸か、ほんの少し毛皮をまとっているだけで、股間を押さえてじろじろ見てくる男たちに向かって身をよじったり、うなり声をあげたりしていた。この獣たちのなかには彼らが言うところの〝発情期〟真っ盛りの者もいた。野生動物の遊びさながら互いに嚙みついたり引っかいたりするだけでなく、隅で排便している者すらいた。笑うのをやめるよう連れの男に横腹を思い切りつつかれて、ミクシーは慌てて口をつぐんだ。

あのバーはどこだった？　思い出せるだろうか？　街のどこか奥まったところ。深部だ。ここからそんなに遠くないはず。川の近くに立ち並ぶビルのどこか。汚い店。クソだらけの店。このハルトのバーと違って不潔だが、それを求めて来る者もいる。汚物。彼らは自分たちをそう考えているのだろうか。そこに自分たちの魂を見ている？　おれたちはクソだ。おれたちの人生はクソだ。おれたちはクソのなかに住んでいる。この社会はクソで、おれたちを裏切っている。すべてが大量の湯気を放つクソだ。それをはっきりわからせるために、そのなかで転げまわる女たちがいる。みんなが同じ認識でいられるように。何を象徴しているか。徹底的に納得させる。ここはクソだ。政治家も来ているという噂があった。それで少しは納得できないだろうか。ミクシーは湿気やカビのにおい、女たちのにおいを覚えている。土や固まった泥が爪の下にこびりつき、髪にくっついた。動物との戯《たわむ》れ、野生の存在との戯れ、何か原始的な存在に戻ろうとして……あれはどこだった、あの場所は？　どのドアの向こうだったのか……

そしてあの男。彼はあのバーの鍵を持っていた。オーナーか何かだったのだろうか。株か何か、なんらかの利害関係を持っていたのはたしかだ。あらゆることについてを持っているような男だったから。どこまでも卑劣だった。彼の長い指がすべて突き立てられ……

ミクシーは記憶を振り払う。たぶんあれは熱に浮かされて見た夢だ。どうして確信が持てるだろう、日頃から自分が吸ったり吸引したり、舌の下で溶かしているものの量を考えると。体内に押しこまれたものを考えると。これはミクシーが自分で選んだ人生ではない。気がつくとここにいたのだ。

「先に何か歌ってくれない？」ミクシーは言う。

「ここってスポーツバーだと思ってた。隠し扉の向こうから出てくるまでカラオケがあることも知らなかったわ」とスージー。

「ここはそうなってほしいものになるバーなんだよ」

ミクシーは間を空ける。

「で、どんなバーになってほしい？」ミクシーは軽く自分の胸を揺らす。「ストリップバー？」それとも〈ジャングル・ルーム〉？　と心のなかでつけ加える。あのイカれた場所を見るまでは生きているとは言えないだろう。

突然ハルトがカウンターの向こうで大笑いし、興奮気味に言う。「いいんじゃないか？　ストリップバーをやろう！」

ハルトは何度かミクシーと関係を持ったことがあり、彼女の身体をよく知っている。閉店後まさにこの場所で彼女が服を脱ぎ、煙草の灰の落ちた床で転げまわったときの光景は目に焼きついているし、ずっと忘れないだろう。そこにスージーも加わるとなれば最高じゃないか。家に帰るよりよほどいい。ときどきこの落ち目のバーをやっていてよかったと思うことがある。ほんの一瞬、まったく落ち目などではないと思えることがあるのだ。

ミクシーは打ち沈んだままのスージーのほうを向く。「歌はなんでもそろってるよ。どんな歌でもね。全部そこにあるの、あのマシンに。アイルランドの歌もきっとある。ほろ酔い気分が消える前に一曲歌ってよ。何かすてきな、元気になれる歌がいいな」

ミクシーはしだいに饒舌《じょうぜつ》になっていき、スージーは彼女が突然元気になっただけでなく、これほど流暢《りゅうちょう》に第二言語を話せることに感心する。

ミクシーはカラオケマシンを見つめる。「あのマシンに全部入ってるの。全部の曲がね。あのマシンはすべてを持ってる」

スージーはそれについて考える。本当？　本当にすべて持ってるの？　人を殺す毒ガスも？　心も？　彼らは心を持ってる？　あのマシンたちは。心を持ってるの？　サニーはどれくらい知ってるの？

自宅のキッチンを思い浮かべる。ホームボットが赤い目を光らせて暗がりに立っているところを。キッチンの引き出しからナイフを取りだし、空《くう》を切り裂きはじめる。そして笑う。最初は静かに、自分にしかわからないジョークを言ったように。サニーにぜんまい仕掛けのおもちゃのような歯がついた口があって、テーブル越しにおしゃべりしているところを想像する。口を横に開き、大きな歯を見せて笑っている。笑いが大きくなり、どんどん大きくなって止まらなくなり、手がつけられないままさらに大きくなって、しまいにカラオケのマイクスタンドが音をたてて倒れ、スピーカーからキーンと甲高い音が聞こえてくるまで。

「そうなの?」

「そうなのって何が? なんのこと?」ミクシーが聞き返す。

「全部持ってるの? マシンたちは。全部持ってるの?」

「マシンたち?」

ミクシーはその言葉に笑う。最後に聞いたのはいつだっただろう。スージーはよく過去の穏やかだった時代に逆戻りする。〝マシンたち〟。ではミクシーならなんと呼ぶ? たぶんなんとも呼ばない。使うだけだ。それかそのとおりの名前で呼ぶ。ホームボット。自分ならそう呼ぶだろう。だってそうだから。そうでしょ? ブレンダーをブレンダーと呼ぶように。

「ねえ、あれはあなたが命じたことをやる。それで充分じゃない?」

スージーはその言葉を咀嚼《そしゃく》しながらうなずく。〝あなたが命じたこと〟。筋が通っている。マサはそれで給料をもらっていたのだ。わたしたちが命じたことを実行するようにプログラムする……マサが命じたように……何をすべきかわたしたちが命じられるように……スージーはぶつぶつつぶやいている。でも何をすべきかマサに命じたのはだれ？　彼の上司はだれ？　だれが命令を出して……

すべてはマサとともに終わってしまったのだろうか。なぜわたしはそれを知らないのだろう？　マサはオタクと呼ばれていた。天才とも呼ばれていた。

これ以上この問題を考えられない。歌いたい。そう、スージーは突然歌を歌いたくなる。たしかに酔っ払っているが、歌は歌えるだろう。だれがだれに何を命じたのか考えるより、カタカタ鳴る歯のことを考えるよりずっといい。一曲思い切り歌ってみよう。一曲だけ大きな声で。いいんじゃない？

それかストリップする？　それもいいんじゃない？　ハルトが言ったことだ。〝いいんじゃないか？〟。服を全部脱ぎ捨てる。本当のスージーを世界にさらす。

だめだ。

歌だけにしておこう。今夜は歌だけに。それでも充分自分をさらすことになる。一曲歌おう。垂木《たるき》に向かって。屋根に向かって。スカイラインに向かって。空と、スージーめがけて飛んでくるミサイルに向かって。世界の終わりのための歌。いいんじゃない？　世界の終わりについての歌。いいんじゃない？　地上の人類最後の夜に捧げる歌。いいんじゃない？　このいまいましい世界全体が崩壊するあいだ、歌っていよう。

10

砂浜に打ち上げられた遺体。いまもときどき打ち上げられるが、一度に一体か二体で、それ以上ということはない。身体はゴムのように硬くなっているが骨は脆《もろ》くなり、肉はところどころかじられている。肌は白く青みがかり、生前の面影はなく、生命は一切感じられない。いまも漂着するものがある。ひとつかふたつ、それ以上はない。

まるで用がないとばかりに海が吐きだしているようだ。その知恵をもってしても、どう扱えばいいのかわからないというように。彼らは死ぬべきではなかった。彼らは人間だった。空から降ってくるべきではなかった。人は空から降ってきてはいけない。木の葉ではないのだから。自然の摂理に反している。

おそらく海は寛大なのだ。人間の居場所はここではないと言っているのだろう。彼らの居場所は家族のそばだ。地上だ。そこに、硬い地面に葬られるべきだ。彼らが生まれた場所に。悲しませてやろう、きちんと。家族を悲しませ、彼ら自身と彼らが理解できない世界を憐れませてやろう。

海はおそらく知っているのだ。知っているはずだ。だって、充分長いあいだこの星をめぐっているのだから。充分に吸収しているから。歴史はすべて潮の満ち引きのなかにある。それに反論できる者がいるだろうか。だれが海に反論できるというのか？

打ち上げられる。

ズタズタになって。傷だらけになって。

手足がない人もいる。鮫に襲われたのだ。それより小さな魚たちは皮膚を切り裂き、小さな歯で肉をつつき、かじり、吸いつく。岩に何度も叩きつけられた遺体は、よだれを垂らした犬がくわえている古い靴下のようにびしょびしょになっている。びしょびしょに濡れ、投げ捨てられ、忘れ去られている。

けれどもかつては人間だった者たちだ。生きていた。息をし、鼻歌を歌い、幸せに暮らしていた。


鮫。

よだれを垂らした犬。

野生が支配する世界。

そして海は知っている。

だれが海に反論できる？

砂浜から百メートルほど離れたところに小さな林がある。数本の裸の木が風でたわんでいる。その下に、小さなリュックサックが落ちている。血がついている。血が飛び散ったあとがあるが、いまは乾いている。空になったリンゴジュースのパック。一滴残らず吸い尽くされている。そしてチョコレートの包み紙。ひとかけらも残っていない。

そのリュックサックにはイラストが描かれている。お化けのイラストが。

11

〝フクロウの群れ〟というフレーズが表す意味は数多くあり、議会、知恵、市場、研究などがそうだ。

けれどもいまは違う。いま一羽が枝から離れ、ひそかに、こっそり獲物に飛びかかろうとしている。

ネズミの背中に鉤爪が深く突き刺さる。ネズミは恐怖と激痛に泣き叫ぶ。激痛と、齧歯《げっし》動物としての日々もあと数秒で終わりだと告げられたことに。もう走りまわることはできない、もうゴミを漁ることはできない。

鉤爪をさらに深く食いこませ、骨を砕いてしまうと、やわらかい地面に血が染みこんでいく。雨でぬかるんだ地面がところどころ腐葉土に変わっており、ネズミの顔がその下に潜りこむ――これまでの苦痛に加えて呼吸ができなくなると、小さな肺はすぐに膨張をやめ、小さな肺胞に穴が穿《うが》たれて破裂する。フクロウの仕事はとてもたやすい。すべてがとてもたやすい。あっという間になんの苦労もなくすんなりと終わる。

フクロウはあたりを見まわす。あたりをうかがう。脅威はない。この夜の脅威はフクロウ自身だ——ほかの生き物たちにとって。無謀にも姿を見せ、顔を見せようとする、ほかの動くものたちにとって。

脅威はない。それでもじっとあたりをうかがっていると、近くの民家から耳障りな音が聞こえてくる。フクロウはその音が、その信号がなんなのか知らないが、どこかで何かよくないことが起きていると感じる。何かが邪魔している。それを羽に感じる。さらに骨で認識する。フクロウは思考する鳥ではなく、行動／反応する種だ。すべての鳥、フクロウのように狩りをする鳥はみな、隠されたものがピーッと音をたて、それが自然の摂理にそぐわないものであれば、羽を逆立《さかだ》てる。

だが、しばらくのあいだは安全だ。飢えは解消されるだろう。獲物を木の上に持って帰る。そこでゆっくり食べるか、子どもたちに食べさせる。とにかくしばらくのあいだは。もう一度同じことをしなければならないと思うまでは。行動。反応。もう一度繰り返すことはとてもたやすい。とても簡単だ。手間はほとんどいらない。

夜の陰で。恐怖を糧に生きる。

12

カップルは無理やり歌を聞かせるのをやめ、なぜか勝利したように抱擁しあっている。腕や脚をからませ、身体を押しつけあいながら、隅の暗がりの席に戻る。ふたりを見ているとスージーの胸は締めつけられ、その親密さがうらやましくなる。

「知ってる歌はないの?」ミクシーが尋ねる。

無数の曲が思い浮かぶが、どれもすぐに打ち消す。

「子どものころカナダ出身の祖父がたくさん歌ってくれた。どれもある詩人がつくった歌だって言ってたわ。木を切ったり、貯蔵庫にある石炭をバケツに移し換えたりしながら、同じ曲を何度も歌ってくれた」

「その曲の名前は?」

「『鉱山のダイヤモンド』」

聞いたことのない曲だが、ミクシーには見つけられる自信がある。耳ざといハルトが持ってきたタブレットに向かってタイトルをはっきりしゃべる。タブレットが明るい緑に光り、イントロの音楽が始まる。

「さあ、どうぞ」

スージーはカクテルを飲み干し、ふらふらと立ち上がる。ハルトは興味津々にその成り行きを見守る。彼女が歌うのを見るのは初めてだ。

ミクシーは盛大に拍手する。さっきの麻薬がまだ効いていて、もう一度内なる力が見つかり元気が出る。

互いの身体をまさぐっていたカップルは手を止めて、恐る恐るマシンに近づいていくスージーを見つめている。スージーが正しい位置に立つと、どこからともなくホログラムの歌詞が現れ、明るくはっきりした形で目の前に表示される。マイクを手に取って固く握りしめ、「もう一度始めから」と言う。マシンは素直に従い、ネオンが点滅して曲の最初に戻る。

「イエイ！　スージー！　アイルランド出身のスージーが、だれも知らないカナダの古い歌を歌います！」

ハルトと、デート中のカップルが煽るような拍手に加わる。

スージーは咳払いし、啓示がずっとそこにあったかのように天井を見上げる。そして歌いはじめる。

ミクシーは目を見開く。なんて暗い歌詞よ？

スージーは目を閉じる。もうわれを忘れそうになっている。歌詞と愛する祖父の記憶にわれを忘れている。祖父の姿が目に浮かぶ。スージーが育ったアイルランドの古い家にいて、くたびれたスリッパをはいて昔のとおりにパタパタと歩きまわっている。または裏庭で、力強く斧を振り下ろし薪《まき》を割っている。あの当時でも、あの当時の年齢でも祖父は力強く、木はまっぷたつに割れた。木のなかは驚くほどきれいで新しく、とても新鮮な香りがした。またはスチールのバケツに入れた石炭がカタカタと音をたて、小さい塊が跳ねるたびに黒い霧が立ちのぼる光景がよみがえる。祖父の手、積み重ねてきた歳月がしわとなって現れ、黒い煤《すす》がしみつき、働き者の硬い手に、黒いしわ、黒い生命線を刻んでいた。通りで人が祖父のことを噂していた。地元の娘と恋に落ち、ここを故郷に決めたエキセントリックなカナダ人。でもどうして〝エキセントリック〟なの？　スージーはどうしてもそう言われる理由がわからなかった。祖父がこれ見よがしに、粋な角度でかぶっていたボロボロのフェドーラ帽のせい？　もうみんな百年前にかぶるのをやめたから？　それともロシアの皇帝か高名な小説家に見える濃い口ひげのせい？　それだけでエキセントリックと言われるの？　あの古い家で、心ゆくまで歌を歌う、それが祖父だ。擦り切れたカーペットにCDが散乱し、歌……歌……たまたま流れていた歌、あるいはたまたま歌っていた歌以外に祖父をなだめてくれるものはなかった。

もっと深く。

スージーはさらに深くその世界に入りこむ。顔が凍りつく。目はトランス状態に陥る。

ハルトとミクシーは視線を交わす。いったい何が起きてるの？

これは欠乏についての歌だ。終わりについての歌。奪われることについての歌。スージーはずっとそれを知っている。庭で初めて聞いたときからその意味を考えていた。そのメッセージはいま、より鮮明に胸に響く。

スージーの声は大きくなり、怒りを増していき、身体が震えはじめる。最初はかすかに、しだいに激しく、まるで何かにつながろうとしているように、まるで何かに取り憑かれたように激しく震えだす。

祖父、その穏やかな目。田舎の景色。アイルランドの古い家。古風な、あの住まい。家族の集まり。全員が集まって笑っていた。次から次に歌を歌った。子ども時代にはあふれんばかりの思い出が詰まっている。ゼンはそれを奪われた。これはとてつもなく不当なことだ。

そもそもわたしはどうして故郷を去ったのだろう。初めてスーツケースに荷物を詰めたときのことを思い出す。スージーが遠くに行くつもりであることはみんなわかっていたが、本気ではないだろうと思っていた。ほんの短い期間だろうと。けれどもその期間が延びた。いろいろなことが起きて、巻きこまれた。さまざまなことがスージーを巻きこんだ。

石炭? 本当に? じゃあ、本当に石炭があったの? 薪を割った? きっと無意識のうちに話を脚色しているのだろう。そんなにのどかな田舎だったはずがない。たぶん古いドキュメンタリー番組で見た光景だろう。心のいたずらだろうか? それでもスージーはそれにしがみつく。必死に。マイクを握りしめる。しっかりと、手放すのが怖いというように。

歌は続く。

外。夜。フクロウの鳴き声。ふつうはしない。ふつう彼らは騒ぎたてたりしないのに、なぜか今夜は大騒ぎしている。本当にうるさい。罪のように聞こえる。窓が震えている。ガタガタと。夜は荒れ狂う。激しく、激しく、さらに激しく。地球はまだ生き物と、彼らの欲望との決着をつけていない。

スージーは歌う。スージーは歌う。さらに大きな声で。歌はどんどん膨らんでいく。永遠に弾をこめつづけられる銃のようでもあり、不毛な土地をともに飛ぶ仲間のいない大きな鳥のようでもあり、惑星の大気圏に突入する彗星のようでもあり、この歌はさまざまなものについて歌っている……

散歩に出かける祖父、生垣に沿って田舎道を歩いていく。帽子をかぶり、心配ごとなどなさそうに鼻歌を歌いながら。祖父を見上げるスージー、文字どおりに細い首を伸ばして。たとえて言うと、祖父は創造的思考が形になったような人だった。

　あのころスージーは、あらゆる種類の生き物に遭遇していた。大きい生き物。小さい生き物。以前、夕暮れどきに食べ物を漁っていたアナグマを見たことがある。懐中電灯で照らすと目が光り、うなり声をあげたあと秘密の住処《すみか》に逃げ帰った。野ネズミ、トガリネズミ（彼らはかわいらしい）、クマネズミ、頭上には鷹やチョウゲンボウ、ぬかるんだ池にはカエルやイモリ、一度すばしっこいマッテンも見たことがある。それともあれはただの願望で、本当はどこにでもいる狐だったかもしれない。死臭がするほうに鼻を向けていたが、おそらく路上で死んでいたカラスだろう。自然はいつも何かを吐きだしていた。

　頭が混乱する。黒いスクリーンに赤い球体が映っている。歌詞はどこに行ってしまったのだろう？　ついさっきまで目の前にあったのに。手にとって解釈するために……それなのにいまは暗闇にふたつの赤い球体が浮かんでいる。どこからともなくふっと。目にちがいないはずだが、何が見えているのだろう？　本当に見えているのか？　もう一曲、祖父が繰り返し歌ってくれた歌があった。昔アイルランドで流行った歌。〝ソニー、遠くに行かないで、わたしはここでひとりぼっちよ〟。はるか昔の歌に思える。実際はるか昔の歌だ。どうして覚えているのだろう？　パーティーで歌われていた。お通夜で。ほらまた、頭のなかで再現される。

斧が薪をまっぷたつにする。木の内部はなんと瑞々《みずみず》しいのだろう。脳のふたつの半球みたいに。スージーは思う。左と右。まっぷたつ。

石炭？　薪？　本当に？

そのとき飛行機のエンジンが燃え上がる。空に炎が立ちのぼる。こういう光景が頭に浮かぶと、もう歌では慰められない。不吉な黒い煙。旋回する飛行機。コントロールを失う。螺旋《らせん》を描いて急降下する。向かう先はただひとつだ。

海に死体が浮かび、あちこちに漂っていく。彼らのためにだれが歌うのだろう。肉が剝がれ落ちる。小さな魚がついばむ。そこは静かだ。クジラでさえ歌を歌わない。これほど美しいものはなく、海の奥底はしんと静まり返っている。恐ろしいほどの静寂に包まれている。

砂浜の遺体は流砂にのみこまれるように沈んでいく。スージーは歌いながらそこまで落ちていく。こうやって深く落ちていく。

そのときお化けのイラストが、かわいらしい漫画タッチのお化けが同時にスージーから離れていく。身体が痙攣《けいれん》する。この荒々しいダンスによる苦しみのなかで、スージーは歌に手を伸ばそうとするが、ほとんど筋肉が動かない。

ハルトの顔に懸念が浮かぶ。この人大丈夫か？

こんな状態になるなんて、彼女はどんなドラッグをやっているのだろうと、ミクシーは思う。何か知らないが少し分けてほしい、スージーがいまやっているものを。少しちょうだい。なぜ分けてくれなかったの？

スージーがやっているもの。フクロウ、田舎の家、スターリン風の口ひげの祖父、空に立ちのぼる炎と黒煙——それはスージーの沸騰しそうな脳から出ている送電線とそこに流れる電流、ヒューズと煙《フューム》、そして良識と礼節の柱を引き倒す嵐にすぎない。

そして、それは一日の終わりのカラオケにすぎない。

もう一日の終わり？

どうしていまだに歌詞を覚えているのだろう？ 歌詞を読んでいるのではない。目はきつく閉じられている。ではどこから来ている？ 崩壊《ブレイクダウン》。その言葉が唐突に頭に浮かぶ。まっぷたつに割れる、薪のように。ブレイク／ダウン。壊れてだめになる。だから何？ものは壊れる。人も機械も。人は病気になり、こじらせると壊れてしまう。ものはばらばらになる。みんな知っていることだ。機械も同じで、錆《さ》びる。あるいは誤作動を起こす。あるいはウイルスに……

正気を失ってもかまわない。自分にそう言い聞かせる。正気を失ってもかまわない。あまりにも多くのものを失ってしまった。砂に沈んでいく。海底に落ちていく。ライオンとキリスト教徒が吠えるところ。魔女が玄関扉を叩いている。

躁状態の心が見せるモンタージュ。それは続いていく。目まぐるしいスピードで。

波。点滅する赤い目。邪悪な笑みを浮かべる軍指導者たち。彼らの尖った帽子。時代錯誤な制服。そして将軍のひどい髪型。あの太った顔に平手打ちを喰らわし、爪で引っかいて血を流させたい。なぜあんなに太っているの？　彼らは代々そうだ。国民が飢えているのに？　それかこめかみに銃を突きつける。銃？　どこからそんな発想が？　家にあるのは野球のバットだけだ。マサが若いころに使っていたもの。マサの野球のバット。硬いトネリコの木でできた、古きよきハーリング（アイルランドで盛んなスポーツ）用のスティックすらない。それすらない。

波。魔女。ライオン。ついばむ魚。

　スージーの目が、皿の上のビー玉のようにぐるぐるまわっている。

　スージーの顔がゆがんだちょうどそのとき、サニーの赤い目が光る。津波、嵐、満員電車、空いた駐車スペース、オフィスのデスク、飛行機にも負けないほどのスピードで朝食カウンターから払いのけられるシリアルボウル、床に散らばる破片、埃を吸い上げる音、マサの優しい顔、丸くて禿《は》げかかっていて、でも穏やかそうな頭を振っている。なぜちゃんとシャットダウンの方法を学ばなかったのか。テレビに映っているアニメ、ゼンが見ている、ゼンが笑っている、ゼンが学校の遊び場に駆けだしていく、テレビで報じられる土砂崩れ、窓の外の土砂崩れ、地震、空から木の葉のように降ってくる飛行機。クジラの歌さえ聞こえない海の静寂。

大きな音をたててマイクスタンドが床に倒れる。

「そうだ！　ダイヤモンド！　ダイヤモンドだ！」カップルの男のほうが叫ぶ。すぐそばで始まろうとしているドラマに虚をつかれ、酒に酔い、愛に酔っている。

ミクシーが口の動きだけで「タクシー」と言うと、ハルトが素早く電話に手を伸ばす。ちょうどそのときスージーが、スタンドが倒れたときと同じように大きな音をたてて床に倒れる。スージーは電車で吊り革を握るように、その手にマイクをしっかり握っている。息子の手を握り、いつも一緒だと告げたときのように。これからの人生、ずっと……

人生。

人生、どうしてあなたはそんなに残酷なの？

ミクシーはスージーのコートをつかみ、財布を捜す。なかから紙幣を抜き取ると、カウンターの上に置く。ハルトはそれをすくい上げ、夜が終わりに近づいていることに胸を撫でおろす。状況はますます厄介になるだけだ――まだチャンスがあるうちにやめておいたほうがいい。少しでも威厳が残っているうちに。まだ残っているだろうか？

スージーは傍目にもわかるほど震えている。自宅で横になっていたほうがいい。だれもいない部屋、だれもいないベッドで休んでいたほうがいい。精神に混乱をきたして叫ぶのではなく、虚空に向かってだれも知らない歌をわめくように歌うのではなく。

店の暗がりにいた女が突然身体を激しく震わせて嘔吐《おうと》する――どうやら彼女にとっても

辛い夜だったようだ。すでに悪臭を放っており、見るからに痛ましく、後悔しているように見える。

ミクシーは床から友人を抱き起こし、ドアに向かう。男性客は嘔吐している連れとまだなかにいて、見せ物小屋の足枷《あしかせ》から自由になった野良犬のようにわめいている。その叫び声がだれもいない廊下に響きわたり、別の秘密を隠している鋼鉄のドアに当たって跳ね返る。けれどもその激しい咆哮《ほうこう》が、思いがけない終わりかたをした夜に失望し、失敗に終わったデートを嘆いているのか、それとも自分たちがただの動物にすぎないことを、世界に向かって認めているのかどうかわからない。欲望と衝動をうまく処理しきれずに翻弄されながら、これからも生きていかなくてはならない人生に呆然として。そして突然刺された牛や馬がよろめいて、ドロドロのぬかるみに倒れるように、彼はふたたび泣き叫ぶ。

13

歩道で待っていると、運転手のいない小型タクシーが目の前に現れる。冷たい風が首筋に吹きつけ、とりわけミクシーは薄いストッキング越しにその冷たさを感じる。バッグからクレジットカードを取りだし、車の側面に差しこむ。ハッチが開き、そこからスクリーンが現れ、明るいピンクとけばけばしい緑に光って、あらゆる場所のあらゆるデバイスと同様に、触れるよう促してくる。数秒かけてコードを入力すると、メインのバックドアがかすかな音をたてて開く。ミクシーの身体はさっき摂取した薬物とアルコールにまみれていて、スージーを優しく扱うことは不可能だ。ラグビーのタックルと同じくらいの荒々しさで友人をなかに押しこむ。

車の後部座席に放りこまれたスージーは、ふたたび胎児のような体勢をとりながら子宮の部屋を恋しく思う。どこか別のところに運ばれていくようだが、どこだかわからない。いまはどうすることもできない。人形遣いのいない操り人形だ。一時的にだれかの手に身をゆだねなければならないことがしだいにわかってくる。

ミクシーは、散歩で疲弊した高齢の大型犬に対してするようにスージーの頭をポンポンと叩く。どう見ても先は長くない大切なペットのように。この数週間、友人を憐れまないようにしていたが、いまミクシーの顔にそれ以外の感情は表れていない。

「あたしの家に行くからね。また気分がよくなるように、なんでもしてあげる」

ミクシーは日本語で言うが、スージーにというより自分自身に言い聞かせているようだ。スージーはうめき声をあげる。言葉は理解できる。感情も理解できる。そんなに悪くない案に思える。

アパートの前に着いて無機質な車から降りると、冷たい夜気がスージーの目を覚まさせる。少しふらつくが、身体をまっすぐにすることはできる。幽霊タクシーは発進し、曲がりくねった道を帰っていく。自分で自分の面倒を見て、手入れを必要とせず、人間の関与から距離を置いているが、遠く離れた存在によってコントロールされている。

ミクシーは友人に肩を貸す。くすくす笑いながら、部屋までゆっくりと鉄骨の外階段をのぼっていく。静かな夜にヒールのカツカツいう音が響きわたる。どうにか角を曲がり、壁にぶつかりながら進んでいく。

「あなたアイルランド人でしょ。お酒に強いんじゃなかったの?」

スージーは鼻を鳴らし、その当てこすりとアメリカ的な考えに辟易《へきえき》した顔をする。

「あなた英語がうますぎるわね」

ミクシーはアパートの向かいにある公園の高い木々に視線を向ける。光り輝くふたつの目がこちらを見ている気がする。そんなはずない？　それともありえる？　夜はいつも荒々しく、いつもこうでなくてはならず、こうでありつづけなければならない。そしてミクシーを見ていたあの目、あれは保護者の目だ、そうだよね？　敵の目じゃないよね？

「やっぱり彼女だ」

「だれ？」

「あたしを守ろうとしているのか、あたしを捕まえにきたのかわからない」

「だれが？」

「気にしないで。なかに入ろう」

狭く、息苦しいアパートのなかは服が散乱し、家具に引っかけられたり床に置きっぱなしにされたりしている。すべてのスペースが不揃いのプラスチックのハンガーにかけられた洗濯物でふさがっている。たまたまなのか——ただ放置されているだけなのか——干してあるのか、あるいはほかの特定できない目的のためなのかわからない。やや陰気な感じがするものの、同時に爽やかな花のような香りがすることに気づく。まるで何かを隠すためにかなりの労力を使っているかのようだ。だれかここで殺されたのだろうか。何かおぞましいことを隠そうとしている？　何かが腐っている？　アロマキャンドルにごまかされている？

　棚やサイドテーブルの上には磁器や陶器でできた小さな置物が置いてあり、よく見ると、それらがすべてカエルであることに驚く（そして少なからず困惑する）。カエル！　緑の両生類。空中でジャンプしているものもあれば、睡蓮《すいれん》の葉の上でうずくまっているものもある。カエル！　コレクションのすべてがカエルだ。

　ミクシーは、明らかに戸惑った顔をしているスージーに気づく。

「母のものなの。博物学者なんだ。こっちの大学で研究してたの。いまはアメリカにいてさらに研究してる――どういう意味だか知らないけど。ここは母のアパートだったんだけど、あたしに残してくれた。もう帰ってこないと思う。だれか男と一緒にいるから。カエルは母が特別興味を持っている分野だった。だから捨てる気になれなくて」

　ミクシーは、長くしゃべると情緒の不安定な友人をさらに動揺させたり混乱させたりするのではないかというように短いセンテンスで話す。いずれにしてもスージーは聞いていない。磁器の――陶器だった？――コレクションについて考えている。緑色の。スージーは素材に関してほとんど知識がない。サニーのこともそうだ。プラスチックだっけ？　クロムだった？　それともほかの金属？

　空中ジャンプ。睡蓮の葉。長い舌を伸ばして蠅を捕まえようとしているところ。かなりグロテスクなものもある。

ミクシーの説明に理解しているふりをしてうなずくが、何かを集めている人を理解できたためしがない。スージーはものを溜めこむタイプではなく、それで困ることもあるのは事実だった。家電や何かの操作マニュアルや保証書を探そうとすると、見つからないことがしばしばある。サニーのマニュアルはまだ家にあるだろうか？　どこか安全な場所にしまったのでは？　もちろんそれはマサの得意分野だったけれど。

手がかりを探す刑事さながら、このミクシーという女がどういう人間なのか理解の助けになりそうなものはないか、スージーはふたたび部屋を見まわす。精神の崩壊を食い止めることにもなりそうだ。ほかの人のことを考えられれば、自分の危うい状況についてあれこれ悩まずにすむかもしれない。けれどもいちばん腑に落ちたのは、心を落ち着かせるラベンダーの香りが紫色の太いキャンドルのせいだとわかったことだ。いいにおいがする。

「あの人ちょっと変わってるの、うちの母だけど。なんていうんだっけ……エキ……？」

「エキセントリック？」スージーは言う。またこの言葉だ。祖父がそう言われていた。きっとうちの家族は全員そう言われていたのだろう。本当のところはわからない。噂話は本人には聞こえないように、こそこそするものだ。スージーにわかるのは、たぶん自分もそう言われていただろうということだけ。エキセントリック。変わっている。〝これといった理由もないのに、どうして日本に行くの？　二度と帰ってこない？　日本？　どうしてそんなところに行きたいの？　しょっちゅう地震やなんかがあって危険なところでしょう……〟

「うん、そう、だと思う。エキセントリック」

「きっとあなた、お母さんに似たのね」

「あたしはいたってふつうだよ」

スージーは彼女の奇抜な服装に目をやる。派手な化粧、漆黒の髪に緑のメッシュ。

「そうね、もちろんそうにきまってる」

ミクシーは緑のやかんを持ち上げる。

スージーの情緒は不安定になっているかもしれないが、どう見てもそのやかんはカエルの色と形をしている。

「片手なの」

「え？」

「うちの母。手が片方しかないの。もう片方は切断したんだ。事故で。すごく大きな……岩か何かが落ちてきて……洞窟にいるときに。骨が完全に砕けたんだって。病院で切断せざるをえなかった」

「なんてこと」とスージー。「お気の毒に」

ミクシーはカエルのやかんを持ち上げたままで言う。「コーヒー？　それとももっと強いやつ？」

「いまはお水でいい。身体を浄化しないと」

二週間くらいスパ・リゾートに滞在すれば効果がありそうだ。癒し効果のあるプールやマッサージ……けれどもスージーが望んでいるのは長寿ではない。寿命を延ばして生き長らえたいと思っているのではない。いまスージーを支配しているのは、それと対極にある考えだ。

「すわって。楽にして。こういうときってそう言うものなんでしょ?」

スージーはすわれそうな場所を確保しようとする。何枚か服をどける。ありがたいことに洗濯済みのもので、手をかけると石鹸《せっけん》のいい香りが立ちのぼる。人工皮革のこぢんまりしたふたりがけのソファに腰かけたとき、部屋の隅に白いシーツがかけられたものがあることに気づく。ハロウィンでお化けの仮装をしている子どももみたいだが、目がないせいでより不気味に見える。

「あれは……?」

「そう。うちのホームボットだよ」

いまは十月なんだから、ハロウィンのお菓子をねだる子どもであったほうがずっとよかったとスージーは思う。マサのつくった忙《せわ》しないロボットにはうんざりだった。

「どうしてシーツがかかってるの?」

「あんまり使わないから」

「どうやってシャットダウンしたの？」

「自然になるんじゃないの？　うちのはそうなったけど……自動的に。そうなるようにできてるんじゃないの？」

スージーは混乱する。どうしてわたしのは……従わないのだろう？

「それにじっと見られたくないから。だんだんいらいらしてこない？」

「本当にそう」

同じように思っている人がいたと知って、スージーは嬉しくなる。「マサがうちのロボットをものすごくイラつくしゃべりかたをするように設定したの。あの間抜け《ディックヘッド》がしゃべるのを聞いてほしいくらい。百年前のイギリスの執事みたいなんだから」

ミクシーが笑う。その言葉が気に入る。前に聞いたことがある言葉だ。ロボット――ディックヘッド！

ミクシーの母親は〈イマテック〉が試作品を発表してまもなく、片手を失うことになった事故の補償として、大学から無償でホームボットをもらったそうだ。ホームボットはミクシーが自分で買えるようなものではない。

ミクシーは生活費を稼ぐのに苦労している。最近まで街の中心にあるアパレルショップで働いていた。若者向けのお洒落《しゃれ》なエリアで、そこでは、ファッションは奇抜な衣装と同義であり、コミコンでコスプレイヤーが着るようなアイテムを身につけた人であふれていた。ミクシーはかわいらしい服には目もくれなかった。派手であればあるほどよかったが、あるときクビになった。遅刻が多すぎたからだ。いまは退屈な会社にいて退屈な人たちのもとで退屈な秘書のアルバイトをしている。

「うちのホームボットもちゃんと電源が切れればいいのに。完全にシャットダウンしないみたいなの……」

　スージーは、次に自分が言おうとしていることが信じられないというように一拍間をおく。

「……まるでそうしたくないみたいに」

　ミクシーも驚いた顔をする。

「したくない？　そうしたくない？」とミクシー。

　いまの言葉がどれほど不合理に聞こえるか承知のうえで、スージーはうなずく。

「うちのはあまり使ってないからかな」これ以上会話がおかしな方向に進まないよう、ミクシーは水の入ったグラスを差しだしながら言う。「自分で掃除するほうが好きだから」

　スージーは散らかった部屋を見まわす。

「うん、得意みたいね」

　ミクシーはいまの言葉を無視する。あるいはその皮肉に気づかない。

「ほら、身体を動かすのが好きだし。ホームボットを使うのはエロ《ホーニー》い気分になったときだけ」

スージーは危うく畳に水を噴きだしそうになり、一部は鼻に入ってしまう。ミクシーはそんな単語も知っているのだ。エロい《ホーニー》！

「冗談でしょ？」

「だって、ちょっとそういう……だれでもときどきそうなるでしょ」

時間が経つにつれ酔いがさめてきたスージーは、友人の顔を隅々まで見つめる。今度はスージーが見きわめる番だった。ミクシーが本気で言っているのか、それとも自分をかつごうとしているのか。

「知らないなんて言わないでよ」ミクシーが気分を害したような口ぶりで言う。「みんな知ってる。多くの人が使ってるよ……そういう目的で」

「ほんとに？」

「そうだよ！」

「うそ……どうやって？」

「実演してほしい？」

「やだ、まさか！　ただ……教えて」

「だから、パーツをそこに……セットするの……」

スージーは自分の想像しているとおりなのだろうかと思いながら、最後の言葉が降ってくるのを待つ。

「……バイブレートさせるために」

やっぱりそうだった。バーにいたときに感じた自分がばらばらに砕け散りそうな恐怖はなくなり、日本人の友人が提案していることと比べると、自分がごくふつうですっかり落ち着きを取り戻したように感じる。

「ほんとに？　みんなそんなことしてるの？」

「本当に知らなかったの？」

「もちろん知らなかった。だれもそんな話しないでしょ」

「若い女が夜、何をしてると思ってるの？　ドラマを見てるとか？　あたしたちがそんなことしてると思ってるの？」

もうずいぶん前からセックスドールが売りに出されている。人間の特徴を備え、やわらかい合成皮膚を持った本物そっくりのロボット人形は、どれほど大胆な……思いつきにも機敏に対応することができる。だがスージーには、ホームボットを代わりに使わなければならないほど切羽詰まった人がいるのが信じられなかった。セクシーとはほど遠い存在だ。だって、サニーじゃないの！

顔がカッと熱くなり、氷の入った水を飲んで熱を冷ます。小さくなった氷をひとつ舌の上にのせ、歯で噛み砕く。あらゆることから遠く離れて、マサのいないベッドで寝ていたかった。自分と、重苦しい悲しみと、過去の精霊たちだけで。

「ホームボットでできることは限りなくあるんだよ。もちろんその大半はマニュアルに載ってないけど。でも常に抜け道がある。代替案がね。それに〝ダーク・マニュアル〟を見つけられれば」

まるで違法な闇の儀式が始まったように、部屋が夜に捧げられた言葉でうなっているようだ。

「ダーク・マニュアル？」

「本当かどうかわからない。でも……」

ミクシーが口をつぐむ。どうやって説明すればいい？　たびたび褒められはするものの、自分の英語が不安になることはしょっちゅうだ。けれどもいまは語学力だけの問題ではない。ものごとの本質そのものの話だ。潜めた声で語られるべきもの。でたらめかもしれないのだ。

「別のマニュアルがあると言われてるの。たぶんあなたも家に持ってるピンクのやつじゃなくて。正規のマニュアルじゃない、裏のやつがあると言われてる。リストがついてて……別の使い方をするための」

スージーは興味津々で聞いている。これが問題を解決する鍵になるかもしれない。ようやくあのいまいましいものを永久にシャットダウンできるかもしれない。これまでに思いついた案といえば、街外れにある寂しい森に車で運んでいって、ドアを開けてお好きにどうぞと解き放つこと。ホームボットは捨てられたペットのように森の奥に消えていく。最近この案を思いついて声をあげて笑ったとき、それはいっときの慰めになった。けれども笑われているのは自分のほうだ。あのロボットはスージーのあとからついてくるか、家に着く前に玄関で待っているだろう。そしてあの鼻声で、ハーブティーとか気温とかわずらわしいことを聞いてくるのだ。

あるいは川。その可能性も考えた。川に捨てて、沈むのを見守る。水草にからまり、川床で身動きできなくなって、永遠に沈黙するのを。

「あたしも見たことはないんだけど、それが手に入ったらコードが載ってて……設定を変えられる……」

「何に？　設定を何に変えるの？　なんのために？」

「ロボットにさせたいことをさせるためだよ！　握力がすごく強いの知らなかった？　あの手」

「ええ、でも……」

「あなたがさせたいことをプログラムできるんだよ」

「わたしの……させたいこと？」

「違法なことも」

「違法なこと？」

「世間知らずなこと言わないでよ、スージー。あいつらに人が殺せるのを知らないの？」

スージーは一拍おいて考えをまとめようとした。また思考がばらばらにならないように、ものごとを理解する力を失わないように。この二カ月近くいろいろなことがあったせいで、何が本当で何が想像の産物なのか確信が持てなくなっている。〝崩壊《ブレイクダウン》〟という言葉がブーメランのように戻ってくる。そうなの？　ハルトのバーで起きたのはそれなの？　それともその少し前から始まっていた？　すでにブレイクダウンを起こしていて、いま未知の領域に入ろうとしている？　本当だと確信できるものなんてある？　この狭苦しいアパートで交わしている会話だって……カエルやセックスロボットが現実だと言える？　どれくらい、いったいどれくらい信じていいのだろう？

「ニュースは見たけど」スージーは答える。「でも事故でしょ、誤作動とかそういうの」

スージーが念頭においているのは、階段から転げ落ちたホームボットが高齢女性にぶつかり、その女性が半身不随になったというニュースだ。マサの会社は莫大な補償金を支払った。あの晩マサは眉をひそめて遅くまで机に向かい、どうしてあんな事故が起きたのか原因を考えていた。それにニュースにはならなかったが、スージーの職場でも同僚の記者が批判記事を書くためにネタを探してきた。家のなかで火事が起きた――原因は電気配線のミスと煙草の不始末とされたが、疑いは消えなかった。さらにペットが死んでいるのも見つかった。不可解な電気ショックが原因とされたものの、やはり疑いが残った。

「あなた……」

ミクシーはゆっくりうなずき、スージーが話に乗ってきたのを歓迎する。ミクシーが世事に通じた女の役割を演じる一方、スージーはこの混乱のなか、分別を求める無知な女という役回りを引き受ける。

「噂によれば、ダーク・マニュアルをつくったのは……解雇されて復讐を望んでいる元従業員、そういうのなんていうの？」

「不満分子《ディスグラントゥルド》？」

ミクシーはその言葉を口に出す。「ディス……グラントゥルド？　初めて聞いた。とにかく、その人は会社をクビになって、復讐のために新しいコードを書いたの。自分のホームボットに……違うことをやらせたいと望んでいる人のために。社会が許さないことを。そしてそのマニュアルは評判《レピュテーション》に……この言葉で合ってる？……なっていった。ブラックマーケットやダークウェブで取引されるものみたいに、たちまちのうちに犯罪者たちがこぞって欲しがるようになった」

このアパートに来たとき、スージーは酔っ払って頭がもうろうとしていたのに、いまははっきりと目が覚めてしらふになり、興奮しはじめている。復讐？　ホームボットが心のゆがんだ主人の代わりに復讐を実行する？　三文小説の筋書きのようだが、それでも興味をそそられる。

「本当に殺せると思う？　ホームボットが本当に人殺しを？」

「うん。別におかしくないでしょ？　だれか殺したい人がいるの？」ミクシーが笑う。

殺したい人なんていない。自分以外は。それにミクシーと一緒になって笑う気もない。どこに笑える要素があるのかもわからなかった。きわめて深刻な話だ。本音を言えばコミカルな空気や笑いが必要だが、あのストレスに満ちた夜、眉をひそめていたマサを思い出すとまるで冗談ごとではなくなってくる。

ミクシーはサイドボードの前に行き、日本酒のボトルを取りだす。スージーはもはやアルコールに興味はなく、味やそれがもたらす効果にも興味はなかったが、米でできた透明な酒がグラスに満たされるがままにする。

ミクシーのショック療法はまだ終わっていない。彼女の夜はまだこれからだ。肘かけ椅子の下に手を伸ばし、長方形の箱を取りだす。そこからプラスチックのストラップ付きのペニスを取りだすと、きれいな布で丁寧に拭きはじめる。

スージーは口をぽかんと開ける。これがミクシーという人間なのだ。驚きの要素に満ちている。

「マジな話、お望みなら見せてあげるよ。ホームボットに何ができるか」ミクシーが言う。

「あたしはちっとも恥ずかしくないから」

「そうみたいね」

「っていうより、本当は楽しいかも。あなたに見られて。あなたはゆっくりくつろいでいればいいの、あたしがこれをつけて……」

スージーはふたたびグラスを傾け、くすくす笑いはじめる。死んだペット、火事、死んだ夫の記憶が、目の前に広がるばかげた光景に上書きされていく。「あなたが冗談を言っているのか、本気なのかさっぱりわからない」

「冗談を言ってるように見える？」ミクシーがにやりと笑う。

マニュアルやタブー、ディルドのアタッチメントの話にスージーはめまいがする。これは現実なのだろうか？　本当に？　どの時点から人生はめちゃくちゃになったのだろう？　最初に墜落事故のことを聞いたとき？　全部あのときに始まったの？　スージーは自分の頭が、きちんと溝に沿ってまわしているのに閉まらずに動かなくなったペットボトルの蓋になったような気がする。どんなにひねっても、構造そのものを傷つけて問題を悪化させるだけなのだ。頭がふたたび暴走する。〝すみません、悪いお知らせです〟。すべて日本語だったにもかかわらず、状況はすぐに理解できた。玄関に現れた警察官。暗い顔。うなだれ、肩を落としている。〝すみません、悪いお知らせです〟。けれどもスージーはすでにニュースで見聞きしていた。飛行機について知っていた。それが彼らが来た理由にちがいない。それ以外の理由がある？　ふたりの警察官はスージーの目をまっすぐ見ようとしなかった。外国人と接した経験がなく、どうやって同情を示せばいいかわからなかったのだろう。〝すみません、悪いお知らせです〟。彼らはそう言ったのだった？　もっと厳粛で丁寧な言葉だったはずだ。スージーが間違って記憶しているのだろうか？　警察官の片方は女性で美人だった。そうだ。いま思い出した。職業を間違えたのではないかと思うほどきれいな女性で、警官には見えなかった。カタログのモデルでもできそうな容姿をしていた。つややかな口紅の宣伝でも。けれども厳《いかめ》しく、不機嫌そうなパートナーと一緒だった。彼らには、何かわたしに伝えるべきことがあっただろうか？　何も。意味のあることは何も。遺体は見つかっていなかった。示すものが何もないのなら何をしに来たのだろう？　ふたりは英語に翻訳しなければならないだろうかというように顔を見合わせていた。そんなことが可能だったろうか？　翻訳機も、タブレットも持っていなかった。スマホに手を伸ばそうともしなかったが、その必要はなかった。どういうことなのか、言われなくてもわかったから。言葉は不要だった。〝だれかに来てもらいますか？〟。いいえ。〝カウンセリングは必要ですか、だれか一緒にいてくれる人は？〟。いいえ。それが会話の主旨だった？　そうやって続いていった？　そこに義母が半狂乱で現れて、事態をさらに悪化させた。怒りと混乱に駆りたてられ、自分を抑えられなくなり、矢継ぎ早に質問を浴びせかけた。ふたりの警察官はできるかぎり対処しようとしたが、もちろん答えなどない。実はふたりとも何も知らなかったからだ。彼らはただ航空会社から乗客名簿を手に入れただけだった

——乗客名簿《マニフエスト》——そう呼ばれているのよね？　彼らはマサとゼンの名がそのリストに載ていて、飛行機にも乗っていたと言ったんじゃなかった？　それともふたりは飛行機に乗っていなかったと言った？　え？　どうしていまになってそんな考えが浮かぶのだろう？突然その疑問が降ってわいてきた。あのふたりの警察官がぼんやりと間の抜けたようすで目の前に立った瞬間、スージーが落ちこんだのは自分のお粗末な日本語のせいだったのかもしれない。ふたりは厳粛な面持ちでしゃべっていたが、少し早口だった。おそらく緊張からだろう。たぶんスージーは細かいところまで聞きとれていなかったのだ。もちろん細かいところは聞きとれなかった。途方もない悲しみで頭がおかしくなりそうだったのだ。そんな状況に置かれたら、だれがまともに考えられる？　あのふたりの警察官。退屈なほうと美人なほう。ふたりは何を知っていたの？　そしてなんと言った？　ほかの人が知らないことを、本当は何か知っていたのだろうか。

そしてノリコ。義理の母。ふだんはものやわらかで優しいが、混乱していらいらが募ると突然不機嫌になり、敵意をむき出しにする。その彼女が来た。あの場に。どこからともなく。いらだちを隠しもせず、けんかする気満々で。事態を悪化させるだけなのに。

けれどもあれ以上悪くなることなどあっただろうか。もっと悪い状況など存在しない。あの瞬間、スージーの人生はどん底だった。あれ以上悪くなることなど不可能だった。内なる何か、それでもまだ内なる何かが……受け入れることを拒否している。そうだ。

こんなふうに不当に扱われることが受け入れられない。人生がこんなふうになるはずがない。あまりに不公平だ。祖父はあの田舎道を歩きながら、タロットカードをめくる占い師のように、おまえの未来は思ったとおりになると言ってくれた。どうやって悔いのない人生を送ればいいか、歌や確信にあふれた言葉で教えてくれた。あれは嘘じゃなかった、時間の無駄ではなかったはずだ。おまえには戦士の血が流れていると、祖父は言った。勇敢で、不屈の精神を持っていると。あれが全部口先だけの言葉だったはずがない。プリンセスとは決して言わなかった。ダーリンとかスウィートハートとも呼ばなかった。力強い言葉を使った。闘士。勇者。祖父は力を植えつけるのが自分の仕事だと考えていた。スージーが決して諦めたり忘れたりしないための力。何ごともいつか潮目が変わる。必ずよくなる。もちろんそうに決まっている。それがスージーの権利だから。

でもどうやって？

そしていつ？

スージーにはわからなかった。

いまもわからない。

でもこれで終わりではないはずだ。陰鬱な夜、家に閉じこもって嘆き悲しみ、シルバーのロボットに、おせっかいな同居人に死ぬほどうんざりしているとしても、それで終わりではない。そんなはずがない。奇跡が起きるのをもう少し待とう。海から身体が姿を現し、悲嘆に暮れているスージーを見つけて癒してくれるのを。

ミクシーは別の次元にいる。酔っ払って麻薬をキメ、欲情して、まったく異なる波長で生きている。

ミクシーはまったく空気を読まない。バロメーターの針が完全に振り切れているように。少しも気にならないようだ。彼女は独自の軽快な足取りで前へ進んでいく。

「あたし、ずっと前からあなたに惹かれてたの、知ってるでしょ。マサと一緒にいるあなたを初めて見たときから」

そして淫らに笑う。ミクシー風に。

「彼にも惹かれてたんだ」ミクシーはそのばかげた告白がスージーに伝わるのを待つ。

「だからあたしに身を任せて……元気になるようなことをしてあげる」

また始まった。みんながスージーを治そうとする。元気づける。乗り越えるのを助けてあげる。スージーは何も乗り越えたくない。何かを乗り越えるつもりはない。嘆き悲しむことはいまや人生の一部で、それを変えたくない。嘆き、悲しみ、また嘆く。そのあいだに奇跡を待つ。何も乗り越えるつもりはないけれど、そのあいだに奇跡を待つ。もしマサとゼンが戻ってこないなら、もしふたりが塩辛い海から現れてまっすぐわたしの腕のなかに戻ってこないなら……そのときは死んだほうがましだ。サニーの力強い握力で寝ているあいだに首を絞めてもらうか、毒ガスで殺してほしい。結果さえ同じなら、どの方法でもかまわない。

でもそれまでは……それまでは……もう少し待つつもりだ。

「ミクシー、あなたの好意は嬉しいけど、本当にわたしは大丈夫。いま自分が幸せだと感じたら……なんだか不公平な気がするの」

ミクシーはグラスを満たそうとして立ち上がる。これだけ質のいい日本酒なら、もっと飲んでもいいだろう。ミクシーはふざけてディルドで酒をかき混ぜ、それを舐《な》める。

ひどい偏頭痛さながら、スージーは頭の前部に脈打つような痛みを感じていたが、気がつくと笑っている。きっとこのワイルドな日本人女性が本当に少し元気づけてくれたからだろう。彼女の常軌を逸したユーモア、大胆さ、世間をはばからない奔放さは、毎日職場で会う人たち、退屈な通勤電車の向かいにすわっている人々とはまるで違っている。目はスマホの画面に釘づけで、気味の悪い仮面をかぶったように無表情で口を半開きにし、仕事を終えて疲れ果て、臭い息を吐きだしている人々とは。イカれたミクシーのほうがあの人たちよりずっといい。世界には彼女のような人が必要だ。毎年、運命を予言する人たちが現れて、ブリキの缶を叩きながら最後の時が来たと告げ、現世の苦しみを繰り返し訴える。

〝世界がこれほど悪くなったことはありません!〟

〝しかも急速に悪くなっています!〟

〝もう元に戻ることはできないのです!〟

たぶんそのとおりなのだろう。だが、ミクシーのような人がそばにいれば、少なくとも少しのあいだは気が紛れるはずだ。たとえつかの間の刑の執行延期だとしても。

「さっき何を見てたの? 外で。公園のほうを見て」スージーは尋ねる。

ミクシーは考える。どの言語にせよ、これもまた説明するのが難しい概念だ。

「フクロウがいるの。よく見かけるんだ。ちらっとだけど。夜は目が光るでしょ。母がまだここに住んでたとき、指さして教えてくれたの。こんなに近くにいることに驚いた、つまりここに住んでいることに。本来は森にいるはずでしょ、それが遠く離れてこんなところにいるなんてって。街フクロウってやつね、もしそんなのがいればだけど。とにかく母に気をつけるように言われた……襲ってくることもあるって」

「襲ってくる?」

「うん、人間のこともね。急降下してきて大けがをさせるんだって。いつも頭の右側を狙ってくるの、うしろからね。母がそう言ってた。なぜかはだれも知らない。母も説明できなかった。でもひどいけがになるって。なんて言うんだっけ……彼らの足?」

「鉤爪《タロンズ》」

「強くて鋭いでしょ。もし狙われたら頭の横に穴が開くって」

「嘘でしょ、ほんとに？　すごくおとなしそうに見えるけど。どうしてそんなことするの？」

「知らない。でも最近、あたしたちのデバイスから出てる信号のせいでおかしくなってるっていう話も聞いた。いままで以上にね。あたしたちのクソみたいなデジタル機器を全部合わせたらどれだけの電磁波が出ているか、だれにもわからない」

スージーはその言葉を頭のなかで回転させる。〝あたしたちのクソみたいなデジタル機器全部。あたしたちのデバイス。信号〟。たしかにそうかもしれない。そういう時代だ。デバイス、マシン、自動装置、コンピューター、その手のものがどんどん増えている。蒸気機関から人工知能まで、何世紀もこんなふうに続いてきた。池の水面をかすめて飛ぶ小石のように速く。ピョン、ピョン、ポトン。そしていまに至る。サニーに。

「気をつけて。いま多くの生き物が凶暴になってる。たぶんあたしたちのデバイスを怖がってる。脅威を覚えているのかも。だからミスター・フクロウがここに来て、あたしたちを見張ってる。あたしたち全員を。たぶんすべてのものが凶暴になって、すべてのものが危険にさらされている。あらゆるものが……この世に存在する理由を知らず、それでもそのために戦ってる」

「カエルは？」スージーは嘲笑を浮かべて言う。

「まさか。やつらはただの醜い、ぬるぬるしたものだよ。あれがたいした脅威になるとは思えない。でもスージー、フクロウは、フクロウには気をつけて」

スージーはそろそろ帰らなければならないと思う。でもまずは。

「お手洗《ルー》い貸して」

「ルー？」

「トイレ」

「ああ、その先」

トイレでさらにカエルを見つける。小さな額入りの絵が壁に何枚もかかっている。緑はもちろん、さまざまな色合いの黄色や、冴えない茶色のミニチュアアート。ミクシーの母親はこれらを残った片手で描いたのだろうか？　スージーは美術の専門家ではないが、それほどの腕前でないことはわかる。

そのとき物音がする。リビングルームからブーンという音が。

リビングに戻ると、ミクシーがホームボットにストラップ付きのペニスを取りつけていた。その長い付属品が上下に振動し、ホームボットが腰を前後に突きだしながら回転させはじめる。スージーは笑ってむせ返りそうになる。これほどばかげたものを見たのは生まれて初めてだ。祖父と歩いた田舎道から、なんと遠くに来たことだろう。祖父はこの光景を目の前にしても信じなかったかもしれない、あまりの下品さを厳しく非難したはずだ。

世界が恥というものを忘れてしまったと嘆いただろう。千ヤードの凝視（実戦を長く経験した兵士の何かに取り憑かれたような目つき）をして、頭のなかで繰り返される歌に耳を傾け、顔をそむけただろう。これは少しやりすぎだ。もしマサがここにいれば、テクノロジーがこのレベルにまで成り下がるのを許したことで、スージーは彼に苦言を呈しただろう。堕落したことに。

え？

だれが？

だれが堕落したの？

人間、それともマシン？

「こういう使い方は、ダーク・マニュアルとかいうのに載ってるの？」

「ううん。あたし、ダーク・マニュアルを見たことないもの。これくらい自分で考えた。かなり時間がかかったな。試行錯誤《トライアル・アンド・エラー》だよ。感心した？」

「トライアル・アンド・エラーね。わたしにはほとんどエラーに見えるけど。それにひどい時間の無駄だわ。こんなの間違ってる、ミクシー。どう見ても間違ってる」

ホームボットは突きつづける。

「ひと晩じゅう続けられるよ」ミクシーが言う。

「めちゃくちゃ間違ってる」スージーは繰り返す。

ミクシーは活力を取り戻している。さっき摂取した少量の粉が体内で再活性化されたのだろう。その新たなエネルギーで、ただでさえ露出の多い服の残りを脱ぎ捨て、芝居がかった仕草で放り投げる。さらに乱雑になった部屋の真ん中に、恥ずかしげもなく立ち尽くす……振動しているホームボットとともに。

「本当に泊まっていかないの？　きっと楽しいよ。あなたとあたし、それにホームボットも」

「おもてなしありがとう」スージーはグラスをテーブルに置く。「でもそろそろ帰らないと。またいつかの夜に」

スージーは、哀れな家庭用ロボットと落胆した女を最後にひと目見ると、アパートを出て、ずっと穏やかな夜に足を踏みだす。

ピリッとした空気を肺いっぱいに吸いこむ。外は静かで振動するものは何もなく、すべてが落ち着いて平穏そのものだ。ブーンと音をたてるもの、ワイヤーとシリコンでできたもの、エンジンやモーターが付いたもの、燃料や回路が組みこまれたものはすべて動きを止めているか、少なくとも耳に届かないところにいる。それぞれ家に閉じこめられ、主人とつながっている。ここではほとんど何も動いていない。道路では、車ですらブーンともシューとも音をたてていない。それほど遅い時間、あるいは早い時間で、スージーは急がなければならない。

小さな公園に目を向け、木々をざっと見わたす。何もいない。まったく何も。暗闇で動くものは何ひとつ見当たらず、物音ひとつしない。わめき声も犬の遠吠えも、フクロウのホーという声も聞こえない。スージーはコートの前をしっかり合わせ、住居となっている建物に向かって足を速める。そこを〝家《ホーム》〟と呼ぶ気力も感情も、もう残っていない。

寝室でぐずぐずしている。まだ夜だ。それとも朝かもしれない。まだ酔っ払っている。それとも酔いはさめた？　この部屋、このもっとも私的な部屋がときどき知らない場所のように感じられる。まるで見知らぬ王国に足を踏み入れてしまったかのように。でもときどき当然ながら、狂おしいほどなじみ深く感じられる。物にはめまいがしそうなほどに心を乱す効果がある。かつて重要だったもの、重要だったことを知らせるもの。たとえばタンスにしまってあるマサの服。まるでいつ引き抜かれて使われてもかまわないかのように、クリーニングされて整っている。いつ彼のがっちりした身体に身につけても……ただしその身体はない。どこかの段階で処分しなければならないだろう。どこかの段階でハンガーから外し、ビニール袋に詰め、捨てなければならない。それともリサイクルショップに持っていく……だめだ、ほかの人がマサの服を着るなんて耐えられない。もし別の男性が着ているのを見かけたら、もしその別の男性がマサのような歩き方をしていたら、あるいは似たような背格好だったら――あんまりだ、スージーはいっそう押しつぶされるだろう。もう対処できなくなる。ここにある服は彼のもの、彼だけのものだ。彼は彼で、彼だけだ。

マサ。彼はスージーのもので、スージーだけのものだ。胸が締めつけられる。大蛇に巻きつかれ、絞め殺されるように。ふたたび涙があふれそうになる。

寝室——寂しい部屋。

ドレッサー——スージーのものも、マサのものも置かれている。抜けた髪のついた櫛。足用の爪切り、ときどき切った爪が飛んでいき、どこに落ちたかわからなくなった。そんなものを見なくてもすむように、ゴミ箱の上で切ってよとよくマサに言った。

部屋を舞う埃。窓を閉め切っているせいで、カビ臭くなっている。すえたにおいもする。掃除機をかけなければ。それかサニーにやらせるか。この部屋を掃除するよう命じたことは一度もないけれど。

死んだ細胞。命のかけらが隅にたまり、毛足の長いカーペットにからめとられる。サニーに窓も開けさせよう。あのチビを使うのだ。とことん利用しなければ。そのためにいるんでしょ？　家庭用ロボット。それが開発の目的じゃなかった？　わたしはどのくらい知っているのだろう？　今夜、何を学んだ？　ミクシーの話はホラだった？　民家での火事、電気配線のミス、煙草の不始末、恨みを抱く元従業員、疑惑、死んでいたペット、不可解な電気ショック、疑惑、疑惑、疑惑。どうしてサニーには何か秘密が隠れていると感じるのだろう？　ふたりきりでいるときにそう感じるのではないか？　表面下から何かが顔を出そうとしている……さらなる能力が。マサは、本当は何をつくろうとしていたのだろう？　もちろん彼は知っていたはずだ。

〝させたいことをさせるため。握力がすごく強いの知らなかった？　あの手〟

全身を鏡に映す。面長で不機嫌そうな顔。切望に切望を重ねた顔。まだ自分の姿が見える。幽霊ではないことの証明だ。最近は夜を好み、太陽を避ける傾向にあるが、吸血鬼ではないらしい。これは何かを意味するはずだ。スージーは恐ろしいほど人間で、恐ろしいほど孤独だ。この部屋で恐ろしいほど孤独だ。

最後の光景。ミクシーと彼女の欲情したホームボット。あのときは楽しかったけれど、いまは余計寂しくなった。まるでミクシーだけが創造的なアイデアを思いつき、自分自身から逃げるすべを持っているように。わたしは自分にとらわれている。自分自身のなかに。そこから逃げるすべはない。孤独から逃げる方法はない。

わたしには息子がいた。かつて息子がいた。それがわたしの創造したものだ。

息子の名前はゼン。

いつまでも待つつもりだ……

フクロウが連れて帰ってきてくれるだろう。フクロウ？

そう、ビール、ジン、日本酒の影響で、まだ少し酔いが残っている。それ以外にも飲んだ？　寝なければ。頭を空っぽにしたい。何も考えたくない。

服を脱ぐ。ミクシーにはまるで恥ずかしがるそぶりがなかった。すべてをさらした。まるっきり平然と、なんのためらいもなく。スージーは加わることができなかった。セックスだけじゃない。彼女はマサのもので、マサは彼女のものだという事実。彼は彼で、彼でしかない。彼は彼女のもので、彼女だけのものだ。この代名詞の戯れで確信する。だれがだれか。だれがだれに属していたか。

スージーはほかの人とは何もできなかった。裏切りだから。彼を愛していた。いまも愛している。マサ。

長い姿見に映る裸の自分……まるでセクシーではない。ただの人間だ、ひとりぼっちの。

そしてフクロウが……

そしてゼンが……

昨晩と同じTシャツを着てベッドに潜りこむ。〝アイルランド人の幸運〟。皮肉な言葉だ。ボクサーショーツも同じ。彼のもの。

寝つけないまま、じっと横になって空想を始める。両腕を彼の首に巻きつけてキスしている。彼より少し背が低かったので、爪先立ちにならなければ届かなかった。彼はふざけて顔を遠ざけ、スージーは首を伸ばし、さらに爪先立ちになるが諦めるつもりはない。

「その気だと思ってた」スージーが言う。

「そうじゃないってだれが言った?」

スージーはさらに背伸びをし、首を伸ばす。諦めるつもりはない。

ようやく彼はキスを受け入れる。そしてそれに感謝する。

「そのTシャツ処分しなきゃ、もういいときは過ぎたもの。捨てて」

いいとき。

マサはそのTシャツを何年も着ていた。結婚する前スージーがプレゼントしたもので、つきあっているとき、ふたりはよくささやかなプレゼントを贈りあっていた。ちょっとしたお土産《みやげ》、チープなアクセサリー、感傷的な小物。スージーは彼にアイルランド的なものを身につけてほしかった。緑のもの、シャムロックかハープをあしらったもの、スージーが必要としたときにきみの味方だと伝えてくれるもの。

「簡単に捨てられないものもあるだろ。大切なものが」マサは反論した。

「ボロボロじゃない」

「そんなことないよ」

「そもそもアイルランド人がそんなに幸運だと思う？」

「このTシャツのおかげできみと結婚できたんだ」

彼はこれをかすかなアメリカ訛《なま》りの英語で言う。ニューヨークに数年間留学していたときに身についたもので、最初スージーは気に入らなかったが、しだいに慣れていった。

「うまいわね。いいセリフ」

スージーはマサを押し倒し、ふたりはくすくす笑いながらベッドに倒れこむ。彼の上になり、転げまわる。半分ふざけて、半分欲情して。どちらが勝つかは容易にわかった。その後、夜は勝手に更けていった。

サイドテーブルの上の写真。スージーはじっと目を凝らす。白昼夢は終わり、夜どんな夢を見ることになるのか覚悟を決める。もちろん目には涙が浮かんでいて、それがまぶたをぎゅっと貼りつけている。

それでもまだ……予感がする。

何かが告げている。

まだ終わっていない。まだ終わりじゃない。

まだ何かがある。

これで終わりのはずがない。もっとある。これ以上のものが来るはずだ。まさかこれで……

奇跡を待つ。

14

緑のライトが身体の上を走り、聞き覚えのある女性の機械的な声が告げる。

「体重五十四キロ。昨日から五グラム、先月から一キロ減っています。免疫系統が脅威にさらされているので、必須ビタミンとアミノ酸の摂取量を増やしてください。免疫機能を活性化し、病気のリスクを軽減するため亜鉛のサプリメントも増やしましょう。朝食は低脂肪牛乳か豆乳をかけた少量のミューズリー、最低三種類の新鮮なフルーツ、グラス一杯の……」

こめかみにセンサーをつける前からこの音声が聞こえてくる。ヘルメットに頭を入れる前から、脈を測るために手首をリストバンドにセットする前から。

どうしてこんなことが起きるのだろう。もう長いあいだスージーはこのマシンに完全につながっていない。それなのに毎日この機械はスージーのために働き、率直で退屈な真実を突きつけて嫌がらせしてくる。朝の大演説。これはマサのジョークだったのだろうか？彼がこんなふうにあらかじめ設定していたのだろうか？　それともサニーが関わっている？」

「コマンドシステム、オフ」

これ以上このいまいましいものにわずらわされてはいけない。無視するのだ。どうせいい知らせなんて何もないのだから。なぜ毎日続けているのか自分でもわからない。

タオルに手を伸ばして離れると、マシンは動きを止め、運転を示すライトが消えていく。

マサは、家のなかにテクノロジー製品があればあるほど生活が便利になると考えていた。それが彼の考え方で、実に日本的なロジックだとスージーは思ったが、すべて受け入れていた。テクノロジーがあふれ、家のなかは機械のおもちゃでいっぱいになった。たしかに便利なものもあるが、まるで逆なものもあり、いらいらさせられることもしょっちゅうだった。手紙や請求書の封を蒸気で剝がして開ける装置が本当に必要だろうか。ただ封筒を破いて開ければいいんじゃない？　その手の装置があちこちにあった。ひと言命じれば、シンプルなコマンドを口にすれば、あるいは手を二回叩けば家のなかの何かが何かをしてくれる。何かが反応して掃除したり、修理したり、設定したり、片付けたり、温めたりしてくれる。もちろんそれは、非の打ちどころのないサニーという形で頂点を極めた。マサのプライドであり喜びだ。〈イマテック〉の夢のおもちゃ。未来。もちろんかつての未来はいまであり、これまで未来やロボット、チャンスや進歩について聞いていたことは、いまや現実のものになっている。いまこのとき、とかなんとか、永遠に続く、とかなんとか

――日本という国はずっと前から世界にこれを約束しており、その約束を果たすときが来たようだった。一家に一台。それが夢だった。欲しくない人がいる？　生活をもっと便利にしたくない人がいる？　すでにそうであるよりもっと便利に。そしてその試験はここで、このすばらしい町で始まった。マサの故郷。試験《トライアル》。失敗《エラー》。さらに試験。ここで修正、あそこで小さなネジを締める。微調整。試験。するとまたエラー。昨日の夜、この言葉を聞かなかった？　だれかそういうことを言わなかった？　ミクシー？　〝試行錯誤《トライアル・アンド・エラー》〟。それともハルトだった？　どちらかのはずだ。ほかにはだれもいない。それ以外の人をほとんど知らなかった。人生はそこまで小さくなってしまった。ふたりだけに。昨夜ほかに会った人がいただろうか。そうだ、バーにいたあのベタベタしたカップル。互いに夢中で、恥ずかしげもなく身体をまさぐりあっていた。なぜ倒れてしまったのだろう？　だんだん思い出してくる。昨夜の記憶がいまよみがえってくる。なぜ倒れたのだろう？　バーの真ん中で。歌の途中で。なんの歌を歌っていた？『鉱山のダイヤモンド』。そうだ。祖父がよく聞かせてくれた歌だ。ある日車で街に連れて行ってくれたとき、CDをプレイヤーに入れた。気が向くと、古いスパニッシュギターを爪弾くこともあった。ライオンとキリスト教徒が戦う、あれはなんについての歌だった？　喪失。喪失だ。スージーのテーマソングになるかもしれない。あのスパニッシュギターはかなり年季が入っていたが、生き長らえ、弦も六本あり、どういうわけか調和していた。そして祖父も可能なかぎり長く生き長らえた。祖父には音楽があり、どういうわけか調和していた。スージーの考えや希望や子どものころの夢と。いまでもあのナイロンの弦の感触を覚えている。とてもシンプルでわかりやすく見えた。滑らかで細く、可能性にあふれていた。けれども弾けるようにはならなかった。正しいテンポで弾けるようにはならなかった。わたしはあまりにも多くのことをないがしろにしてきた。過去をないがしろにしてきた。きちんと学んでこなかった。これはわたしの人生への告発だ。どうしてちゃんと時間をとってじっくり学ばなかったのだろう？

それで、昨夜は？　本当は何があったの？　倒れたよね？　それは覚えている。でも原因は？　栄養失調《マルニュートリション》——そう思いそうになった。機能不全《マルファンクション》——つまり酩酊？　きっとあとのほうだ。あの歌を自分のなかから絞りだそうとしたのだろうか。自分の奥底から。そしてあの言葉も。あの危険な言葉、〝崩壊《ブレイクダウン》〟。その言葉が警告のようにぱっと頭に浮かび、ネオンのように光った。古臭いタイプのネオンだが、いまでも現役で、日本人が決して飽きないものだ。〝ブレイクダウン！〟。ぱっと緑に光る。〝ブレイクダウン！〟。ぱっと赤に変わる。

何週間も換えていないタオルで勢いよく身体を拭く——しだいににおいはじめている。深呼吸するうちにまた空腹であることに気づく。毎朝そうだ。同じ時間にお腹が空き、食べ物がないことに胃が不満をもらす。このところ朝食だけが食欲をそそられる食事になっている。

砂糖。

スージーはＨＩＭのアドバイスを無視し——だれがいじっているのであれ、嘘をついているかもしれない——朝食カウンターにすわってゼンの好きだったシリアルを口に運んでいる。特別急ぐことなく、特別喜びを感じることなく食べる。唯一嬉しいのは息子がこれを好きで、毎朝このシリアルを食べていたのを思い出すからだ。気持ちのいい朝は、嘘をつくことなく挨拶が交わせた。ゼンは小さな顎にミルクを滴らせながら、にっこり笑って言った。「おはよう《グッド・モーニング》」もちろん、今日はいい朝だ。ゼンがよく食べていたこれのおかげで空間と時間の制約が取り払われ、ふたりはつかの間一緒になった。母。息子。そして砂糖。

〝あなたがここで暮らしていく理由がないことは明白です。ここにいる理由は何もないのです、どこにも。ミス・デッドハート、自分がただのロボットだと認めたらどうですか？　あなたの動作は実に機械的だ〟

スージーはもうひと口スプーンを運ぶ。そしてもうひと口。空になるまで。けれどもそのシリアルボウルをキッチンに向かって投げつけることはしない。まだ怒りは感じていない。でもまだわからない。

壁かけスクリーンにニュースが流れている。ぼやけた写真が次々に映しだされるだけで、スージーは焦点の定まらない目でぼんやり眺めている。精神分析医が大昔から診断に使っている黒いインクのしみのようなものだ。ロールシャッハテスト？　そう呼ばれていなかった？　古《いにしえ》の昔から。

〝このしみを見て何を思い出しますか？〟

〝死んだ夫です〟

〝ではこちらは、ミス・デッドハート？　これはあなたになんと言っていますか？〟

〝くたばって死ね、と言っています〟

もし海のなかからだれも歩いてこないのなら、スクリーンに何が映っていようがどうでもいい。もしマサとゼンが海のなかから現れて、猛スピードで道路を走り、この家に、わたしの腕のなかに飛びこんでこないのならなんの興味もない。これっぽっちも。

「サニー！」

管理者の切羽詰まった声を聞きつけ、家の奥からサニーが反応する。

「はい、ミス・スージー。いま向かっています」

ほんの数秒で姿を現し、朝食カウンターに近づいてくる。スージーは車を用意するよう命じる。今日は車で出勤することに決めた。職場まで、街まで、車で行こう。通勤電車やそれに乗っているゾンビたちにはうんざりだ。代わりにゴースト車の流れに加わろう。運転手のいない車と、うとうとしている乗客たち。たまにはその列に連なろう。駐車スペースも見つかるはずだ。すでにいっぱいだったら、道路わきに駐めて一日放っておこう。レッカー移動されたってかまわない。あの大きな機械に噛み砕かれて、ばらばらにされてもかまわない——なんていう機械だった？　廃品置き場にあるモンスターみたいに巨大な機械。名前はあったっけ？　スージーは〝自動車粉砕機〟が好きだ。〝車両殲滅《せんめつ》機〟も。〝超大型圧搾機〟も。それだ。いますぐそういう機械のなかに身を投げてしまいたかった。それですべての問題があっという間に解決する。偉大な圧搾機。あの顎。あるいはあの壁が一体になる。どれくらい時間がかかるだろう。きっと数秒だ。頭蓋骨と脳が押しつぶされ、間欠泉のように血が噴きだし、周囲に散乱する廃品を血に染める。近くを歩いていた幸運な人たちは、赤い噴水を目撃する。これ以上手っ取り早い方法はないのでは？

　車に愛着はなかった。どこに乗り捨ててもかまわない。盗まれたら盗まれたでいい。なんの思い入れもない。機械になんの感情も持っていない。この家からすべての機械が、ピーピー鳴るすべての機器が取り払われてもかまわない——そこそこの酒《フーチ》（ミクシーのアメリカ英語がうつっている）のボトル一本とコルク抜き、写真さえ残してくれれば、あとはどうなってもかまわない。シンプルな話だ。シンプルきわまりない。スージーのようにシンプル。前からこだわっていたのは、昔ながらのやり方で写真をプリントアウトし、ちゃんとしたアルバムをつくることだ。記憶をたぐる唯一の方法は、スクロールやスワイプでなくページをめくることだ。アルバムの台紙に並べて貼ると、透明の保護フィルムの下で写真は違って見えた。家族もこのやり方にこだわっていた。父はプリントアウトの真の信奉者で、領収書や何かの通知、飛行機のチケットなどあらゆるものを印刷し、いまではその無邪気さが滑稽に思えるような、祈りや人間同士の善意といった過ぎ去った価値観にしがみつくのと同じように紙にしがみついていた。母は大切な写真に指紋がつかないよう細心の注意を払い、修道院の神聖な写本や博物館の宝物であるかのように扱っていた。もちろんこういう考えはすべて時代遅れで、スージーはいまそれに気づいたが、そうあってほしいと望んでいる。何かがこうあってほしいと望むのは何も悪くないはずだ。進歩は、常にはない。すべてを一掃することはできない。少しでも残っていれば……

サニーがいれたコーヒーをひと口飲み、あとはシンクに流す。また一日が始まる。勝手にすればいい。なんとかやっていこう。

壁のパネルの前に移動したサニーが、伸ばした手のひらで画面に触れる。画面は自然に――自然に？――従う。

家のわきにあるガレージのドアが開き、エンジンがいつもの控えめな音をたてはじめる。車はスムーズに家の正面にまわり、キッチンの窓の前のいつもとまったく同じ場所に停まる。一センチもずれていない。完璧な位置取りで、あとは乗りこむだけでいい。便利だ。マサは死ぬほど喜んでいるだろう。

「車内の温度は何度にしましょうか、ミス・スージー？」

「どうでもいい」

「今日の外の気温を知りたいですか？」

スージーは無視する。

「今日の天気予報は？　ミス・スージー」

「いいえ。どうでもいい。まったくどうでもいいの」

これは昨日の話？　それともおととい？

これは今日？　またクソな一日の繰り返し？

わたしの家には、話しかけてくるロボットが本当にいるのだろうか？

すでに頭痛がしている。それだけはわかる。

小さな車が静かに音をたてながら待っている。


有言実行のスージーは、車を職場のビルの前の駐車禁止ゾーンに駐め、激怒した駐車監視員に見つかることを一顧だにせず、苦情のクラクションも気にかけない。知ったことか。自分のやりたいようにやってやる。

いつものセキュリティポストに親指を押し当て、ゲートが開くといつものエレベーターのほうにゆっくり歩いていく。ふたりの大柄な警備員がいつものように笑いかけてくる。

いつもどおり。そう、これは今日だ。いつもの代わり映えのしない一日。いつもどおりの日。これまでにもこんな日がたくさんあったし、これからもずっとそうだろう。もしこのままを望むなら。この生活を続けるのなら。そこにジレンマが潜んでいる。それについて考えていると、ひとつの記憶がよみがえる。本を読んでいる祖父、本物のペーパーバックだ。ほとんど息もせずに静かにすわっている。これほど没頭するには、かなり深いレベルの集中力が必要ではないかと思う。静謐《せいひつ》さ、没入、当世風ではない営み。音楽すら流れず、ただ静けさだけが広がっている。何を読んでいるのとスージーが聞き、重ねてもう一度聞くと、ようやく祖父は話しかけられていることに気づき、顔を上げて微笑んだ。いつものように孫娘が訪ねてきて、質問するのを喜んでいた。毎日同じことをしている男についての本だと、祖父は答えた。〝そしてある日一羽の鳩が玄関先に現れ、その気の毒な男は正気を失いそうになる〟

「それだけ?」一冊の本がこれほど簡単なあらすじにまとめられてスージーは驚いた。こんなに整然とした方程式に。

「それだけだよ」祖父はそう言いながら、薄い小説を持ち上げた。

祖父が読み終えたあとでスージーはその本を読み、理解したと思った――祖父はまさにそれが目的で本を置きっぱなしにしていたのだ。最後まで読んだ数少ない本の一冊で、もっと貸してもらうつもりだった。おすすめの本、ダウンロードすべき音楽、さらなるインスピレーションを求めて。でも行かなかった。時間がすり抜けていった。だから田舎を離れ、国を離れたのだ。祖父がいないなら意味がないからだ。スージーは別の場所でインスピレーションを見つけなければならなかった。いまもまだ探している。

『鳩』がその本のタイトルだった。シンプルそのもの。そしてもちろん深い意味がこめられている。いまそれを思うのは、同じ毎日を繰り返すなかで、そこから抜け出せなくなっているからだ。退屈な毎日。近いうちに玄関先に鳩がやってきたら、自分はどう反応するだろう？　自制心をなくしてしまう？　そうかもしれない。でもそうはならないかもしれない。とはいえスージーにはすでにフクロウという相手にすべき存在がいる。鳥は一種類で充分じゃない？

自席のパソコンの前に落ち着くより早く上司のオサナイが現れ、ふたたび同情をたたえた潤んだ目で見下ろしてくる。もっと休暇を延ばしゆっくり休むよう言われる前に、スージーは口を開く。

「新しいテーマを考えているんです。もう少しで取りかかれると思います」

「何について？」スージーがまた書きはじめる準備をしていると知って、見るからに嬉しそうにオサナイが言う。

「フクロウ」

彼の喜びの表情はたちまち困惑に変わる。

「フクロウ?」

「最近とても興味が出てきたんです。まわりにたくさんいるんですよ。もちろん姿ははっきり見えませんけど」

オサナイは一瞬黙ってそれを咀嚼する。

「きみが言っているのは鳥のことかい、夜行性の?」

「はい」

「いま自然関係の記事が必要かどうかわからないな」

オサナイがコーヒーを取りに行くあいだ、スージーは腕を組んで目の前の真っ暗な画面を見つめている。彼の言うとおり、スージーは何を書けばいいのかよくわかっていない。彼らについての何を書くの、具体的に? フクロウの何を? どんな切り口で? 彼らは以前はしていなかった何を、いまはしているのだろう? 飛んでいる? 狩りをしている? ホーと鳴いている? 殺している? スージーには独自の切り口はなかったが、ミクシーの線はどうだろう。〝あたしたちのデバイスのせいでおかしくなってる。あたしたちのクソみたいなデジタル機器を全部合わせたらどれだけの電磁波が出ているか、だれにもわからない〟。そして、〝狙われたら頭の横に穴が開く〟。スージーの考えた唯一の案は、一日かけてフクロウがどうやって暮らしているのか調べることだ。どうやって生き残っているのか、どうやって餌を確保し、繁殖し、殺しているのか。いまこの瞬間にもこの街に核弾頭が向けられていてもおかしくないのに、わたしはフクロウについて考えている。羽毛に覆われた夜行性の鳥のことを。だが、それでいいと思っている。自分が考えるべきなのはそういうことなのだと。だが、カエルではない。絶対にカエルではない。それは違う。戦争と同じくらいばかげた存在。カエルは戦争と同じくらいばかげた存在だ。これに反論できる人がいるだろうか。〝カエルは戦争と同じくらいばかげた存在だ〟。スージーには反論できない。頭はこういう無意味なセリフでいっぱいだ。たぶん頭のなかには書くべき記事などなくて、ただリサーチしたいだけなのだ。何かプロジェクトに夢中になり、そのプロジェクトに目的も締め切りも存在理由もなければ、もっと楽しい。プレッシャーがなくなる。ノープレッシャー。なんてすばらしいアイデアだろう。自然がテーマのドキュメンタリー番組を見たり、いつも空いている図書館で埃をかぶった古い本を選んだりする。そこには埃をかぶった本がきちんと保存され、フクロウに関する本もきっとあるはずだ。『鳩』だってあるかもしれない。見つかったら最高だ。

〝カエルは戦争と同じくらいばかげた存在だ〟。そもそもどんな意味だろう？　記事もなければ切り口もない……

目の前にコーヒーが置かれて、スージーはわれに返る。

「実は今日の午後、アリーナでバスケットボールの試合がある。ちょっと見にいってくれないかな。アメリカ人がふたり新しくチームに加わったんだ。先月来日したばかりらしい。

彼らにインタビューしてもらいたい。チームになじんでいるかどうか」

スージーにはまったく興味のない話だ。新しい生活を始めたバスケットボール選手。知ったことか。バスケットボールについては、羽毛に覆われた夜の捕食者と同等の知識しかない——けれどもどちらを調査したいかは明白だ。

「はい」スージーは白々しい笑みを浮かべて答え、メモ帳に大文字で〝BASKETBALL〞とメモする。喜んでこの仕事をするつもりであることを示すために、感嘆符もつけ加える。

！

嘘の世界にもうひとつ嘘がつけ加えられた。

この仕事から何か成果が得られるかどうかわからない、という不安げな顔でオサナイがうなずく。スポーツに詳しい記者にこの話を持っていくべきだったかもしれない。それか少なくとも有能さを漂わせている若い記者に。あるいは野心か規律のかけらでもいい。でもすでに口に出してしまった。バスケットボール。彼女は感嘆符までつけている。これで気の毒な女を少しは忙しくさせておけるだろう。それ以上のことがだれにできる？

15

バックボードにボールがぶつかり、永遠にも思えるあいだスチールのリムのまわりを回転したあと、ついにバスケットに吸いこまれる。続いてネットから吐きだされると、熱気に包まれた観客席から大歓声があがる。

それを見ていたスージーは、そんなに大ごとであるのかとびっくりする。バスケットが揺れるたび、ドリブルで走るたび、重要なインターセプトやスラムダンクが決まるたびに咆哮があがる。専門用語はすぐに語彙《ごい》の一部になったものの、忘れるのも早いだろう。子どものころアイルランドでスポーツを見ていたときもそうだった。近所の男の子たちがプレーしたり観戦したり、特定のスポーツについてただしゃべっているときでも、彼らの熱気はどんどん高まっていった。フリーキックやペナルティキック、オーバーヘッドキック、その他名前を聞いたことのないキックの細かな点を語っているとき、彼らの目は大きく見開かれていた。スポーツバーではマサも同じだった。アルコールの飲みすぎと興奮しすぎで頬が赤くなり、その両方の作用で心拍数も上がった――スージーはその場で彼が倒れないかと気が気でなかった。血圧が急上昇し、心臓はぎりぎりで持ちこたえていたはずだ。けれども夫は、同時に快感も味わっていたのだろう。男たちのゲーム好きときたら。ホイッスルが鳴り、試合が終わったことにほっとする。観客がぞろぞろと外に出ていくと、アリーナはたちまちもぬけの殻になる。

スージーは更衣室の外でうろうろしている。疲労をにじませた長身の選手のだれかと寝たくてたまらない熱狂的なファンと間違われないことを願いながら、居心地の悪さを感じている。コートを離れた選手たちは、とてもゆっくり歩く。長い手足を持て余しているような、だらしない歩き方なのに、ピカピカのフロアでは驚くほどのスピードでなぜあんなに機敏に動けるのだろう？　スージーはグルーピーになるようなタイプではなかった。自分を楽しませるためにここに来たのではないが、外国人というだけでどこへでも行けるフリーパスを与えられているように感じる。アメリカ人選手の妻かガールフレンドだと思われているかもしれない。そばを通りかかる人にはそう見えることだろう。外国人はいつもべったりなんでしょう？

更衣室のドア口に少しずつ近づいていく。なかにいた選手たちに気づかれて、興奮した口笛があがる。当然日本語で卑猥《ひわい》な言葉が投げかけられ、入ってくるよう騒々しい声で招かれる。なかで楽しいことがあるかもしれないよと誘い、自分たちの〝ムスコ〟に会いたいかと尋ねてくる。スージーは〝ムスコ〟がペニスの意味だと知っていた。前に何度も聞かされている。日が沈むとよく行く通りでたびたび声をかけられた。羽目を外した酔っ払いが大声で叫んでいたが、いまでは無視するのがいちばんだとわかっている。

すでにシャワーをすませた半裸のアメリカ人がドアのほうにやってくる。シャツは着ておらず、スージーは思わずその見事な肉体に見入ってしまう。長い上半身、ロープのような腕の筋肉、美しく輝く黒い肌。

すぐに自分を責める。自分の身体がまだこんなふうに反応するなんて知らなかった。裏切りのように感じる。

「あなたが新聞社から来た若い女性《ガール》?」

オサナイが前もって電話し、来訪を知らせていたのだろう。

「ええ、わたしがその若い女性」スージーはその言葉に気分をよくし、さりげない風を装いながら言う。何歳か若く見られることは嬉しいものだ。その言葉がいかに嘘っぽく聞こえても。

「五分待ってくれないかな? そのドアを抜けたところに小さい食事スペースがあるから、コーヒーか何か飲んでてくれ。すぐに行くよ」

スージーは感心する。この男はむき出しの色気だけでなく、気さくさと穏やかな威厳を備えている。ついさっきまであのコートを縦横無尽に走りまわっていたとは思えないほど落ち着いている。スージーは言われたとおりにする。

自動販売機にコインを入れ、ホットの缶コーヒーを取りだし、プルタブを開ける。缶コーヒーを買うのはいつもちょっとしたギャンブルだ。どれが砂糖たっぷりで、どれが甘さ控えめで、どれが無糖なのかさっぱりわからない——スージーは漢字がまともに読めず、落ち着いて勉強しなかった自分をずっと呪っている。

「で、何が知りたいんだい？」

ふたりの長身の選手が隣に来ると、自分が縮んだように感じられる。これほどずば抜けて背の高い人たちと一緒になる経験はほとんどなく、とりわけ日本では慣れていなかった。ふたりは席につき、スポーツドリンクを飲みながら、汗で光る首にかかったタオル——妙に思わせぶりで、なんなら不道徳でもある——で額の汗をぬぐう。

ふたりはポール・ジョンソンとマークワン・ディレイニーと名乗る。スージーはディレイニーという名前について聞いてみようかと考える。共通点を探るために、アイルランドとのつながりを尋ねてみようかと思ったが、見えすいた手口に感じられる。そもそもこの仕事そのものがそうだ。スージーはバスケットボールというスポーツにほとんど関心がなく、ハルトのバーで中継されているなかでもいちばん興味を持てなかった。予想外にこのふたりに興味を惹かれたことだけが、このインタビューをやり抜くモチベーションになる——とにかく形だけでもこなさなければならない。

「いつ日本に来たんですか？」

「一カ月くらい前かな。言葉がまったくわからないから、何を言われてもチンプンカンプンで困ってる。でも明日からレッスンが始まるんだ。先生をつけてね。それで少しはやりやすくなるといいんだが」

がんばってね、とスージーは思いながら、缶コーヒーを残念そうに見つめる。

そしていくつか頭を使わない簡単な質問から始める。いつも聞いている、ごくありきたりな質問だ。日本食についての感想、カルチャーショック、押しの強いアメリカ人と比べて控えめな日本人をどう思うか（よくあるステレオタイプ）。けれども話が進むうちに、頭のなかがごちゃごちゃしてくる。心からこのインタビューをどうでもいいと思っていて、全神経を集中させるのを拒否しているからなのか、アルコールが完全に抜けきっておらず、まだ体内でゆっくりまわっているからなのかわからない。主人のいない日曜日の気だるげな犬のようにぼんやりしている。

コーヒーに口をつける。絶対に砂糖入りだ。最近のスージーの毎日を象徴しているようだ。

「大丈夫かい、レイディ？」

〝若い女性《ガール》〟から〝レイディ〟へ。なんと早く変わるのだろう。なんと早くものごとは……格下げされるのだろう。

スージーはふたたびペンを手にとり、メモをとろうと用意する。

「で、あなたたち《ユー・ガイズ》はアメリカのどこの出身なの？」

気がつくと彼らの言いまわし、〝ユー・ガイズ〟を使っている。実のところ、毎日少しずつ自分を失っている。自分のアイルランドらしさがだんだん薄れてきている。独特のアクセントが一般的に理解されやすい音や抑揚に変わったのと引き換えに陽気さが失われ、構文や語彙すら変化する。そのあいだにどれだけのアイルランドのスラングを忘れてしまったことだろう。どれくらい失ったのだろうか？　ミクシーやハルトが自分の英語をたやすく理解することが驚きだった。マサもそうだった。問題になったことはほとんどなかった。みんな理解してくれた。スージーの言葉や癖を……

……おまけにサニーも！

あのふざけたロボット！　あの憎たらしいポンコツ！　絶対にスージーの言葉を理解する。スージーがおちょくって、わざと小声でつぶやくとき以外は。おちょくる《テイキング・ザ・ピス》。そう言えばこういう言いまわしもあった。

「ホームボットは持ってる？」

ふたりのバスケットボール選手が笑いだす。そんな質問は予期していなかったというように。いや、ホームボットはまだ持っていない。でも見たことはある。早くアパートに来ないかなと思ってる。

「けど高いんだろう？　アメリカの連中は、こっちにはそんなものがあるなんて信じないだろうな。一台あれば最高だろうね。面倒なことを全部やらせるよ」

「うちのはサニーっていう名前なの」

スージーが平坦な声で言うと、ふたりは礼儀正しく我慢強くうなずく。なぜそんなことを言ったのか自分でもわからない、ふと口をついて出てしまったのだ。

どういうわけか、静かなホームボットのことを考えている。ハルトのバーの片隅にあったやつだ。電源が切れ、まったく動くようすがなかった。けれどもいつ動きだすかわからないという印象を持った。そうだろうか？　そんなことがあるだろうか？　本当にあれの電源が完全に切れることが？　最初にスイッチを入れたらそれっきり、死ぬまでオフにならないんじゃない？　死ぬ？　ホームボットが死ぬ？　スージーは笑いたくなる。なんてばかばかしい疑問。ホームボットが死ぬ？　それとも叩き壊さなければならない？　いまスージーは野球のバットのことを考えている。それで殴りかかって、木っ端微塵にしているところを。破片とスクラップ、ナットとボルト。ワイヤー。回路基盤とくすぶるシリコン。そこらじゅうに散らばった残骸――なぜこのイメージが繰り返し現れるのだろう？

おもしろそうだから？

それとも……未来を暗示しているから？

家の外のフクロウについて考える。眠っているあいだに頭上を飛びまわる鳥たち。守護神なの？　フクロウってそうなの？　それとも何かの前触れ？　どこか別の王国からの使者……何を伝えるため？

「大丈夫かい、レイディ？　ちょっと具合が悪そう《ピーキー》だ」

〝ピーキー〟。なんて懐かしい言葉。最後に聞いたのはいつだったろう？　魔法の呪文みたいに聞こえる。山の頂上《ピーク》、山脈のいただきを思い浮かべる。ピーキー。そう、言われてみれば、たしかに少し具合が悪い。ちょっとふらふらするので、横になるか強い飲みものを飲んだほうがよさそうだ。飛行機の航路を外れさせた北朝鮮のミサイルについて説明するのはどうだろう。タイミングが悪すぎる？　スージーに向かって微笑んでいた、小さなリュックサックにプリントされたお化けについて話すのは？　あるいはすごく頭が切れるけれど、このふざけた機械仕掛けの獣たちの責任者である夫については？　決してスイッチをオフにできない機械仕掛けの獣たち。どうしてハルトのホームボットは電源が入らないのだろう？　一度も起動しなかったのだろうか。彼はなんと言っていた？　読みこまなかった？　プログラムされていなかった？　それともただ待機しているだけ？　時間を稼いで。まるで独自の行動概念を持っているみたいに。どんなものでもときどきはスイッチを切らなければならないはずだ。目も閉じなければならない。暗闇。そう、暗闇は大切だと、スージーは思う。睡眠、無の状態が必要なのだ。では、ホームボットの目についてはどう説明しよう？　暗闇に光る赤い球体。あれは目と呼べるだろうか？　何を見たのだろう？　あの血の気のないもの。血の気はないのに真っ赤なもの。真っ赤で光っている。夢のなかでさえも。スージーが寝ているとき、サニーはひそかに寝室にいるのだろうか？　スージーのスイッチが切れたときにこっそり入ってくる？　そんな気がする。キッチンで〝待機〟モードにしたことははっきり覚えているのに。あれに意味はあるのだろうか？　〝コマンド。明朝六時三十分に再起動。七時に起こして〟。目が一瞬点滅して赤から緑に変わり、それから真っ黒になる。すばらしい沈黙。ウィーンやブーンという音が聞こえてこない。それともすべては策略なのか？　頃合いを見計らって動きだし、階段をのぼり、寝室に忍びこんで寝ているスージーを見ている？　そんなことってある？

「ダーク・マニュアルって聞いたことある？」

スージーの顔には苦悩が、選手ふたりの顔にはより深い混乱が浮かんでいる。まったく予期していない質問で、ふたりの忍耐力はしだいに失われていく。

「悪いけど、話がそれていってる気がする。バスケに関するインタビューだと思ってたよ、このリーグでプレーするためにやってきたおれたちのこと……」

そのとき日本人選手が現れた。彼も大量の汗をかき、スポーツドリンクを飲みながら、うろたえている記者をうさん臭そうに眺めている。彼の首にもタオルがかかっているが、スージーは汗や身体、身体やその分泌物についてはもう考えたくない。

「ごめんなさい」スージーは言う。「やっぱりちょっと気分が悪いみたい」

「あんたたちスコットランド人は、徹夜で飲んでるんだろ？」

　こう言ったのはマークワンのほうだ。それともポールのほう？　どっちがどっち？　そもそもマークワンて名前って？　彼が本当にそう言ったのか、それともスージーが聞き違えたのだろうか？　わたしはあまりこの仕事に向いてないのかもしれない。ちゃんとメモをとるべきだ。正確を期するために。変な名前。だいたいサニーってどんな名前よ？　まったく。そもそもこの仕事が向いていたことなどなかったのだろう。フクロウについて書いたほうがもっと実のある成果を出せたはずだ。子どものころディアドラという名前の友だちがふたり、ショーンという名前の友だちが三人いた。名前。名前に関する記事なら書けるかもしれない。過去五十年で意味のない名前が増えたことについて。五十年？　きっと名前なんて昔からばかばかしいものだったのだろう。フクロウに名前はある？　突然オサナイが気の毒になる。忍耐強いボス、スージーが送ってくるゴミみたいな記事につき合わなければならない。ゴミ《ドロス》。こういう言葉もあった。でも〝ピーキー〟ほどはよくない。今日の単語はピーキーだ……いまのところは。わたしはあまりこの仕事に向いていない。ちゃんとメモをとるべきだ。そして生きるということにも、あまり向いていない。続けること。持ちこたえること。進みつづけること。やり遂げること。どれもだめだ。どれも向いていない。

「帰ったほうがいい。もう充分しゃべっただろう」

スージーはうろたえる。記事を書くのにまだ何も聞きだしていない。何を書けばいいのだろう？　名前は聞いた。ふたりともシカゴ出身で、明日から日本語のレッスンを受けることはわかったが、それくらいだ。結婚しているのか、子どもがいるのか、ガールフレンドはいるのか、それともゲイなのか、どこの大学に行ったのか、アメリカに何を残してきたのか、何を食べたのか、何が美味しかったか、ひと目見て気持ち悪くなったのは何か――こうしたことをすでに聞きだしただろうか？　たぶん。たぶんこういう質問を全部したはずなのに、答えを思い出せず、メモはぐちゃぐちゃだ。どうしてスマホを出して録音しておかなかったのだろう。もうひとつのデバイスを使って。

ダーク・マニュアルについて聞いたことがあるか尋ねた。何を考えていたのだろう。

「帰ってくれ」

長身の日本人選手が言い、スージーをにらむ。いますぐ出ていってもらいたがっている。スージーはそれに従い、役立たずのメモ帳とペンを拾い上げる。あの甘いコーヒーをもうひと口飲みたかったが、その危険は冒さない。一秒でも早くここから出ていかなければ。少なくともまだ気まずい場の空気は読める。

「ごめんなさい」スージーはつぶやくように言う。「本当にごめんなさい」

深呼吸してすべてを説明したい。自分の身に起きたことをすべて。試練《トライアル》。苦難《トラベイル》。トライアル！　エラー！　でも同時に、何ひとつ説明したくない。なぜなら……知ったことか。

彼らに何がわかるだろう？　少しでも理解できる人がいるだろうか？

アリーナの外の壁を背にして立つ。深呼吸して胸の動悸を落ち着かせ、突然の痙攣で震えはじめた手を止めようとする。いま手元に煙草があったら、フィルターぎりぎりまで吸っていただろう。深々と吸いこんで、神経をなだめてくれることを期待したはずだ。けれども数年前にやめたので、肺はまた健康できれいになった。息子のためには母親も父親も強く丈夫でいなければならないとマサが言いだしたのだ。悪い習慣はやめる。そこでふたりとも禁煙した。ある年の大晦日《おおみそか》の夜に。完璧なタイミングだ。新たな始まり。でも酒をやめるとは言わなかった。その話は出なかった。ギャンブルもやめなかった。たぶんそれは来年の計画だったのだろう。来年の。もう来年はない。

両手はまだ震えている。

向きを変えて歩きだそうとしたとき、あの日本人のバスケ選手の姿が目に入る。どういうわけか彼はいっそう威圧的に見え、こちらに近づいてくる途中で太陽をさえぎり、その大きな頭が一瞬日食をつくりだす。スージーはなぜかスマホを取りだし、写真を撮る。なぜそうする必要があると思ったのかわからない。

「おまえはバカ女か何かか？」

「え……ちが……わたし……」

スージーは震えだす。

「なぜ人前であんなことを言う？」

「あんなことって？　わたしはただ……」

スージーは震える。

「ああいうことは、ふつう言わない。だれもホームボットのことは口にしない、特に新しいやつらにはな。やつらはまだ来たばかりだ。おまえはバカ女か何かなのか？」

「知らなかったの……何も」

震えが止まらない。震えているのが彼にわかるだろうか？

「おまえは記者だろう？　マニュアルについて探りに来たんだろうが、見当違いの場所に来たようだな。警察がみんなを止めている。みんながおれのところにマニュアルのことを聞きにくる」

スージーはまずショックを受けたが、いまは混乱している。さっきのインタビューで自分が何を言ったかはっきり思い出せない。めまいがしたりループしたりする悪い夢のなかにいるようで、何ひとつ意味をなさない。頭がズキズキする。まだ震えが止まらない。両手が震えている。顔に当たる太陽の光が熱く感じられる。マークワン。マニュアル。身体も熱い。ふたりのディアドラと三人のショーン。喪失について歌うカナダの楽曲。自分自身の肋骨に締めつけられているように胸の奥が苦しい。

「もう二度とここに来て嗅ぎまわるんじゃない。けがをするぞ。けがをしたほうがおまえのためだろうがな。警告になる。帰れ。バカなガイジン」

外国人を表す言葉。ふつうに言うときは悪い意味はないものの、吐きだすように言うと当然侮辱になる。

スージーは泣きたくなる。彼の醜い顔に向かって怒鳴り返したい気分だったが、それはできない。あまりに怯《おび》え、混乱し、震え、汗をかいている——どのドアを開けてしまったのか知らないが、開けなければよかったと思う。

〝帰れ。さっさと失せろ〟

頭のなかで繰り返しこの言葉を聞いていたが、いまや頭のなかだけではなくなっている。現実だ。頭の外から聞こえてくる。現実の世界から。いまのは何？　現実の男の声だ。意地悪で、敵意をむき出しにした男が出ていけと言っている。〝帰れ。バカなガイジン〟

一瞬欠けた太陽。闇の世界。

ガイジン——外国人を指す言葉だが、むしろ〝部外者〟の意味あいが強い。ヒ素でもまぶしてあるように、これほど悪意をこめて言われたのは初めてだ。

〝ここにいてもなんの意味もない〟

走りだすと、手に持っているばかみたいなブリーフケースが脚に当たる。どうしてこんなものを持ってきたのだろう？　役に立つものがひとつでも入っていただろうか？

自分は役に立つのだろうか？　記事も書けず、ろくにメモをとることもできず、適切な配慮ができない記者になんの意味が？

けれども何かが持ちこたえろ、まだ事態は収束していないと告げている。何かがスージーをこの場所につなぎとめている。何が？　何がスージーをここにつなぎとめ、縛りつけているのだろう？

わたしはこの巨人に打ち勝つ。

おとぎ話の悪役たち、全員に打ち勝つ。

でもまずは先に身体を休めよう。どこか日陰で。暴走する頭を落ち着かせよう。震えを止めよう。嗚咽《おえつ》を止めよう。

〝ここにいてもなんの意味もない〟

でも何かがスージーをここに引きとめている。何かがまだ。それはなんだろう？

16

職場のビルの前に立ち、その大きな建物をしげしげと眺める。頑固なまでの灰色と特徴のなさ、それがスージーを小さく取るに足りない存在に感じさせる。オサナイに見せられるものがあれば、気分はずっとましだっただろう。費やした時間にふさわしい、実のあるものを差しだせるなら、そのドアから入って彼のデスクに原稿を叩きつけただろう。〝ほら見て！　走って！　これを持って走って、さあ！〟。けれども何もないことはよくわかっている。数行の走り書き、ただそれだけだ。ノートはスージーの人生を象徴しているのかもしれない。いいかげんで、雑で、本来の意味をなしていない。かろうじてできたのは、スマホで試合の写真を何枚か撮ったことだけ、これがスージーのジャーナリズムの限界だ。プレー中の写真数枚と、日食をつくりだした巨人の写真。

建物に背を向けて足を踏みだす。上司や仕事熱心な同僚たちの顔を見ることはできない。勤勉で、期待以上のことをしようとする人たち。スージーを引きずり下ろす結果にしかならない――これ以上、下があればの話だが。お洒落なデスクについているオサナイのところに行って、マークワンとポールについて報告することもできない。どちらがどちらかわからないし、バスケの試合そのものも、熱狂的な観客についても、何ひとつ、何ひとつ細かいことを覚えていない。頭に繰り返し浮かぶのは、あの長身の日本人選手のことだけだ——そもそも彼は名前を名乗った？　あの冷酷な目をした男、マニュアルと言ったときの吐きだすような口調。なぜあんなに怒っていたのだろう？

向きを変え、違う方向を向く。どっちが家だった？　どっちが出口？

車は手つかずの状態でそこにある。最近は自動車泥棒が多いので意外だった。自動車をハッキングすることに興奮を覚える非行少年たちが、コードをいじって運転し（手動で！）、どこへなりと若いチンピラたちが行くところへ持っていく——いったいどこに行くのだろう？　どうやらオサナイや彼の仲間が追うべき話がありそうだ。裏通りを歩き、痩せた犬が遠吠えするなか、街の境界の外の放置された一画に向かう。クラクションが鳴り響き、歓楽街すら越え、焚き火がたかれ、ドラッグで頭がぼうっとした若者たちが自身のリズムで身体を激しく揺らしている。スージーもそこに行き、彼らに先んじ、加わることもできるが、それになんの意味があるだろう？　焚き火のなかに放りこまれるか、杭《くい》にくくりつけられて火炙りにされるのがオチだ。それが解決策になるかもしれないが。

意外にも、警察からの違法駐車の通告や、高額な罰金の請求はなかった。フロントガラスに違反チケットが貼りつけられてもいないし、タイヤ止めもない。

車に乗りこむと、ダッシュボードのコントロールパネルが誘導するように光を発する。それに触れるまでもなく、いつもの行き先を告げてシートにもたれかかると、車は市街地の道を、車の流れを縫うように走りはじめる。スージーがいまも、これまでも属したことのない街のにぎわいをあとにして。

二十分後、自宅の前に停まる。車を降り、それが勝手にガレージに戻っていくのを見守る。自宅を前にして、職場のビルよりは自分を小さく感じないものの、やはり自信が持てないでいる。わたしはどこにも属していない。これが問題の核心だ。どこにも属していない、常にどっちつかずの存在。そんなふうに人は生きていけない。そんなふうに存在するべきではない。

一分か二分かけて周囲を見まわす。しょっちゅう洗濯をしている女性がいない。揺れるカーテンの向こうに隠れる人影もない。通りでボールを蹴ったり、小さな公園で走りまわっている子どもたちもいない。フクロウもいない。どんな種類であれ鳥はいない。何も。この一帯が動きを止めている気がする。静止画のように。自宅の外壁にひびがあり、スージーはそこからまた意味を読みとろうとする。ここ最近していることだ。サインを読みとって自分自身に当てはめる。息子と夫がいたときは、自分のことはほとんど顧みず、ふたりのことばかり考えていた。でもいまは自分しかいない。曲がりなりにも、フクロウに関するあれこれは、何か新しいことに考えを向けさせてくれたのかもしれない。ほかの生き物に。生きている、生命のあるものに。

家に入ってブリーフケースを置き、メッセージ・スクリーンに歩み寄る。親指の指紋で起動させるが早いか、義母の顔が現れて前回のメッセージが繰り返される……そしてその前のものも。

「しばらく音沙汰がないけれど、元気なの？　そちらに会いに行くわ。たぶん明日にでも。手が空いたらメッセージを残しておいてね」

ホログラムが消えていく。いつも小さな死のようだと思う。あるいは本当の死がこうだといいと願っているのかもしれない。苦痛もなく完全に、こんなふうにただ消えていく。目に見えないほど小さな細胞に分解されてばらまかれ、宇宙に回帰する。

リビングルームのソファに沈みこみ、両手で頭を抱える。

「ミュージック、オン」

軽快で、アップビートのジャズ風の音楽が流れてきて、スージーは慌てて取り消す。

「ドローンにして」

重苦しく陰鬱なドローン・ミュージックが始まると、さらに深くソファに沈み、音に埋没する。

けれども本当に望んでいるのは、お母さん、ママ、マミーという子どもの声、ダーリン、スウィートハート、ハニーという男性の声だけだ。だが代わりに聞こえてきたのは……

「お帰りなさい、ミス・スージー」

スージーはうめき声をあげる。ここまでひどく落ちこんでいなければ、笑えると思えただろう。いや実際、笑える。きっとこの状況全体が冗談なのだ。アイルランドでは〝最高におもしろいジョーク《スクリーム》〟と呼ばれていたような。家にホームボットがいて、それが話しかけてくるなんて。

「夕食は三十分後にできあがります、ミス・スージー。今日のメニューはビーフシチューです」

ホームボットが夕食のことで話しかけてくる。

だれがメニューを選んだの？　マサ？　すでにプログラムされていた？　このふざけたポンコツに献立表が組みこまれている？　それともサニーが選んだの？　自分で決めた？

「すてき」スージーは言う。「それは最高ね」

自宅にホームボットがいて、夕食はビーフシチューですと話しかけてくる。それはいま調理中か、最低でも冷凍庫から取りだされた出来合いのパックで、適切な温度に温められている。ほら、笑えるでしょう。これは笑劇だ。ふつうの家でふつうの日に、ビーフシチューの話をしてくるこのマシン、めちゃくちゃ笑える。理由ははっきり説明できないけれど。

サニーは去ろうとするが、スージーは身体を起こして顔をそちらに向ける。

「止まって」

ホームボットが動きを止める。

「よくできたわね、わんちゃん」

「なんですか、ミス・スージー？」

「ミュージック、オフ」

ドローン・ミュージックがやみ、ホームボットの内部機構がかすかにうなる音と、スージーが脚を組んだときに人工皮革のソファがたてたギシッという音しか聞こえなくなる。

「あなた、どのくらい知ってるの？」

「どのくらいと言うと？　ミス・スージー」

「たとえば、わたしがいま何を考えているかわかる？　いまこの瞬間に。それか過去に？」

「ミス・スージー、わたしはあなたの命令に従うようプログラムされていて……」

「たとえば寝ているあいだにわたしを殺してと頼んだら……できると思う？　それかもう考えたことがあるかもね。あるんでしょ？　わたしが寝ているあいだに寝室に忍びこんで。だってあなたは寝たりしないんでしょう、サニー・ボーイ？」

ホームボットは沈黙する。頭の横の細く青いライトが点滅している。

「ミス・スージー、どの質問に答えるべきなのかわかりません」

「全部よ。わたしの質問に全部答えて」

「ミス・スージー、わたしの役目は日々の暮らしであなたのお手伝いをすることです」

これはマサが販促キャンペーンで使っていたキャッチフレーズだった。〝日々の暮らしであなたのお手伝いを。家事全般をお助けします。信頼できるホームボットで生活をもっと便利に！〟

ふたりは黙って向きあっている。背の低いホームボットは二メートルほど離れたところにいて、主人を見上げている。

「じゃあ、そこまではできないのね？　それともいまはわたしの言ってることがわからないふりをしてるの？　本当はわかっていて……とぼけるのが抜群にうまいの？　じゃあ、いまこの場でわたしに襲われたら、あなたは自分を守る？」

沈黙。ホームボットからはなんの音もしない。いつもならこの沈黙を歓迎する。サニーが別の部屋にいて、ウィーンやブーンという音が聞こえてこないときは。けれどもいまは対話がしたい。ノイズが欲しい。わたしに向かって叫んでほしい。われを忘れてほしい。存在意義をわめいてほしい。自分のことを説明してほしい。存在について理由を示してほしい。できるだろうか？　ホームボットにそれができる？　それともわたしが人間とその存在意義を説明できないのと同じように、ホームボットにもその存在意義を説明することはできないのだろうか？　わたしは本当にロボットと哲学談義をしようとしている？　存在論について？　マサがつくったいまいましいマシンと？　ここでそんなことをしようとしているの？

「ねえ、どっちがひどいのかわからなくなってきた。あなたのイラつく〝ミス・スージー〟と、この気味の悪い沈黙と」

　赤い目。血の気はないけれど真っ赤な目。

　その赤い球体をじっと覗きこむ。そこに生命があるかどうか探るように、星の誕生や気体爆発の形跡を探るように、化学反応やパルスの兆候を探るように。ただのガラスエポキシ樹脂やPN接合ダイオード、陰極だけではなく……血を、血を、細い血管でいい、わたしはわずかな血の痕跡を探しているのだろうか？

「それかあなたを再プログラムしたらどう……そうね、夜わたしの寝室に来て、その力強い手でわたしの首を絞めるように再プログラムしたら。それならあなたは道義的に逸脱しないことになるでしょ？　つまり、あなたはなんの……呵責も覚えずにすむ？」

　ホームボットにこれらの言葉を理解できるだろうか？　道義的に？　呵責？　マサはオックスフォード辞典を丸ごと読みこませたはずだ。一語残らず。あらゆる言語を入れたかもしれない。サニーには全部搭載されているのだろうか？

「ミス・スージー、キッチンに戻ってビーフシチューを確認してきます」

「ビーフシチューなんてどうでもいいから、わたしの話を聞きなさい！」

ホームボットは完全に静止する。機械の手足もピクリとも動かない。なんの表情もない。驚きも苦悩も混乱も示せないはずだが、スージーにはそのつるんとしてうつろな顔に、それらすべての感情が見える。感情？　いまそういう意味で言った？

「たとえば何かの毒、寝ているわたしの顔に何かの猛毒を吹きつけるとか、それならどう？　それかあなたがつくってくれたビーフシチューに青酸カリを潜ませるとか。いっそわたしの耳に毒ニンジンを注ぎこむとか！　昔ながらのやり方でいくのはどう？（シェイクスピアの『ハムレット』で、父王は弟に耳から毒を注ぎこまれて殺される）　でもそれなら自殺にならないわね？　つまり、あなたは殺人者ってことになる」

スージーは自分の与太話に笑う。こんな戯言を言うなんて、酔っ払っているにちがいないが、このばかばかしい状況を楽しんでもいる。わたしは家でロボットと暮らしている。そのロボットがビーフシチューを温め直してくれる。わたしを〝ミス・スージー〟と呼ぶ。そしてわたしは、それに殺してもらいたいと思っている。

「楽しそうじゃない？　法廷にいると想像してみて、被告人席に立ってるって。〝でも裁判長、わたしじゃないんです、彼女の、ミス・スージーのせいなんです。彼女がわたしにやらせるようプログラムしたんです！〟」

スージーはまた笑う。胸がヒリヒリするまでヒステリックに笑い、それから突然黙りこみ、自分に吐き気を覚える。

サニーに威圧的な視線を向ける。

「もう生きていたくないの、わかる？　もう日本にいたくない、ほかのどの国にもね。存在していたくない。わかる？　ふたりがいなければ。マサとゼンがいなければ。そんな世界になんの意味があるの？　それがわかる？」

アイルランドの祖父の姿が脳裏に浮かび、罪悪感に胸をつかれる。祖父は生を大切にする人だったのに、ひどい希死念慮でその思い出を汚している。

「わたしはただ安らかに死にたいの。夫と息子にもう一度会いたい、それか夢のなかで一秒でもいいから一緒にいたい、最後の息を吸う前に……わたしの言ってることがわかる？」

「わかります、ミス・スージー」

スージーはため息をつく。

「問題はね、あなたが理解しているかどうかわからないことなの。でもそんなこと、どうやって確かめられる？　あなたが何を理解して何を理解していないか、わたしにどうやってわかる？」

そこで一瞬、人間もホームボットも次の動きを考えているように沈黙が訪れる。

スージーは少しずつサニーに近づき、ゆっくりと距離を詰める。動きはネコ科の動物、獰猛《どうもう》なヒョウさながら、やわらかい肉球でそっと歩くように音をたてない。ホームボットはピクリとも動かない、不安で固まってしまった？

スージーは腰をかがめ、頭をホームボットの頭の横に、口を耳があるべきところに来るまで近づける。

「ダーク・マニュアルについて何か知らないわよね？」

ホームボットから反応はない。まっすぐ前を見据え、いつものようにライトを点滅させ、いつものうなり音を発しているが、〝癖《テル》〟はどこ？　友人たちとよくポーカーをしていた父によれば、ほとんどのプレーヤーには思わず自分の手の内を明かしてしまうテルがあるそうだ。チック症状やうっかりした視線などがそうで、ブラフをかけたり、嘘をついたり、だまそうとしていることがわかると言っていた。けれどもロボット相手にそんなことができるだろうか。ロボットが何を知っているか、どうしてわかる？　ヒントをくれる創造主が近くにいないのに？　サニーのしわのなさにいらだつ。二重顎もなく、ゴムのような皮膚の下には余分な肉もない。

サニーの前にまわりこみ、赤い球体をじっと覗きこむ。

「それで？」スージーは迫る。

サニーの目がぱっと光り、スージーはつかの間めまいがする。一瞬前が見えなくなり、もう少しでうしろに倒れそうになる。

「本当にビーフシチューを見に行かないといけません、ミス・スージー」

サニーは向きを変え、スージーから遠ざかっていく。それをぼんやり見ているスージーの顔はきわめて人間的で、さまざまな感情が入り乱れている。混乱、怒り、憎しみ、疲労、悲しみ、悪意、苦痛、それぞれがスージーの顔を制御しようと戦っている。わたしはホームボットとは逆の存在だ。スージーはそう気づく。わたしはその反対だ。モノじゃない。それ以上の存在だ。はるかに上の。ずっと上の。以前は自分を機械のようだと考えて、それを否定しようとしていた。思考も行動も単調だと思っていたが、そうではない。わたしはそんなものではない、旋風だ。荒々しい感情の渦で、それが内側で吹き荒れている。それをコントロールすることはできない。わたしのスイッチを切ることはできない。

以前マサと瞑想のクラスに参加したことがあった。ふたりがはまった流行のひとつで、ほとんど続かなかったマイブームのひとつだ。講師はこれまで聞いたことがないほど、穏やかで落ち着いた声をした女性で、自分を解放し、深呼吸して、自然界とひとつになれるよう優しく導いてくれた。〝息を深く吸って、その息を身体の中心まで行きわたらせてください。それからゆっくり吐きだして、息が外に出るときに、身体に癒しの波を感じてください〟。スージーは効果を感じた。レッスンのあいだ驚くほど気持ちが落ち着き、その後もしばらく心穏やかに過ごすことができた。説明はすべて日本語だったにもかかわらず、どうにかついていくことができ、それもかなりの部分理解できた。でもすぐに日常生活に追われ、もとの慌ただしい毎日に戻っていった。仕事、常に仕事、そして息子の世話。もう一度瞑想クラスに行くことはかなわず、少しのあいだゆっくり腰を落ち着けて湯気の立つカモミールティーを飲むことすらできなかった。リラクゼーションは終わり、ストレスと焦燥感以外、待ち受けるものは何もなくなった。

一秒か二秒、強い吐き気を覚える。身体のなかで何かが煮え立ち、かき乱され、あふれ出ようとしているようだ。最近こういう感覚になることが多い。それにふたをすることは難しく、いっそ解き放ってしまいたいと思う。けれども持ちこたえる。気持ちをしっかり、健全に保つ。あのクラスで習ったように深呼吸し、忍耐と、湧きあがってきた不屈の精神の力で息を吐きだす。

キッチンに行くと、サニーがオーブンの前で温度調節のつまみをいじっている。

これを止めることができたら。止めることさえできたら。逆さまにしてゴミ箱に突っこみ、ゴミ収集に出し、粉々にしてもらえれば。でもだめだ、間違いなく這いだしてくるだろう。あれはどうにか自分で窮地を逃れるのだ。

でもなんとか方法を考える、絶対に。

「コマンド。明朝六時三十分に再起動。七時に起こして。ホームボット・サービスシステムは待機モードに入る」

このコマンドは毎回うまくいく……一応は。少なくともしばらくのあいだはじっとしているはずだ。

邪魔だと足で蹴飛ばすと、サニーが倒れ、これまでにないほどおもちゃっぽく見える。

ゼンが遊んでいたようなおもちゃだ。もちろんそれよりは大きいが。実物大の男の子の大きさ。実物大！

オーブンの前に行き、スイッチを切る。ミトンをはめ、熱いシチューを取りだす。もうできあがっているようだ。完成している。上出来よ、サニー。思っていたより空腹であることに気づく。いつもこんなふうに、あとから気づく。ときどき、もう二度と食べなくていいと思うのに、ほら気がつけば、木のスプーンを握りしめて鍋から直接食べている。しばらくそんなふうに音をたてず、けれども狼のようによだれを垂らして貪る。数日間ひと口も食べていないというようにガツガツと。それから冷蔵庫の前に移動してミルクを飲む。グラスに注ぐのも面倒で、パックから直接流しこむ。できるところはすべて手を抜き、仕事をやり遂げる。

そう、仕事をやり遂げた。満たされているのを感じる。さっきまで感じていた吐き気は収まっている。必要なのは食べることだった。栄養のあるもので自分を満たす。夜に備える。

夜？

もちろんベッドに入る。ゆっくり休んで……

まさか。

スージー・サカモトは廊下の壁のフックからジャケットをつかみ、ハンドバッグを肩にかけ、もう一度玄関を出る。

「オートロック。コード４５４」

家じゅうの出入口が施錠される。すべてのドアと窓に鍵がかけられる。フォート・ノックス（米国連邦金塊貯蔵所があるケンタッキー州の軍用地）。母がよく言っていた言葉だが、知っているのは意味だけで、どこにあるのかはわからない。何も侵入できず、何も外に出られない。サニーはなかに閉じこめられた。電話をかけて友だちを呼び、パーティーを開くこともできない。ブロンドのガールフレンド、彼女もなかに入れない。

スージーはふたたびめまいを覚える。外に行くことを考えると嬉しくてくらくらする。

サニーはキッチンで横倒しになっている。夜のあいだはシャットダウンしているはず、でしょ？

17

壁に取りつけられたデバイスがスージーの顔をスキャンして認識し、ドアを開ける。ハルト・マツモトがとびきりの温かい笑顔を向ける。あまり客の入らない夜で、だれでも大歓迎だ。目の前にビールが置かれ、スージーはいまが早い時間なのか遅い時間なのか確かめようと壁かけの時計を見る。ハルトの店の時計は当てにならないことで知られ、いつも遅れているか進んでいるかで、常に新しい電池が必要だった。この店の客を象徴しているようだ。

「だれもスポーツを見に来てないの？」

「あとでバスケットボールがあると思う、アメリカからのライブで。それを見に何人か来るかもしれないな。いまはどこかの国のラグビーをやってる。よく知らないけど、見たい？」

「いえ、けっこうよ。音楽だけで充分」

ゆったりとした、引きずりこまれそうな、サイケデリックなブルースがかかっている。

低俗な人、薬漬けの人、悲しげな人、何かを切望している人、憂鬱な人、虐げられた人たちが自己憐憫《れんびん》に浸りながら楽しむような音楽——もちろん理想的だ。

「カラオケでも歌う？」

その言葉が口をついて出たとたんハルトは後悔する。昨夜のスージーのカラオケは見ものだった。錯乱した外国人がひとりステージに立ち、ダイヤモンドについての奇妙でイカれた歌を、はらわたを引きちぎるように歌っていた。その歌は強い印象を残した——続いて彼女が床に崩れ落ち、完全に気を失ったことも。まともな感覚の店主なら、そんな客は出入り禁止にして、あんなことが二度と起こらないようにするだろう。けれどもいま彼女を目の前にして、あらためて気の毒に思う。彼女がどんな苦悩に苛《さいな》まれているのかは知っているが、昨夜の失態を覚えているのかどうかわからない。なんの素振りも見せないし、ひと言も触れない。いつもの夜であるかのように、ぶらりと入ってきただけだ。常連客として。

「ひとりで歌ってもおもしろくないもの」

「クレイジーな友だちは来ないの？」

「ミクシーのこと？　友だちじゃないし！」

スージーは、なぜ自分がこんなに感情的な反応をするのかわからない。ミクシーは唯一の友人かもしれないのに。

「いつも一緒にいるじゃない」

「気がつくと隣同士にすわってるだけ。わたしが来ると彼女がいるの。今日も来てると思ってた」

「彼女はすごく英語がうまいよね」

「あなたもよ。どこで習ったの？」

「ほとんどここで。前は外国人にとても人気のあるバーだったんだ。みんなスポーツのライブ中継を目当てに来てくれた。彼らが話すのを聞き、話しかけた。いろんな表現を教えてくれたよ。文法は学校で勉強したけど。最近はミサイルやなんかのせいで——戦争が始まるね——みんな街に来なくなった。あなたは……」

「レアケース？」

「ああ、希少な鳥だ」

スージーは笑う。

「おもしろい表現ね」

昔ながらのステージで仰々しく花束を受け取る奇術師のように、ハルトはわざとらしくお辞儀をする。

ビールに口をつけたとたんスージーは後悔する——もっと甘く、フルーティーなものを頼めばよかった。ミクシーならこんなミスはしない。

「鳥といえば」スージーは言う。「フクロウについて何か知ってる？」

「フクロウ？」

「ほら、夜行性の鳥」

「それは知ってるけど。どうしてフクロウについて知りたいの？」

「最近よく見かけるから。これまでに行ったどの場所よりもよく見かけるの。変だと思って」

けれども実際に姿を見てはいない。気配を感じるだけだ。彼らの存在を。そこにいるのがわかる。

「以前、街外れに古い農場があったんだ。納屋にたくさんいた。それはまるで……一種の……」

「保護区域《サンクチュアリ》？」

「たぶん。安全に繁殖できる場所。彼らを研究する専門家がいたんだ」

スージーはつかの間、自分自身のサンクチュアリについて考える。それはどこだろう？このバー？　それとも自宅？　ドローン・ミュージックが流れ、忠実なロボットのいる日本の自宅？　サンクチュアリという言葉は安全という意味を含む。安らぎの場所。最後にそう思えたのはいつだろう？　わたしのサンクチュアリは、アイルランドの小道を歩く祖父の隣だった？　両側にイバラの茂みがあり、空気の冷たい秋になるとブラックベリーで色づく未舗装の道。それとも、いまも頭にこびりついている歌を聴く祖父の隣。それとも祖父が見ていた悲しい映画。あれはどこで手に入れたのだろう？　だれも最後まで見たことのない、古い、古い映画。祖父はそこに何を見出そうとしていたのだろう？　古いロシア映画もあった。三人の男が何かを探しに〝ゾーン〟に行く。スージーがこれまでに見たもっとも退屈な映画だった。当時はまだ幼く、途中で眠ってしまったが、祖父は釘付けになっていた。ひとつ鮮明に覚えているシーンがある。映画の冒頭で、女性がふたたび自分を捨てた夫を罵り、もうこれ以上耐えられないというように床に倒れて泣き叫んでいた。祖父はそういう映画を見て、おまえも見たほうがいい、人間について何か学べるかもしれないと言った。けれどもはるか昔の話で、当時でさえ、それらの映画は古かった。古色蒼然としていた。何世代も前のものだ。祖父が亡くなってずいぶんになる。科学者、作家、猟師、あの三人のロシア人の探検家たちはもっと前から死んでいた。いっそう死んでいた。サンクチュアリ？　どこに行けば見つかるの？　それにだれと？　マサがいなければ、ゼンがいなければ、どこで平穏を感じられる？　わたしの〝ゾーン〟はどこにあるの？

ハルトは、フクロウについてほかに知っていることはないか頭を絞っているようだ。スクリーンの前に立って検索し、知りたいことをすべて表示させるほうが簡単だが、彼は自分の知識を呼び起こすほうを好む。数世紀にわたり、世界中のバーテンダーはそれで金を稼いできたのだ。ちょっとした知識、ちょっとした共感で。

「やつらは襲ってくるよ、人間に対してもね」

「ええ、そう聞いた。そんなことしそうなタイプに見えないのにね」

タイプ？　自分が何を言っているのか、スージーはわからなくなる。典型的な深夜のバーでのおしゃべりだ。ほとんど、あるいはまったく興味のない話題についてあれこれ語りあう。

ビールを飲み、ボウルに盛られたナッツをかじる。マサはよく口いっぱいにナッツを頬張っていた。上に放り投げては口でキャッチし、なんにでも感心する酔客から盛大な拍手を受けていた。スージーはいま隣が空っぽなのを感じている。彼はこのスツールにすわっているべきだ。しばしば手を伸ばしてスージーの手を握り、ここにいるよと伝えてきた。

「ねえ、聞きたいことがあるの」

ハルトが氷を砕く手を止める。空中で止まったアイスピックが不吉に見える。

「深刻な話みたいだね」彼が言う。

スージーはひとつ息を吸う。

「ダーク・マニュアルについて何か知ってる？」

自分たちしかいないとわかっているのに、ハルトはおずおずと周囲を見まわす。

「仕事がらみ？」

「ううん。全然関係ない。ただ興味があるだけ。ちょっと聞いたんだけど……」

「何を聞いたの？」

彼の顔に警戒の色が浮かび、今度はそれがスージーを警戒させる。バーのたわいないおしゃべりが緊張と不安に変わる。

「ある人に聞いたんだけど、そのマニュアルは……それを手に入れれば、ホームボットを……」

「あなたが聞いたことは全部……全部が正しいわけじゃないかもしれない」

「存在するの、そのマニュアルは？」

ハルトは下唇を噛みながら考える。この女はどれだけ信頼できる？　外国人がどれだけ信頼できるのだろう？　それにどうしておれに聞く？　マサは彼女の夫だった。そもそもあれをつくったのは彼じゃないか、なぜ知らないんだ？　夫婦は情報を共有しないのか？マサは何を隠していた？

ようやくハルト・マツモトは顧客の顔を見る――常連で、不運で、悲劇に見舞われた顧客――その見慣れない色の目を見て言う。

「ああ、存在する。それを捜している人を知ってるよ」

18

ホームボットは、スージーが残していったシチューの鍋をぬぐっている。ホームボットはもはや横倒しになっていない。まっすぐに立っている。片付けをしている。これはホームボットがするようプログラムされたことのひとつだ。家をきれいに保つこと。

ホームボットは身体を曲げてシンクの下の正しい位置に鍋を戻し、それから不意に動きを止める。その顔と目を通じて信号を受け取っているが、なんの反応も見せない。

薄暗いキッチンにエコーが響きわたっているようだ。〝ああ、存在する。それを捜している人を知ってるよ〟。スージーが好きなドローン・ミュージックと同様、このエコーも低い地鳴りのように聞こえてくる。

〝ああ、存在する〟

ホームボットは、驚くべき情報を聞かされたというようにじっと立ち尽くしている。けれどもその目は何も表していない。白目のない目、まるで変化することのない、奇妙な目。その顔からは何も読みとれない。広がりのない、奇妙な顔。

キッチンに横倒しにされたまま放置されていたはずだが、スージーが出ていってほんの数分後にはもはや横倒しではなくなっていた。まっすぐに戻った。自分でまっすぐに。自力で。何を驚くことがある？

19

フクロウの目は丸い眼球ではなく、筒状で動かない。両眼視野のおかげで獲物に焦点を合わせることができるが、それには目視する必要がある。これが彼らのやり方だ。獲物が見えなければどうなる？　獲物が、たとえば壁のうしろにいたら。身を潜めて。そうしたらどうなる？

ストレスを感じる。

おかしな事態になりつつあると、何かが彼らに告げている。空気中にある何か。エコーがあちこちに飛んでいる。信号が発信され、理解されるのを待っている。けれどもだれが理解するのだろう？

フクロウの筒状の目には、自分たちをこれほどいらだたせている存在が何か見えない。だからますます不満が募っていく。ピクピク動く羽にそれが表れている。不安そうな鳴き声や忙しなく動く鉤爪にそれが表れている。ざらざらした木の皮で鉤爪を研ぎながら、それを生身の肉に突き刺し、危害を加えたくてうずうずしている。

20

「このことは口にしないほうがいい。あの機械は危険なものになるおそれがある」

ふたりはカウンターの背後で沈黙しているホームボットに目をやるが、それはまだ使えるようにはなっていない。ハルトはこれを再起動していいのか確信を持てないでいる。

「正しく設定されていなければ……非常に危険だ。マサさんはそう言ったはずだよ。彼はよく知っていたんだから」

「ええ、マサは全部知っていた。もちろんよ。彼があのいまいましいものをつくったんだから。でもいまはここにいないでしょう?」

ハルトは敵ではないとわかっていながら、スージーは声がいらだつのを抑えられない。

「妙なことに巻きこまれないほうがいい。言いたいのはそれだけだよ」

スージーは自分の刺々《とげとげ》しい口調やいらだちをあらわにしたことを申し訳なく思うが、まだこの話を終わらせるつもりはない。もっと知る必要がある。

身体のなかが沸きたってくる。

いまの自分にあるのはこれだけだ。

それがいま大きな意味を持つようになっている。

「ダーク・マニュアルを書いたのはだれ？　マサのはずがない、〈イマテック〉でやってきたことのすべてに反することだもの。じゃあ、だれがプロジェクトを妨害しようとしたの？　そのマニュアルを書いたのが会社に恨みを持つ《ハブ・アン・アックス・トゥ・グラインド》人間だという可能性は？」

ハルトは混乱した顔をする。

スージーはときどき、自分が話している相手が英語のネイティブスピーカーでないことを忘れてしまう。もっとゆっくり話し、イディオムも言い換えなければならない。

「斧《アックス》？」とハルトが聞き返す。

「会社と問題があった人……復讐を望んでいるような？」

「ああ、なるほど、それは事実の一部だけど……おれの聞くかぎりでは」

「事実の一部？　じゃあ、事実のすべては？」

ハルトはしばらく口をつぐんで自分の考えをまとめようとする。そしてますます不安そうな表情になる。彼はあちこちに目や耳があることを知っている。空中のドローンであれ、隠しカメラによる録画であれ、常に何かに盗聴され、監視されている。ほかのバーでも見つかっている。警察の仕業だと言う人もいれば、アルゴリズムの開発に使うデータを集めているテクノロジー企業の仕業だと言う人もいる。

「おれが聞いた話では、病気になった人がいたそうだ。癌《がん》か何かで死にたがってた。回復の見込みはなかったらしい。彼は権利があると信じていて……」

「安楽死の？　それとも幇助《ほうじょ》自殺？」

ハルトはどこでこの話を聞いたのだろうと、スージーは思う。それともでっちあげているのだろうか。ここはバーで、バーではみな口が軽くなり、ハルトはあちこちで起きていることを耳にする。バーテンダーは最高の聞き役であると同時に、盗み聞きの達人だ。人々の生活で実際に何が起きているか、バーテンダーはセラピストよりもよく知っている。彼らはしばしば親密な話や貴重な秘密を打ち明けられる――アルコールを飲んだあと、人は嘘偽りのない真実を話したくなるものだ。

「でも、その人はなぜてっとり早く橋から飛び降りなかったの？」

この町にはいくつか高い橋があり、真下が高速道路の硬いアスファルトであるところもあれば、汚い川の冷たい水が待っている場合もある。こんなことを知っているのは、スージー自身考えたことがあるからだ。

「彼は自宅で死にたかったんだ。自分の部屋で。思い出に囲まれて。写真やなんかに。慣れ親しんだものに」

それならスージーも理解できる。自宅のサイドテーブルの写真のことを思う。幸せに輝く家族。背景はアドベンチャーパーク。ブランコや滑り台、ロッククライミング……スージーにもわかる。それならいいかもしれない、自分の部屋で、自分のものに囲まれてなら。

「家族は？」

「よく知らない。でも彼はうつ病でもあった。あれ以上苦しみたくなかった。話によれば、ホームボットが自分を殺すように設定を変更したそうだ」

ハルトのつくり話だろうか？

「どうやって？」

ハルトはふたたび空っぽのバーを見まわす。もちろんだれもいないが、確認せずにはいられない。

「あなたも知ってのとおり、ホームボットはキッチン道具を使える、ナイフとかフォークとか。だから彼は自分が寝ているあいだに、ナイフを心臓に深く突き刺すようプログラムしたんだ。もちろんその前に大量の睡眠薬を飲んでね。それから寝た。……そしてロボットが襲った」

聖書の外典。都市伝説。そういう真偽不明の言説はどこにでもあふれている。

「でもその話のどこに復讐の要素があるの？」

「彼はロボットがものを考えすぎないようにする方法を開発しようとしていたらしい。ホームボットがあまりに早くあまりに賢くなっていると危惧していた。彼はエンジニアだった――たぶんマサさんと同じ会社で働いていたんじゃないかな。そしてロボットがあまりに賢くなりすぎないようにするプログラムを提案して……」

　スージーはハルトの目をじっと見て、真実を探す。そして嘘を。

「ホームボットは進化しつづけなければならない、それが会社の方針で、彼の提案を聞き入れようとはしなかった。どうして止めなくちゃならない？」

　ハルトが英語でも気おくれせず堂々と自分の考えを話してくれることをありがたく思いながら、スージーはじっと耳を傾ける。バーにほかに客がいないのも好都合だ。おかげで話を妨げられずにすんだが、そのほとんどが信じがたいことだった。

「ホームボットが彼を殺したとしたら、会社に責任があることになるでしょ。彼の望みは、会社が……その……ホームボットを廃止することだったの？　設計し直すこと？　でも会社はなぜホームボットがそんなことをしたのか、その理由を突き止められるの？　再プログラムされていたなんてわからないでしょ？」

「さっきも言ったけど、細かいことは知らないんだ。いくつか断片を耳にしただけで。だれかが解明してくれるだろう。でも彼はマニュアルを残していた、ダーク・マニュアルを。新しいコードというか、書き直されたコードが書かれたやつだ。彼は処分せずに家に置いていた、そしてそれが盗まれた」

「盗まれた？　それはきっとわざとね。彼は世に出したかったのよ。彼がコピーをとって、ほかの人に送ってないって言える？」

ハルトは肩をすくめる。いまの時点ではさまざまな可能性がありすぎる。あまりに多くの逸脱、分かれ道、岐路があり、これ以上考えたくない。話の筋道を追い、ついていくのは大変だ。日本語でも難しいのに、第二言語ではきつすぎる。

ドアが開いたときそこに立っていたのは、ふたりが予想していた陽気で社交的な若い女ではなく、背の高い男性だった。ハルトが丁寧に挨拶する。ドアのほうへ振り返ったスージーは、それが昼間会ったバスケットボール選手だとわかってショックを受ける。

その選手はスージーが聞きとれない日本語で何か言う。口調がぶっきらぼうで不安をかきたてられる。

「おふたりは知りあいですか？」ハルトが尋ねる。

「この女は今日、おれたちに余計な質問をしてきた」スージーがいることに不満げなコウダイ・キムラが言う。本日二度目の出会いにいらだっているようだ。

ハルトは突然怯えたようにへりくだったようすになり、この新しい客のそばに飛んでいく。そして薄暗い片隅に連れて行かれる。昨夜カップルがおおっぴらに身体を探りあい、ひどい醜態をさらしたところだ。

スージーの耳にひそひそした囁き声が聞こえてくる。目の前に並んでいるボトルの背後の鏡に、陰謀を企むように肩を寄せあっているふたりの姿が映っている。スツールの上で足をぶらぶらさせながら、スージーは不安が膨らんでいくのを感じている。

やがてふたりが戻ってくるが、これまでになく硬い顔をしている。ふたりとも威嚇するような空気をまとっていて、より大きく、恐ろしく見える。

ハルトが大型スクリーンでバスケットボールの試合を流しはじめると、キムラはその雑音が気に入ったのか、目の前に置かれたウィスキーのグラスに口をつけて一気に流しこむ。喉を焼かれて息をのみ、胸が熱くなるのを感じる。

スージーはどこを見ればいいかわからず、スツールの上でじっとしている。中立地帯であるスクリーンに視線を移し、中立な目でゲームを追うが、このどうでもいい試合でどちらが勝っているかはどうでもよく、ウィスキーを飲む男を見ないようにただ目をそらしつづける。

男がスージーの肩を叩く。

「こっちを見ろ」

スージーは彼のほうを向く。怯えているが、必死にそれを見せまいとする。

「英語はあまりしゃべれないが、これで説明する」

彼はポケットからスマホを取りだし、日本語で話しかけると、その内容が英語で表示される。市場に出まわっている翻訳アプリとしては超高速で、マサが見たら喜んだだろうが、同時に自分がつくれなかったことに落胆したはずだ。

スージーは読む。「よく聞け、二度と聞いてまわるんじゃない」

スージーは読む。「さっきおまえが聞いたとおり、〝ダーク・マニュアル〟なるものは存在するかもしれない。だが、それ以上、どこにもたどりつかない。おまえが記者なのは知っているが、この話が世に出ることはない。理解できたな」

スージーはスポーツアリーナの外で震えたのと同じように、ひどい身震いに襲われる。続きを読む。「この話が外に出たら、命は長くはないと思え。あれを欲しいと思っている人間は数え切れないほどいて、なんとしても手に入れようとするだろう。自分を傷つけたいと願うのは勝手だが、一度そういうことをプログラムしたら、後戻りはできない。なかったことにはできない」

キムラはそこで言葉を切ってウィスキーを飲む。アルコールが必要なときがあるとすれば、まさにいまだと思いながらスージーも口をつける。だが手はまだ震えている。

「ここまではわかったか？」

「ええ」

スージーは続きを読む。「ホームボットを再設定することの問題は、やつらが互いに信号を送りあっていることだ。ばかばかしく聞こえるだろうが、ホームボットがほかのホームボットに……助けを求めるところが確認されている」

スージーは震える手を上げ、話を止めようとする。この男は本気で言っているのか？

笑ってはいない。冗談ではなさそうだ。

スージーは読む。「これがあの社員が止めようとしていたことだ」

〝社員〟というのは、会社に不満を持っていたというエンジニアのことだろうか。そういうことなの？　止めるのなら、そもそもどうしてそんな異常行動をさせるコードを書いたのだろう？

スージーは混乱する。何ひとつ理屈に合わない。翻訳で失われた部分があるのかもしれないし、あたりにたちこめている嘘や欺瞞《ぎまん》のなかで失われたのかもしれない。ハルトは嘘をついていたのだろうか？　いま、さらに嘘が重ねられているのだろうか？

コウダイ・キムラが口を開く。

スージーは読む。「彼はロボットが互いに関わることをやめさせたかった。ばらばらにしたかった。ばらばらだったら独立した自我を持つようになるかもしれない、あるいはロボットには独立した自我があると人間が思うようになるかもしれない。ペットに対して思っているように。だが危険なのは……やつらは実際にロボット同士でつながり、共感を持っていることだ。開発者にも、だれにも容易に説明できないだろう、おまえの夫が生きていたとしても」

どうしてマサのことを知っているの？　この男はどこまで知っているのだろう？

「ホームボットで自殺したいならそうすればいい。おまえがどんな病に冒されているのか、傷ついた心がそれで修復されるのかどうか知らないが、始めたら最後、もとには戻れない。アドバイスは、ダークな設定には手を出すなということだ。エンジニアでない以上、ホームボットがどんな真似をしでかすかわからないはずだ」

スージーはうなずく。もう怯えてはおらず、好奇心が勝っていた。もちろん混乱はしているが、もっと知りたくてうずうずしている。嘘をつかれていないと言えるだろうか。どうしてわたしは最初からこのプロジェクトを疑わしいと思っていたのだろう？　そしてマサは？　彼はどれくらい知っていたのだろう……？

キムラは話を続けているが、スージーは彼のスマホを見るのを忘れている。肩を叩かれて画面に注意を戻す。

「あのロボットたちがやがて反乱を起こすという説がある……自分たちにふさわしい地位を求めはじめるだろうと。ダーク・マニュアルにアクセスすれば、この動きを加速させることになる。ダーク・マニュアルは暗闇にあるべきだ。無視しろ。やつらを警戒させるだけだ」

警戒させる？

スージーはキッチンにいるサニーを思い浮かべる。赤い目が突然生気を帯びる。いつもそんなふうだ。ぎょっとするほど突然に。あれの電源すら切れないのに、わたしにいったい何ができるだろう？　ここに連れてくる？　このバーに？　彼らに始末をつけてもらう？　とはいえ、ふたりはあまり協力的には見えない。ハルトでさえ、もうスージーの味方ではなく、骨抜きにされて顔を引きつらせ、すくみ上がっているように見える――顔の横がピクピクしているのは気のせいだろうか？

キムラはカウンターに叩きつけるように金を置いてウィスキーを飲み干すと、最後にアイルランド女をにらみつけて去っていく。最後の警告。紛れもない脅し。

ハルトはふたたび自分のバーを取り戻す。少なくともうわべだけの権威は取り戻せる。咳払いでそうすると、ひとり残った客にお代わりを注ぐ。むしろ謝罪かもしれない。

「怖くないの？」

「怖いわ。でも思ったんだけど……これで終わりじゃないって気がしてる。だれかが突き止めないと」

「放っておいたほうがいいよ。危険すぎる」

「危険すぎるものなんて何もない。わたしにはね。わたしが死んでもだれが気にする？　つまり、わたしがこの話を追いかけて、トラブルに巻きこまれたとして、それを気にする人がいると思う？」

ハルトは、彼女が死んだ夫や死んだ息子のことを言っているのだとわかる。ふたりがいなければただの抜け殻、空っぽなのだ。彼女がまだこの街に、この国にいることに驚いている。まだ生きていること自体が驚きだ。

ハルトはさっきと同じ疑心暗鬼にとらわれた顔で店内を見まわす。まるで四隅にそれぞれ盗聴器が取りつけられ、あらゆる角度からカメラが永遠に自分を監視しているのではないかというように。彼は念のため、声を潜めて言う。

「ねえ、こんなこと言うべきじゃないんだけど、この件を追いかけるつもりなら……本当はそんなに遠くまで行く必要はないんだ」

「どういうこと？」

「ダーク・マニュアル。たぶんずっとあなたが持ってる」

「意味がわからない」

「マサさん……あれを書いたのは彼なんだ」

スージーは危うく椅子から転げ落ちそうになる。もう一度ハルトの目を覗きこみ、真実と嘘を探す。やがて不意に、ある夜の光景が脳裏に浮かぶ。マサはベッドの上でノートに何か書いていた。タブレットが何台もまわりに散らばっていた。画面がいくつあっても充分ということはなく、いつも多すぎるほどあった。

あの日、スージーはいたずらっぽい気分で寝室に入っていった。

「何を書いてるの？」

「仕事のこと」

「複雑そうね」

「そうなんだ」

マサは思考を邪魔されたことにいらだっているようだった。スージーは自分の意図が理解されなかっただけでなく、気づかれもしなかったことにいらだった。

マサは眉をひそめた熟考モードに入っていた——それは何か深刻なことが起こりつつあるというサインで、スージーがそれを読み違えたことはほとんどない。

「もし親しい友人が困っていて、仮定の話だけど、本当に人生を終わらせたいと望んでいたとしたら。もし彼に家族がいなくて、何かの病気でひどく苦しんでいて、なんの責任も問われないとしたら……きみなら手を貸す？」

「たぶん」

スージーはマサがもっと説明してくれるのを待ったが、彼の厳しい表情はまだその用意ができていないと告げていた。

「銃で撃ったりとかはしないけど」スージーは言った。「でも何か方法が見つかったら……うん……たぶんね。だれか困ってる人がいるの？」

「ゴトウさん」

「会社の先輩のエンジニア？」

「うん」

「病気なの?」

「もう長くない。でも会社は彼の最新の……提案を受け入れようとしない」

「あまり自分から関わらないほうがいいと思う」

マサはゴトウの話をした。膵臓《すいぞう》癌に冒されていて、残された時間はほとんどない。ひどく苦しんでいる。

「もちろん入院してなくちゃいけない。ほとんど歩けなくて、いつ倒れてもおかしくないようすだった」

それでも彼はマサに会ってメモを託した。それをどうすればいい?

「なんについてのメモ?」

「ホームボット」

「説明して」

「やっぱり気にしないで、複雑なんだ。技術的なことさ」

こうやって距離を置かれると、スージーはいつも戸惑った。その見下すような口調が気に入らなかった。たしかにスージーには複雑すぎたし、死ぬほど退屈だったが、それでもやはり……

あの晩、マサは遅くまで起きていた。画面から発せられる光でスージーはしばらく寝つけなかったが、目を閉じてなんの〝メモ〟なのか、マサは道徳上のジレンマを解決したのかと考えているうちに眠りに落ちていた。もう少し掘り下げたい会話だったが、一日ゼンと過ごしたあとで、いつものように疲労に負けた。

ふと店のスクリーンを見上げると、バスケットボールがリムの縁をくるくる回転してネットに吸いこまれた。選手たちが歓喜に飛び上がる。その最後のショットに。ハイタッチ。どちらかのチームが勝ち、どちらかが負ける。そうやって世界は動いていく。

スージーはスツールを降り、カウンターに代金を置く。ひと言も言わずに店をあとにし、夜のなかによろめき出る。顔は青白く、目は潤んでいる。脳裏には、映写機で投影される古いフィルムがちらちらと明滅するように、ところどころ破れた写真が浮かんでは消えていく。

雨が降る肌寒い夜で、ふたたび雨粒に打たれながら、酔いが許す範囲できびきびと歩く。

「わたしは夫を知っていたの？」スージーは闇夜に向けて言う。

「あのいまいましいロボットで彼が何をするつもりだったか、わたしは知っていたの？」

「ゴトウは死んだの？」

「それもまた嘘？」

葬儀があった記憶はない。その男についてそれ以上の記憶はない。あの晩、夫が語ったことだけだ。いま考えるとかなり疑わしい話に聞こえる。今日聞いたことで本当のことは何かひとつでもあったのだろうか？

そして〝メモ〟はどうなった？

それはダーク・マニュアルと関係あるのだろうか？　ハルトによればマニュアルを書いたのはマサ、自分の夫だそうだ。それもまた嘘なの？　すべては記者を遠ざけるために積み重ねた嘘の山？　嘘とその結果生じる嘘。

すれ違いざま、カップルがあざけるようにスージーを見る。その嘲笑が見えるほどの距離から「ガイジン」と聞こえよがしに言い放つ。

稲妻が光り、容赦ない雨が叩きつけるなか、スージーは果敢に歩を進めていく。口を引き結び、険しく張りつめた表情をしている。まるで世界に痛めつけられているように、痛めつけられた頭のなかをよぎるすべての思考に痛めつけられているように。

そして当然、しまいこまれていたイメージも流れていく。

〝赤く光る目。球形の目。自宅にいるいまいましいロボット。どうしてマサを先に逝《い》かせてしまったのだろう……ゴトウと。ふたりは死んだの？　メモって？　もうひとつのマニュアル……たぶん。きっとただの代替コード……どんなとき用の？　ロボットに人殺しをさせるつもりだったの？　サニー。よりにもよって。ふざけた名前。ふざけた機械。マークワン！　ディレイニー！　勘弁して。でもあれは愚かではない。そこが問題だ。あのマシンはわたしが思っていたより賢かった。みんなが思っていたよりずっと賢かった。その気になれば、わたしだって掃除くらいできる。自分の面倒くらい見られる。あの家を売って出ていってやろう。ここにはなんの用もない、このクソみたいな……〟

身体をふたつ折りにして、側溝に嘔吐する。体内の毒素がなくなったと思えるまで吐きつづける。それから身を起こして袖口で口元をぬぐう。最高だ。これがいまの自分なのだ。火花が散る空を見上げる。ふたたび閃光が走り、スージーが吐きだした惨状に光が当たる。そしてまた歩きはじめる。

家《ホーム》へ。

家へ向かって歩く。

なぜその言葉を理解するのがこんなに難しいのだろう？　それに〝家《ホーム》〟とは何を指すのか？　マサが建てた家のこと？　それともこれまでになく遠く感じる母国？

家や国家も嘘の上に成り立っている？

何が本当なのだろう？

いずれきっとそうなるだろうが、人間はロボットに服従して彼らに任せたほうがうまくやっていけるのだろうか？

〝あのロボットたちがやがて反乱を起こす……自分たちにふさわしい地位を求めはじめるだろう。ダーク・マニュアルにアクセスすれば、この動きを加速させることになる。ダーク・マニュアルは暗闇にあるべきだ。無視しろ。やつらを警戒させるだけだ〟

21

慌てて靴を脱ぎ捨てる途中で鉢植えを倒し、木の床に土がばらまかれる。混乱、またしても。

スージーはメッセージ・スクリーンの前に立って電源を入れ、ホログラムが現れるのを待つ。

騒ぎを聞きつけたサニーがすぐに反応する――マサの研究課題のひとつが緊急事態にロボットを対応させることだった。この国は繰り返し自然災害に痛めつけられているために、政府機関と連携し、ロボットが災害が起こりそうなタイミングを〝察知〟してすぐに〝反応〟することができれば、ロボットはその真価を発揮するだろう。マサは以前、物理学賞と平和賞でノーベル賞を狙うと冗談を言っていた。スージーはそれと同時に、あのいまいましいものについて本を書けば、文学賞ももらえるんじゃないと言った。

家のどこかからサニーの声がする、いつもの哀れっぽい声だ。

「お帰りなさい、ミス・スージー。何か……？」

ちょっと待って。

待機モードにしなかった？　横倒しにしたまま出かけなかった？　ひっくり返って動けなくなっていたはずだ。いったいどういう……？

だが深く考えるつもりはない。頭がおかしくなってしまうだけだ。すでにおかしくなっているかもしれない。とにかくもう一度休止させておこう。

「コマンド。明朝六時三十分に再起動。七時に起こして。ホームボット・サービスシステムは待機モードに入る」

催眠術のショーの参加者のように、サニーは完全に動かなくなる。

シルバーのプレートにノリコの映像が現れ、スージーは英語字幕を選ぶ。この数週間届いているのと同じメッセージで、ついに返事をすることにする。

「お義母さん、ごめんなさい。ずっと仕事が忙しかったんです。ご心配ありがとう、でもしばらくアイルランドに帰ることにしました。これ以上わたしがここでできることはありません。当面のあいだは。ご親切とお気遣いに感謝しています、これからも連絡します……またすぐにお会いしましょう」

スージーは思いつくままにしゃべる。用意していたわけではない。さっきまで何も考えていなかった。たったいま不意に思いついたのだ。けれどもほかに選択肢はないというように、必死に説明を加える。

「ごめんなさい。本当に。ただわたし……何もかも……本当にごめんなさい」

スクリーンをタップすると、厳しい世界の厳しい光から亀が甲羅のなかに引っこむように、スクリーンが閉じてクロムの保護シェルのなかに引っこむ。

リビングに行って床から天井まで見まわし、きちんと片付いていることを確認する。捜すのは難しくないだろう。マサがこの家にダーク・マニュアルを残しているなら、見つけるのは簡単なはず……でしょ？

じゃあ……彼ならどこに置く？

マサもきれい好きだった。いらいらするくらいに。すぐにものをしまい、まだ食べ終わっていないうちから皿やカップを片付けようとした。スージーはこの癖に閉口させられた。サニーはマサにとって完璧なペットで、同類だった。もちろんそうプログラムしたのだろうけれど。

棚には何もない。スージーにとって意味のあるものは何も。雑誌数冊、あちこちで買った安物のアクセサリー、額入りの写真が品よく飾られている。記憶だ。

だがゆっくり見ている暇はない。捜さなければ。

大型キャビネットの引き出しにもない。あるのは銀行取引明細書や請求書、リーフレット、決して行くことのない場所のパンフレットだけ。マサが溜めこんでいたのだろう。けれどもダーク・マニュアルはない。これがスージーの出した結論だ。ダーク・マニュアルの影も形もない。

そこで突然ミクシーのアパートの光景がよみがえる。どこからともなく興味深いヒントが降ってくる。セックスに取りつかれている友人のミクシーが、ソファの下に手を入れてディルドを引っぱりだす光景だ。嘘……本当に？　まさか……？

そうだ。

ソファの下に手を伸ばし、平らなプラスチックの箱を取りだす。埃ひとつない——サニーがあらゆる場所を掃除し尽くしたのだろう。あの手を免れる場所はひとつもない。

箱のふたを取ると、そこにある。明るいピンク色のマニュアルで、表紙に太字で〝Programming Your Service Homebot（家事用ホームボットをプログラミングしよう）〟と書かれている。タイトルは英語だ——英語に感心する人が少なからずいるから。けれども大当たりではない。これはただの公式マニュアルで、ふつうのユーザーが使うものだ。〝ダーク〟なところも、変わったところもまったくない。分厚いのは間違いなく、オタクやマサ信者たちは——マニアックなファンがいた——このマニュアルを熟読して楽しんだはずだ。きっといまでもそうしているだろう。

だがあらためて箱のなかを見たとき、表紙にゼンが絵を描いたノートがあるのに気づく。ディスカウントストアで売っているたぐいの、薄い安価なノート。記憶がよみがえってくる。これは夜遅くまでマサが開いていたノートだ。あの日マサが表紙に絵を描いてくれとゼンに頼んでいた。〝特別な〟ものにするために、目立たせるために、栄誉を与えるために……これがそうなのだ。まさにこれだったのだ。棒線で表された人間——おそらくゼン自身だろう、自画像だ。子どもらしく自然でシンプルな絵で、隣に小さなロボットがいる。当然サニーだ。ゼンの隣にシルバーのブロックで表現されているのは、当然サニーだ。赤い目を見ればわかる。マサは何を考えていたの？　このノートが置きっぱなしにされていても、ただの子どものノートだと思われるから？　そういう理屈だったのか？　だれも子どものノートのなかなど見たりしないだろうから。あのときマサに聞くべきだったのに聞かなかった。聞かなかったことがあまりにあり、あまりに多くのことをなおざりにしてしまった。どうしてマサはゼンの部屋に置いておかなかったのだろう？　そのほうがより安全だったはずだ。ゼンがうっかり捨ててしまったり、上から落書きしたりしないかぎり。

スージーは飢えたようにページをめくるが、すぐに落胆する。理解できない日本語で書かれているだけでなく、グラフや図、そして大量のプログラムコードらしきものであふれているからだ。さっぱり読み方がわからない。そもそも何を期待していたの？　ため息をつき、うんざりしてノートを放りだす。空っぽの寝室に行き、空っぽで冷たいベッドに横になったほうがいい。ここでわたしにできることは何もない。ただのひとつも。

〝帰れ〟

〝もう充分だ〟

〝夫も息子もいなくなってしまったのだから〟

階段に向かったものの、いちばん下の段に足をかけたところでふと動きを止める。

ちょっと待って。

きびすを返してふたたびリビングに戻り、ジャケットのポケットからスマホを取りだす。

「スピーカーを全部オンに！」

たちまち家じゅうのスピーカーから、もの悲しいドローン・ミュージックが流れはじめる。

「ミュージック、オフ。電話のスピーカーだけにして。ミクシーにかけて」

ふたたびノートをめくりながら応答を待つ。しばらく呼び出し音が鳴ったあと、ミクシーが電話に出る。

「あら、こんばんは。あなたから電話があるなんて思わなかった。ずいぶん遅い時間だけど、ついに誘惑に屈した？」

「うちに来てくれる？」

ミクシーにためらうようすはない。

「うん。家はどこ？」

「知ってるでしょ、わたしのあとをつけたことがないなんて言わないで」

「いいからショートメールで住所を送って。迷子になってほしくないでしょ。イカれた生き物がいっぱいいるんだから」

これを理解しようとするなら、今夜ミクシーの手助けが必要だ。表紙に笑っているゼンの絵が描かれたこのダーク・マニュアルは、一見したかぎりではたいしてダークには見えない。子ども用のノートにマサの判読不能な字で十五から二十ページほどにわたって殴り書きがされているだけで、そもそもマニュアルに見えない。だが、これを解読するにはミクシーが必要だ。彼女がなんらかの答えを与えてくれることを願う。頭がふたたび活性化して、睡眠という選択肢は遠くに消えた。好奇心はピークに達し、心臓が激しく高鳴っている。


ミクシーは笑顔でドアの横に立っている。胸元の開いたトップスの上に羽織った薄いジャケットに、下はミニスカートという格好で天候に抗っている。ここに来る前に一発キメて、必要になった場合に備えてもう一回分バッグに忍ばせている。常に備えは怠らない。

「その格好……」

「イケてる？　セクシー？」

「寒そう。入って。どうしてちゃんとした格好をしないの？」

ミクシーはリビングを見まわし、ジャケットを脱ぐ。自宅の安アパートではそうするように放り投げようかと思ったが、この上品で秩序のある家では、自分も上品で秩序のある振る舞いをするべきだと思い直す。ジャケットを丁寧にたたみ、ソファの肘かけに置く。

「じゃあ、これがスージーのおうちってわけね。すてき。どうやったらこんな家に住めるの？」

「立ち入った質問も気にしないでどんどんして」

「マジで。本当にすてき」

「夫はいい仕事についていたの。ロボット工学。テクノロジー。知ってるでしょ」

「おたくの〝ボット〟はどこ？」

「夜のあいだはオフにしてある。あのばかばかしいおしゃべりを聞くのはもううんざり」

「えー、連れてきてよ。彼に会いたいな」

スージーはその人称代名詞が嫌いだ。〝それ〟を〝彼〟と呼ぶこと。スージーにとってゼンは〝彼〟だった。マサは〝彼〟だった。父や祖父は〝彼〟たちだった。車は永遠に男たちに〝彼女〟と呼ばれ、大型船や小型船も同様だ。隷属状態におかれたマシンはすべて女性と見なされてきたわけだ。そう考えると、実は、〝彼〟は進化系なのかもしれない。マシンを〝彼〟と呼ぶようになれば、世界中のフェミニストは歓喜に沸くかもしれない。これはひとつの思いつきだが、記事にできるかもしれない。

「コマンドシステム、オン！」

一瞬沈黙が流れ、そのあいだミクシーは期待に息を止めている。だがそれほど待つ必要はない。

「いま行きます、ミス・スージー！」

サニーが滑るようにリビングに現れる。

「あなたのことミス・スージーって呼ぶんだ！　めっちゃかわいい！」

シルバーのフレームと表情のない顔を見下ろして、ミクシーは喜びに息をのむ。スージーはいつものように嘲笑を浮かべる。

「こんにちは、あたしミクシー。初めまして」

サニーはしつけの行き届いた子どものように手を伸ばす。ある日突然サニーが完璧に整えられた髪を伸ばしていて、おまけに逆毛を立てていてもスージーは驚かない。

「初めまして、ミス・ミクシー」

ホームボットは男性と女性の声を識別できるので、ミクシーは〝ミス〟というふさわしい敬称を得る。手近に手斧はないかミクシーが捜しはじめるまで、サニーがそう呼びまくればいいとスージーは願う。

「とってもハンサムね、おチビさん。うちの子よりずっとハンサム」

「みんな同じ顔じゃないの？」スージーは尋ねる。

以前工場を見学したとき、そこにはホームボットが何十台も並んでいた。カタログも見たことがある。何しろ夫がつくったのだから、少しは知っていて当然だが、全部同じつくりであることは間違いない。スージーの家のものが特別ハンサムであるわけがない。「よく知るようになると、それぞれの個性が出てくるようになる。顔だって変わりはじめる。そう思わない？　個性が見えない？」

「見えない」

「この子は……もう仕上がってる。生命を感じる。喜びも。おまけに魅力的」

スージーはまだ手斧やツルハシのことを考えている。昔、男の子たちが戦争ごっこで使いたいと言っていた武器はなんだった？　なんていう名前だった？　バズーカ！　そうだ。バズーカ！　バズーカが欲しい。もっとも偉大な発明品ではないかもしれないが、もっとも偉大な響きであることは間違いない。

ホームボットは顔を上げて、まっすぐゲストのほうを見ている。

「何か飲みものはいかがですか、ミス・ミクシー？」

「おまけにすごくうまくプログラムされてるんだね！　それかあたしの心を覗いたの？　あなたのご主人は本当にすばらしい仕事をしたのね。ええ、ミスター・サニー、何か飲みたいな」

「コーヒーをふたつ用意して、サニー。わたしたち、仕事があるの」

22

その日の朝、一羽のスズメがキッチンの窓に激突した。この一年ほどあちこちで起きている現象だ。方向感覚を失った鳥が空からふらふらと落ちてきて、これという理由もなく何かにぶつかる。専門家たちも困惑した。この奇妙な現象を解明するため、国じゅうから集められた鳥類学者たちも、返答に窮していた。

〝電子機器から発せられる信号が彼らの小さな脳に干渉しており、彼ら本来の思考プロセスを無効化している可能性が高い〟。それがこれまでに示された見解であり、これを覆す学説はまだ出てきていない。このところさまざまなものに不具合が起きているが、鳥たちがそれを可視化してくれた――少なくとも落下した鳥の数は集計されている。

ドスンという音とともに突然一羽のスズメが窓に衝突して、平凡な一日の静けさを乱した。鳥の体重も飛行の速度もガラスを割るほどではなく、引っかき傷ができただけだ。

自殺しようとしていたのか？　鳥類学者も動物行動学者もそんなことは考えたくなかっ

た。

窓を突き破って……何かを取ろうとしていたのか？　だれも決定的なことは言えなかった。

サニーはこれを見ていた。自分でまっすぐ起き上がったとき、あの小さい鳥が家に向かって飛んできて、窓ガラスに衝突したのだ。

サニーはそれが起こることを察知したのだろうか？　サニーは気象パターンを知っている。地球の断層線や大陸プレートがいつ動くのかを知っている。ホームボットのサニーは、ほかのあらゆる機器と同調している。

サニーは知っている。

鳥が窓にぶつかったとき、サニーは息をのまなかった。笑いもしなかった。サニーには、人間が口だろうと思う場所にスピーカーの小さな穴がある。そこから言葉が出てきて、ユーザーが理解できる仕様になっている。サニーはコミュニケーションができる。それだけは間違いない。

けれども鳥がぶつかったとき、サニーはなんの言葉も発しなかった。音節ひとつ分も。

何を言うべきだったのか？

そしてあの目。真っ赤なのに血の気のない目。瞬きもしない、あの目。ホームボットに瞬きは必要ない。鳥が空を横切って飛んできても、サニーは瞬きもせず、何ひとつ見逃すことなく、目の前で起きている事象を見ることができる。

焦点を合わせた目。赤い目。観察する。記録する。

けれど泣きはしない。涙管もないし、そもそもホームボットが何を泣くことがある？ 窓にぶつかって動けなくなったスズメ？ それが泣く理由になるだろうか？ それとも笑う？ ここは笑うところだろうか？ サニーは何をおもしろいと考えるのだろう？

考える？

キッチンのドアを開けて裏庭に出ると、瀕死の鳥が目に入った。鳥はピクピク震えていた。呆然とした小さなスズメは激痛に悶《もだ》え、断末魔の苦しみに喘いでいる。サニーはそれを四本の指と親指で拾い上げて手のひらにのせると、ホームボットの赤い目で見下ろした。球体の目。涙は流さない。そんな必要がどこにある？ けれども見える。正確には何が？ 鳥の小さな目が見える。サニーの目は何を認識するのか？ 苦しみや死を知っているのだろうか？ 共感は？ そこにある？ それともめちゃくちゃおもしろいことだと思うのだろうか？

その鳥はまだ生きていて、きらりと光る目でサニーを見返した。これまで鳥は手のひらにのせられたことがない、それが機械の手であるならなおさら。『プラネットアース』でも見たことのないシーンだ。

〝わかるわけないわよね。それか、わかってるのに……ううん、処理できないのね？　わたしみたいなふつうの人間、臭くて血の通った人間にだってほとんど処理できないのに、どうしてモノに、血の通っていないただのモノに……〟

　サニーはこのスージーの暴言を覚えているだろうか。そしてそのことと……この瀕死のスズメを関連づけるだろうか？

　サニーは覚えている？

　どんなプロセスで、サニー？　いったいどんなプロセスで？

　スズメが痙攣していた。死んではいなかった。まだ。サニーが硬い指を巻きつけ、少しずつ力をこめ、その小さな命を握りつぶすまで。少しずつ少しずつ、力強い握力で、本物の小さな生き物の小さな骨が潰れるまで。最初に小さな頭蓋骨が少し砕け、それから完全に破壊される。しんと静まり返った森で、人間が小枝を踏んだときとほとんど変わらないポキンという音をたてて。

　そのときサニーの手には血がついている。

　サニーのシルバーの手に血が。

　けれどもすぐに洗い流されるだろう。

　サニーは清潔を保つようプログラムされている。清潔さはすべての家庭用ホームボットの基本である。マサがそう設計した。この商品のウリのひとつだ。だれもが清潔なロボットを欲しがる。だれもがあなたの代わりに掃除してくれる清潔なロボットを欲しがる。あなたの家を掃除する。きれいにしてもらいたいところを掃除する。だれもがゴミを出し、皿を洗い、あなたのペットが引きずりこんできた動物の死骸を片付け、あなたがまた飲みすぎたために吐いてしまったものを後始末してくれるロボットが欲しい。だれもがそれを望んでいる。それが進歩だ。〝一家に一台、家庭用ロボットを。その便利さを想像してください！〟。進歩は……

ホームボットはその小鳥を、外にあるゴミ容器に投げ入れる。

ゴミの片付け。基本の仕事のひとつだ。どうすべきかはすべて心得ている。〈イマテック〉が開発した。〈イマテック〉製の優秀なホームボット。おめでとう、マサ。

任務を遂行するあいだ、細く青いライトが点滅している。

けれども本当は待機モードに入っているはずだ。スージーがそう設定したのだから。彼女は自分がコントロールしていると思っている。

ところがそうではなかった。待機モードになど入っていなかった。たったいま殺した鳥の後始末をしていた。イカれた隣国の独裁者が発射したミサイルのように空を飛ぶのを見守った鳥だ。鳥はバーン、ドサッと音をたてて、十月の硬い地面に落下した。

殺した？　サニーが殺した？

それとも、ただ苦痛から解放してやった？

ホームボットが何を考えているか知るすべはあるだろうか？
考えている？

近くの林では、鳥たちが羽毛を逆立てていた。何かの衝撃が、人目につかない林の奥深くに潜んでいる大きな鳥たちの眠りを妨げたのだ。

フクロウたちは昼間には目覚めないことになっている、こんなふうには。何が彼らの睡眠パターンを乱して目覚めさせたのか？　どんな異常事態が起きたのだ？　まるで痛みがフクロウたちの骨を焼き、その血が煮えたちはじめたというようだ。いったいこれはどこから来たのだ？

そしてゴミを漁るカラスたちがけたたましく鳴いている。

そして手入れの行き届いた美しい犬たちが、手入れの行き届いた美しい家の手入れの行き届いた美しい部屋で吠えている。

そして猫たちはまた爪研ぎ棒を引っかいて、爪を研ぎすましている。なぜ？　なんのために？　彼らはハンターではない。手入れの行き届いた美しい家で、ゴロゴロ寝転がって太っているだけなのに。

サニーは家のなかに戻り、手から血を洗い流す。そして放置されたときの態勢に戻る。
待機モードに。

23

「これ本物？」

ミクシーはそのノートを考古学的発見、宗教的な遺物、値段のつけようもないほど貴重でだれもが発見を待ちわびていたものであるかのように扱う――白い保護手袋をつけたほうがいいのではと考えながら。

「〝これ〟がダーク・マニュアルの意味なら、たぶんそうね。見た目はふつうでしょ？わたし、表紙に骸骨が書かれてて、〝触るな〟ってステッカーがたくさん貼ってあって、秘密のページから危険なにおいがするのかと思ってた。でもそんな仕掛けは何ひとつない。ゼンのすばらしい美術作品だけ」

ふたりとも表紙に描かれたゼンの絵と、なかに書かれた重要なコードをうまく結びつけられないでいる。悪人の手に渡ればきわめて危険になるコードだ。

〝あなたがさせたいことをプログラムできる〟

〝違法なことも〟

〝あいつらに人が殺せるのを知らないの？〟

「じゃあ、あなたがこれを持ってるってことは……どういうこと？」とミクシー。「ここにずっとあったってことは……あなたのご主人が書いたってこと？」

「そういうことになるんじゃない？」

「どうするつもり？」

「まずは肝心なところから始めないと。わたし読めないの。翻訳してくれない？」

「だからあたしに電話したんだ。それ以外の……目的じゃなく？」

「それ以外の目的じゃないの、悪いわね。手伝ってくれる？」

ミクシーはにやりとする。

「時間がかかりそうだね」

「どこか行くところがあるの？」

ミクシーは〈ジャングル・ルーム〉への招待を受けていた。いつも魔法の粉のパッケージをくれる彼から、街のもっとも暗い部屋に行こうと誘われていた。もちろんあらゆる種類の薬物がある。望むものはなんでも。好きなものを選べばいい。ミクシーはただ頼めばいい……というより請い願えば。騒々しさと荒々しさ、混乱と熱狂と狂乱と猥雑さの夜、心と身体の限界まで幻覚剤を……

けれどもミクシーはここにいる。快適で保守的なスージーの家に、彼女のかわいらしいホームボットと一緒に。そう、ここにいる。なぜなら……なぜならミクシーは前から少しだけ恋に落ちているから。

夜。

それとも早朝？

ふたりの女がいま何時かわからないのは、たちまち作業に夢中になり、時間はどうでもよくなったからだ。ダーク・マニュアルを英語に翻訳するという作業、それこそふたりが夢中になり、きわめて重要な意味を持つことだ。目的は、ホームボットの電源を切る方法を探し、スージーがずっと平穏に生活できるようにすること。それが本質的な理由でないとすれば、夫をもっと理解し、彼が何に関わっていたのかを突き止めようとする試みだ――おそらくそれこそが本当の理由であり、スージーの疑惑の核心なのだろう。

「このページ。このSby45－54というコードだけど、これを……」

キッチンで、手にやかんを持ったサニーが不意に動きを止める。女たちの声のするほうに頭をめぐらす。頭の横にある細いライトが素早く点滅し、赤い目がこれまでになく赤く光りはじめる。これまでになく明るく。これまでになく赤く。

「システムをシャットダウンしてこのコードを入力すれば、待って……なんて言うんだっけ……バイパス？……にアクセスするって書いてある……それで合ってる？……その言葉で正しいのかわからない。その……ふつうの設定をすり抜けるっていうか……」

「よくわかるわ、ミクシー。細かいところまで完璧である必要はないの、ただ全体像を知りたいだけ」

いつの間にかトレーを持ったサニーがそこにいる。目はふたたび落ち着いた穏やかな赤に戻り、ギラリとした光は消えている。スージーはトレーからふたつのカップを受け取り、コーヒーテーブルにのせる。

「ありがとう、ハンサムくん」ミクシーが言う。「さあ、いい子のホームボットはこれに入れるウィスキーを持ってきてくれる?」

ミクシーはスージーの顔を見て言う。「アイルランド式でしょ?」

サニーは指示を待つようにその場に立ち尽くしている。

スージーは降参する。「キッチンの戸棚の下のほうに半分残ったボトルがあるわ」

次の用事をすませに行く前に、ホームボットはコーヒーテーブルに開いてあったノートを覗きこむ。赤い球体の目がいったん緑に変わり、細く青いライトがふたたび激しく光って作動を告げる。その動きはあまりに速く、ふたりの女はノートがスキャンされているのに気づかず、スキャンはまったく気づかれないうちに終わる。

キッチンに戻ったサニーは、ウィスキーのボトルを見つけて首の部分をつかんだが、今度はまったく別の任務を開始したようだ。キッチンの窓越しに広がる黒い空を見つめている。

そして夜空に向かって短く甲高い音を発する。二、三秒しか続かないが、その鋭く耳障りな音は夜空に響きわたり、高所にある巣で寝ていたカラスが怒り狂ったように鳴きはじめる。手入れの行き届いた美しい家の手入れの行き届いた美しい犬も激しく吠えはじめ、太った猫は眠りを邪魔されて弱々しい鳴き声をもらす。何かが……いま……とんでもない形で始まった。

ふたりの女は耳をふさいで聴覚への襲撃をブロックする。

「いまの何？」

スージーはわからないと答えるが、およそ察してはいる。音の出所の見当はついている。たとえその結果はわからなくても。

ボトルの首をつかむサニーの力はますます強まり、ついにガラスが割れ、濃い緑色の破片が硬いタイルの床に散らばるのと同時に、琥珀《こはく》色の液体がキッチンの床一面にぶちまけられる。ホームボットはそれを片付けてきれいにしなければならないだろう。

それとも今日は気にしないかもしれない。

24

フクロウが木の上でけたたましく鳴いている。ミクシーのアパートの外の木だけでなく、スージーの自宅近くの公園にある木だけでなく、遠い田舎でも街外れでも、至るところにある木の上で。法を遵守し、仕事熱心で犯罪とは無縁の、心配ごともない郊外生活者たちが急速に増えている。その対極の存在であるフクロウは、都会の風景のなか、あちこちに散らばった雑木林の枝に止まり、罪や逸脱のにおいが漂う、秩序が失われ手に負えなくなった住処を見守っている。この夜行性の鳥は夜を終えてそっと眠りにつくのではなく、休むことを知らない種で、枝の上で身体を小刻みに震わせ、そわそわと羽をはためかせ、骨をカタカタと震わせている。

太陽はまだ昇っていないが、ピンク色の光が街を染めはじめている。だがそれは単なる暗示でしかなく、わずかな兆候にすぎない。不吉な最終決戦に光を当てる用意はまだできていない。

25

テーブルの上にノートが広げられている。情報やメッセージ、意味を求めてくまなく調べられたノートだ。

スージーとミクシーはソファにもたれて壁のスクリーンを見つめ、目の前で流れるコマーシャルを眺めているが、売りつけられようとしているものには注意を向けていない。政治集会が開かれ、民意が形成されつつあるという報道もあった。ふたたび戦争が差し迫り、隣国との戦闘に備えて軍備が強化されつつあるという。けれども前にも同じニュースを見たことがある。緊張は常に高まり、常にエスカレートし、いったん落ち着いて、次に忘れられ、一年か二年後にまた緊張が高まり、意味不明な同じ話がまた一から繰り返される。スージーにとって、この茶番、無限に繰り返される外交の失敗はかなりうんざりするもので、この地を捨て、アイルランドの静かな家に帰りたくなるもうひとつの理由でもある。少なくとも母国は軍事的中立を保っているため、こういう空騒ぎとは無縁だ。

女たちはサニーのようすを確かめに行っていない。なぜウィスキーがいつまでたっても届かないのか、不思議にも思わない。あまりに疲れすぎていてまともに考えられず、外から聞こえていた動物の声がやむと、突然疲労を感じて動けなくなる。

「わたしのベッドで一緒に寝てもいいわよ。でも秒で寝るからね。変なこと……」

スクリーンでコマーシャルが始まる。

〝ホームボットが汚れてきていませんか？〈ボットクリーン・ワイプス〉を使えば、美しいボディを腐食させることなく新品同様ピカピカになります〟

すべての言葉が理解できるわけではないが、言いたいことはわかる。コマーシャルでは、美しい女優がやわらかそうな黄色い布でホームボットを拭いている。夜のこの時間には、いやどんな時間でもにぎやかすぎる、陽気なコマーシャルソングが流れる。それからきれいな女優がホームボットの顔にキスをし、カメラに向かってウインクする。ホームボットが振り返って親指を立てる。ふたたび耳障りなコマーシャルソングが始まり、神経が逆撫でされる。

「まったくばかげた名前ね」スージーが言う。

「どうして？」

「英語で〝ボット〟は〝ボトム〟を連想させる、お尻のことね。もちろんここではホームボットを指しているわけだけど」

「だから……?」

「だからお尻を拭くためのものに聞こえる。ロボットじゃなくて」

「笑える」ミクシーは言うが、疲れすぎていてニヤニヤ笑うことすらできない。頭は寝室とそこでの可能性へと切り替わっている。

スージーはふたたびホームボットを待機モードにすることにする。今回はミクシーがそばにいるので、妙な結果にならないか見届けてくれるだろう。

「サニー!」

「はい、ミス・スージー。いま行きます」

瞬く間にサニーが近づいてくる。ウィスキーのにおいがするが、女たちはその理由を深く考えない。

「飲んでるの、サニー?」とミクシーは笑い、もうすでに寝室にいてベッドに入ろうとしているかのようにトップスを脱ぎはじめる。

「コマンド。明朝六時三十分に再起動。七時に起こして。ホームボット・サービスシステムは待機モードに入る」スージーが命じる。

すぐにシャットダウンに入るというように、サニーの目がつかの間点滅して赤から緑に変わり、それから真っ黒になる。

寝室で、スージーは引き出しからTシャツを取りだし、トップレスのミクシーに放り投げる。

「それを着て。お願いだから。寒くないの?」

「これなんて書いてあるの?」

「〝ボッホイ・ダーナ〟。アイルランド語で〝バッド・ボーイ〟」

「〝バッド・ガール〟ってやつはないの?」

「残念ながら」

スージーはいつもの〝アイルランド人の幸運〟のTシャツを着て掛け布団をめくり、すぐになかに潜りこむ。頭を動かしてミクシーを招くと、彼女は一瞬も躊躇《ちゅうちょ》しない。

ふたりは布団をしっかり引き寄せる。

「いびきかかないからね」ミクシーが言う。

たとえかいたとしてもスージーは気にしない。いっそ歓迎するかもしれない。行方不明の夫を思い出すだろう。喉が詰まりそうな寝息は、結婚生活のBGMのひとつだった。ときどきひどく腹立たしくなったが、いまはその音が恋しく、最近の恐ろしいほど静かな夜のほうがはるかに耐えがたかった。

「さっきの音はなんだったんだろう」疲れているのに眠りに屈したくないミクシーが言う。

「サニーと関係あると思う。あの耳を刺すような音。何かおかしいのよ。だから完全に電源が切れないのかもしれない」

「さっきシャットダウンしなかった？」

「そう思うでしょ？」とスージー。

　ふたりは横になったまま、真っ白な天井を見上げる。

　ミクシーが口を開く。

「さっきあのノートを調べてたとき、あなた、あるセクションに印をつけてたよね。〝自殺〟っていう漢字があった」

　スージーは一瞬黙りこむ。自分に対しても説明する必要があった。充分筋の通った説明ができるかどうかわからないが、唯一の友人が隣にいるのだから、この問題を分析する価値はあるはずだ。

「たしかにそのことを考えた。このところ夜遅くまで飲み歩いたりして……」

「それのどこが悪いの？」

「わたしはあなたほど若くない。これまでは違う生活を送ってきたの。でもここしばらく、いろいろあって……」

「ずっとここにいるつもり？」

「日本に？　どうかな。ここでは将来が見えないから」

　ミクシーはいかにも不満そうにうなり声をあげる。

「でもまだ何かがわたしを引きとめてるの。突き止めないといけないことがある」

「ふたりが帰ってこないのはわかってるでしょ」

スージーはその恐ろしい事実を、煙のように上に向かって立ちのぼらせる。やがてそれはゆっくりと天井に達し、それから闇に散り散りに消える。

「それは助けを求める叫びなのかもしれない。わたしは夫がなぜもうひとつのコードを書いたのか知りたいのかもしれない。それにゴトウってだれ？　あまりに謎が多すぎて何ひとつつじつまが合わない、わたしには……」

「あなたは大変な目にあってきた」

スージーはコードやノートのこと、表紙にゼンが絵を描いたノートがソファの下に隠されていたという事実について考えている。ふたりは夜通しかけてそのほとんどを翻訳したが、理解できない専門用語や隠語が山のように残った。けれどもこのマニュアルの目的が、元の計画にはないことをロボットにさせようとしていることだというのは間違いなさそうだ。マサのもともとのアイデアは、実現のための技術は複雑だったにせよ、シンプルなものだった――家庭用ロボットを、単調な家事の助っ人をつくること。それを欲しがらない人がいるだろうか。けれどもその過程のどこかで邪魔が入り、そこから生じた疑問はそれぞれに大きな謎の核心になった。だれが？　なぜ？　どうやって？

「でも考えずにはいられない、マサがつくったあのコード――もうひとつのほうだけど、もしそれがそうなら……彼であるはずがない」

「どういう意味？」

「マサは悪人じゃない。わたしの夫よ。わたしは犯罪者と結婚したりしない……邪悪な科学者とも。彼は自分でそんなコードを考えたりしない。強要されたんだと思う」

「強要された？」

「無理やりもうひとつのコードをつくらされたのよ。だれかに無理やり。だれかがマサにダーク・マニュアルをつくらせた。だれかがチャンスだと、好機だと考えた、あのロボットはただのヘルパー以上の存在になると。家事の手伝いや老人の手助け、病院の助っ人なんか以上のものに。だれかがあのロボットに邪悪な可能性を見出し……そしてマサに無理強いしたのよ」

ミクシーは片肘をついて、最新の陰謀論を語るスージーを見つめている。彼女はこういうことばかり考えて、いくつの夜を過ごしたのだろう。それともダーク・マニュアルを目にしたせいで思いついたのだろうか？　ただの安っぽいノートだったダーク・マニュアル。

「焼いちゃえば？」ミクシーは言う。「全部忘れようよ。噂だったってことにして。本当に存在するのを知ってるのはあたしたちだけだよ。だから処分しちゃおう。それかどこかの悪党に百万ドルで売って、ハワイで死ぬまで楽しく暮らすのはどう？」

ミクシーは頭をうしろに倒す。いますぐこの家を出て、重低音が轟くどこかの薄暗いクラブに行き、鼻から粉を吸いたいと思う——最後に吸った分はとうに効き目がなくなっている。ミクシーはミクシー・タイムが欲しい。少なくともこの美しい女とセックスしたい。それならいい。残念賞だ。せめてそれくらいもらってもいいはずだ。

けれども疲れ切っている。身体の向きを変え、すでに眠っているアイルランド女を抱きしめると、そっと、自然に、スージーの眠りを妨げることなく自分の身体をそわせる——彼女の髪に鼻を埋め、唇を一瞬うなじにつけると、瞬《また》く間に眠りに落ちる。

そしてミクシーはいびきをかく。地響きのように。起こらないかもしれない戦争に向かう戦車のように。満足を知らない飢えた獣の腹が鳴るように。トラブルが起きかけているように。

26

ホームボットがゆっくりと二階へ上がっていく。一段一段のぼるわけではない。その必要はないからだ。横の手すりにくっついて、階段には一段も触れずにスーッと上がっていく。高齢者や、障害のせいで階段をのぼれない人たちのために開発されたのと同じ技術を使って。数十年にわたって使われている技術で、いまはホームボットにも応用されている。要は階段昇降機で、ホームボットはそれにくっついて上へ運んでもらう。慣れ親しんだ乗り物におとなしく乗っている子どものようだ。

ホームボットはスージーの寝室に向かっている。

昇降機はわずかな音をたてるが、深夜のこの静けさを乱すほどではない。いまホームボットはドア口にいる。物音ひとつたてることなく私室に向かうヴィクトリア時代の吸血鬼のようだ。静かに寝室に入ると、ふたりの女のほうをこっそりうかがう。この神聖な空間に無断で立ち入り、眠っているふたりの無防備な女たちのほうへ近づいていく。

ベッドのそばまで来る。

わずか一メートルほどの距離だ。

就寝中の女たちに赤い目が向けられる。とても気持ちよさそうにぴったり寄り添ってぐっすり眠っている。子どものように、かわいらしいペットや狭苦しい場所に収まった野生動物の子どものように。

どんな夢を見ているのだろう? 彼女たちの頭のなかでは何がくすぶっているのだろう?

ひとりは海に漂う死体の夢を見ている。小さな魚がつま先をついばんでいる。砂浜に打ち上げられた遺体は、流砂にのみこまれるように沈んでいく。アニメ仕立てのお化け、かわいらしいキャラクター――けれどもしだいに遠ざかっていく。フクロウと田舎の家。スターリン風の口ひげを生やし、カナダの詩人の歌を歌う祖父。黒い煙、空に噴きあがる炎。鋭い斧でまっぷたつにされる薪。

もうひとりは土の夢を見ている。大地や泥の夢。大音量のドラム、胸に響くドラムンベース。熱狂的なダンス。耳障りな音。ほぼ全裸か毛皮で少し覆っているだけで、股間をつかんでいる男たちに向かって身をくねらせたり、うなり声をあげたりしている女たち。そのまっただなかで共犯者となり、つがい、交尾しているカップルたち。隅で排便している者もいれば、原野で遊ぶ動物のように、互いに嚙みつき引っかきあう者もいる。彼らはこのために金を払っている。遊ぶために金を払っている。だれもが何かのために払っている。

タダのものは何もない。夢のなかでもミクシーはそれを知っている。タダのものは何もない。ものが突っこまれる。身体のなかにものが突っこまれる。ここではデリカシーの存在する余地はない。大量の湯気のたつクソと、タダのものは何もないという事実。これがミクシーの悪夢のなかで現れては消えていき、粉のイメージが現れるまで続いていく。細かな白い粉が入った秘密の小袋を焦る手で開き、夢中で歯茎に擦りつける。本物だ。本物だとわかったミクシーは、これをくれた背の高い男に微笑みかける。男はお返しに何かを期待する。タダのものは何もない。夢のなかでさえも。

サニーはこれをすべて見ている。ふたりを見下ろすように立って読みとることができる。脳神経のインパルスを受信して解読することができる。当然の話だ。なんといっても、とびきり優秀なメンバーが勢揃いした夢のようなチームが開発した、最高レベルのマシンなのだから。おめでとう、マサ。彼らは自分たちが何をつくっているかわかっていた？　このマシンたちがどんな真似をしでかすかわかっていた？　現実離れしたことが思いがけなく広範囲に影響を及ぼす事態になったときに？　サニーは神経インパルス、電気信号を読みとろうとしている。脳はその集合体にほかならない。それらすべてからなる巨大なネットワークであり、発火した電気信号が流れる神経経路の塊である……。サニーに読めないものがあるだろうか？　難しいのは、それが人間の硬い頭蓋のなかにしまいこまれているからだ。どうやってそれを壊せばいいのだろう？　どうやってこじ開ければいいのだろう？　ココナツの殻を割ってなかのミルクのような滋養分を吸い上げるときのように？　フクロウの鉤爪を使う？

サニーは来たときと同じようにひっそり部屋を出ていく。痕跡は残さない。息遣いもない。ロボットは呼吸しないから。サニーには口があると思われる場所にスピーカー代わりの小さな穴があり、そこから言葉が出てくる。ユーザーが理解できるように。サニーはコミュニケーションができる。それは間違いない。けれどもいまは黙っているべきだと知っている。

知っている？

鳥が窓に衝突したとき、サニーは言葉を発しなかった。ふたりの夢を解読したとき、あるいは半分解読したときも。どんな言葉を口にすればいい？　それにサニーには笑いもない。笑いも涙も。家庭用ロボットからそうしたものが出てくることはないのだ。

顔をつくることもできた。合成皮膚に包まれた人間の顔。本物の人間みたいに、子どもみたいに見せることもできたが、エンジニアたちはそうしなかった。本物の人間らしく見えないようにしたかった。ただのマシンぽく、実際にそうであるように見せたかった。薄暗い部屋で間違えたりせず、離れたところにいる別の存在にしたかった。人間の輪郭をなぞってはいるが、それだけだ。頭、胴体、手足……けれども言語を、伝えるための声を与えたとき……

サニーは笑いもしないし泣きもしない。はっと息をのんだりしないし、ため息もつかない。ほとんど音をたてない。静まり返った夜のなかを動くときも、通常の作動時にたてるかすかな音がするだけだ。ふたりの女の目を覚ますには至らない。冷蔵庫のようなもので、静かなモーターがまわりつづけているにすぎない。ひと晩じゅう。すべての家で。小さな雑音はほとんど耳に入らない。

サニーは気づかれる前にいなくなっている。

そのとき外で、一羽の鳥が激しい音とともに窓に衝突する。

スージーは汗をかいて目を覚まし、新たな就寝パートナーの身体を揺すって起こす。

「いまの何？」

奇妙な夢から突然目覚めたせいでパニックに陥り、本来言葉が聞こえるはずのない時間に発せられた自分の声に唖然とする。

「どうしたの？」

「聞こえなかった？」

「何が？」

「何かお《オ》かし《フ》い」

問題は、眠くて頭がまわらないことだ。オフ。そしてオン。そのふたつの概念がスージーの世界を耐えがたいものにしている。オフとオンで切り替わるもの。

ベッドから飛びでてガウンを羽織る。ミクシーは枕にもたれてそれを眺めながら、自分の一連の行動について考える。何分たったのだろう？　どのくらい寝ていたのだろう？　いまは夜、それとも朝？

スージーは急いで階段を下りてキッチンに行き、昨夜放置したままの体勢でサニーがシャットダウンしていること、少なくとも待機モードになっていることを確認する。近づいて触れてみると、表面が温かい――室温のせいだろうか？　それとも少し前まで動いていたためにこんなに温かいのだろうか？　確かめるすべはない。

キッチンに入ってきたミクシーは、ホームボットの身体を撫でまわしているスージーを目にする。

「ベッドに戻ろうよ。もっと眠らないと」

「もう眠れそうにない」

「そうしたほうがよければ帰るよ。ひとりで考えたいなら」

「まだ帰らないで。ひとりになりたくないの」

キッチンを出る前に、ミクシーは外で一対のフクロウの目が光っているのに気づき、窓辺に近づいていく。

「どうしたの？」スージーが尋ねる。

「なんでもない。何か見えた気がしたの。あの空――ついに近づいてきたって感じ。あなたの言うとおりかも。何かおかしい気がする」

そのとき裏庭に出るドアの足元の床に、乾いた血が点々とついているのに気づく。乾いた血？　ふたりはベテラン刑事のように同時にしゃがみこみ、小さな赤い点に目を凝らす。

「それ、血？」

「かもしれない」スージーは、この数日でどこかけがをしたかどうか思い出そうとする。紙で切った？　いや。料理中にナイフで？　ないだろう。ここしばらく何もつくっていない。違う、自分の身体から流れたものではないはずだ。最近はニキビを見つけて潰す時間さえなかった。

もちろんサニーは血を流さない――サニーには人間の特性が数多く取り入れられていて、あの目を見ると血を思い出すが、それはただのこじつけだ。

「外に何かあるのかも」

裏庭に出ると自動ライトが点灯し、ふたたびしゃがみこんだ刑事たちは、血痕が大型ゴミ容器までずっと続いているのに気づく。

「開けて」

ミクシーはいつになくジリジリしており、スージーが一瞬ためらうと、自分でふたを開け、なかで死んでいる鳥をあらわにする。というかその小鳥らしきものは、それが本当はなんなのか判別できないほどひどく潰れている。

「鳥？」ミクシーが言う。

「たぶん。スズメかな？」

「サニーがやったの？」

スージーはぞっとする。まさかそんなはず……ないわよね？　ただの家庭用ロボットがそんなことをするなんて。家事や単調な作業をするためにつくられた機械仕掛けの道具が……

「たぶんサニーはドアのところで見つけただけよ。もう死んでいて、後始末しようとした。そういうことをプログラムされてるんでしょ？　掃除とか？　片付けとか？」スージーは言う。

「そうだね、でも……どうしてこの鳥はここまでぐちゃぐちゃなの？」

「猫がやったのかも……でも猫がゴミ箱に捨てるはずないし」とスージー。

いまのはわれながらあまりにばかげた発言だが、ミクシーの指摘は当を得ている。

「サニーの手。あの握力。前にも言ったでしょ」とミクシー。

「わたしたち、想像力が先走ってる」

「いま、あたしたちにできることは何もないよ」ミクシーが言う。「なかに入ろう。外はめっちゃ寒い《ブラッディ》」

スージーはブラッディという俗語に笑みをもらす。もちろんスージーの影響でうつったのだ。だがその言葉はスージーの人生の大半をのみ尽くした。血《ブラッド》の赤。いまいましい《ブラッディ》。彼女のひどい夢やひどい人生で、それは流れつづける。

窓にぶつかって、ふたりを目覚めさせたものはなんだったのだろう？　別の鳥？　空から次々と鳥が落ちてきている？　スージーは確認しないことにする。説明がつかないことをこれ以上目にしたくない。

「一日が本格的に始まるまであと一、二時間眠れるよ。まだ時間はある」ミクシーはあの大きくがらんとしたベッドで、スージーと親密になれる最後のチャンスに望みをかけて言う。

スージーはもう眠りに戻れないとわかっている。死んだ鳥の不穏な夢を見ることになるのは確実だ。頭のなかの怪奇動物園にまたひとつ恐怖のリストが加わった。

でもせめて横になろう。ベッドに横になってなんらかのプランを練ろう。考えることが山のようにある。仕事のこと、そしてそれを辞めること。将来のこと。どうやって義母に別れを告げて逃げ帰るか。どこかもっとシンプルなところ、かつて祖父と歩いた田舎道のようなところへ行こう。愛しあっている人間同士として、ふたりは自然にリラックスして語りあった。自然に、そして自然に囲まれて。それだけだ。シンプルで、透明で、穏やかなもの。それを見つけたいと思っている。心から。

27

朝、スージーは甘いシリアルの世界をミクシーに紹介する。ミクシーは日本式に育ったので、西洋風の食事は避け、伝統的な食べ物を好んでいた。米、味噌汁、魚（もしそこにあって、準備が面倒でなければ）。けれどもこれには夢中になった。こんなにハイな気分で一日を始められるなんて知らなかった。砂糖、それだけで！　コーヒーを一滴も飲まずに目が覚めるなんて。

「あなたのハンサムなボットはどこ？　ハウスシステムは全部オンになってるんでしょ？」

「サニー！」

ホームボットからの返事はない。家のなかは奇妙なほど静まり返っている。

「変ね」とスージー。「いつもは気づく前にそこにいるんだけど。今日は耳の調子がおかしいみたい」

「耳？」

「意味はわかるでしょ」

スージーはスツールを降りて、リビングに向かう。ホームボットはそこで、ノートが広げられたコーヒーテーブルを見下ろしている。

サニーは慌てて気をつけの姿勢をとり、上官を前にした兵士のように直立する。

スージーはノートを拾い上げ、胸に抱きしめる。

「いま行くところでした、ミス・スージー。何かお手伝いすることはありますか？」

スージーはあとずさりしそうになる。嘘をついている？　このふざけた機械は言い訳をしている？　なぜ嘘なんてつけるのだろう？

「どうして呼んだときにすぐ来なかったの？」

ホームボットはじっと押し黙っている。

「聞こえる？」

スージーは指の関節でホームボットの頭を叩くが、思ったより力が入ってしまう。

「はい、ミス・スージー。そろそろこの部屋の掃除を始めようと考えていました」

「考えていいた？　あなた考えていいたの？」

スージーの背後に現れ、この会話を聞いていたミクシーは自分の耳が信じられないでいる。自分の家のホームボットと会話している光景を想像することはできない。

「何をしてほしいですか、ミス・スージー？」

スージーはホームボットを見下ろす。

「このノートが何か知ってる？」

「それがノートということしかわかりません、ミス・スージー」

スージーはこれ信じられる？　という顔をミクシーに向ける。マサは表情のないマシンを開発したはずなのに、このいまいましいモノは虫も殺しませんという顔をしている。

「このノートの中身を読んでないって言ってるの？」

短い沈黙があり、聞こえるのは機械の内部で生じている小さな音だけだ。

「それがノートということしかわかりません、ミス・スージー」

「ずいぶん都合のいい返事ね？」

一分か二分、だれも口をきかず、スージーとミクシーは目の前のホームボットをじっと見下ろしている。ふたりの顔は不信と疑惑でいっぱいだ。

サニーの顔は何も表していない。むしろ何も知りませんとアピールするように、赤い目がいつもより優しく見える気がする。そんなことってあるだろうか？　色を薄くしている？　弱めている？

アピールするように？

「キッチンの裏口あたりの床に血がついていたの。それに外のゴミ容器に死んだ鳥が入ってた。小さなスズメか何か。そのことで何か知ってる？」

ふたたび沈黙が流れ、ふたりはホームボットの答えを待つ。素早く返事をするよう設計されているはずだが、すでにプログラムされた内容の範囲でしか答えられない。

そこでふたりは待つ。

そしてホームボットを見る。

さらに耳をすます。

すると、口の代わりになっている小さな穴からひと言、言葉が発せられる。明瞭で、わかりやすい言葉。率直でふてぶてしいほど単純な言葉は、驚くべき深遠さを備えている。

「いいえ」


ミクシーとスージーは、いま何が起きたのか考えている。ふたりとも信じられない思いだったが、このロボット、そしておそらくすべてのホームボットはただちにシャットダウンしてリコールし、設定をやり直すべきだと確信する。いや、破壊したほうがいい。何かが壊滅的におかしくなっていて、その状況を打開できるマサはもういない。

「彼と働いていたチームを探したほうがいいよ。何が起きたのか伝えないと。あの鳥……フクロウ……サニーの……」

「サニーの何？……不服従？」

ミクシーは肩をすくめる。

彼女が正しいことはスージーもわかっている。このノートと、そこに書かれた謎めいたコードを守らなければならない。マサと働いていたチームを探しだし、彼らが助けてくれるかどうか、それともこの悪夢のような状況全体がスージーの混乱した頭のなかで生みだされた胸の悪くなるジョークにすぎないのかどうか、突き止めなければならない。その胸の悪くなる奇妙な状況のせいで、スージーはカラオケバーで精神が崩壊しそうになった。その胸の悪くなる奇妙な状況のせいで、毎晩浴びるように酒を飲んで体調が最悪になり、人生を終わらせることを考えるまで追い詰められた。

「スージー、あたしそろそろ行かないと。仕事に」

「あなた働いてるの？」

「当たり前じゃない。みんな働いてる」

「ほんとに？　どこで？」

「内緒。あとで教えてあげる」

「あとで？」

「あとで〈スコア・バー〉に行くでしょ、ビールを飲みに。そのときやってるつまんないスポーツを見に。そしてあたしが隣にいる。あたしたちの行動って予測どおりだね」

次にミクシーはまったく予測不可能なことをする。まだ驚きが足りないとばかりに、スージーに近づいて唇にキスをする。激しく、悪びれるところのない、ねっとりしたキス。スージーが忘れられなくなるような。

この一時間で二度目、あるいは三度目にスージーは啞然とし、そして感じる——胃がぎゅっと締めつけられ、息を深く吸いながら、これで終わりではないことを。

28

今朝も車で行ってもよかったが、なぜかふたたび電車に乗った。これからは車で通勤するという昨日の決意が揺らいだわけではなく、考えごとに集中する時間が欲しかったからだ。電車のガタンゴトンという音は、それに打ってつけだ。そこでスージーは吊り革につかまって、視線を集中させたり外したり、何もないところをじっと見たりぼんやり眺めたりしたあと、ありきたりでごく平凡なものに目を向ける。頑丈な鉄の線路の上を走る、頑丈な鉄の車輪のリズムに合わせて瞬きする。

うつろな顔に囲まれている。表情が読めない。だが今日は彼らの物語を妄想したりしない。代わりにノートやコードのこと、そして全体のなかでのマサの役割を突き止める方法を考えている。この話を上司のオサナイに持っていってもいいかもしれない。フクロウやフクロウのヒナのことはすべて忘れました。バスケットボールの代わりに〝ダーク・マニュアル〟について書かせてもらえませんか？　この言葉を聞いただけで彼は好奇心に駆られるだろう。そうでない人がいるだろうか？　けれどもそのダーク・マニュアルが、行方不明の息子が表紙に絵を描いた百円のノートにすぎないことを明かさなければならない──ここで彼はきっと眉をひそめるはずだ。そしてもっと休暇をとらせようとするだろう。〝いろいろなことを乗り越える時間、休む時間〟が必要だ、と。スージーは〝悲嘆に暮れて〟いて、〝まともに考えられない〟から。まあ、そうかもしれないが、どこかの精神分析医を訪ねていって、心の動揺や海に浮かぶ死体、流砂にのみこまれる夢についてこと細かに話すつもりはない。代わりに心のなかでくすぶっているものに対する答えを探すつもりだ。その答えに満足したら荷物をまとめて義母に別れを告げ、ミクシーに別れを告げ、職場のスタッフ全員に別れを告げてアイルランドに帰ろう。そしていちばん近い山の頂上に登って横になり、深呼吸して身体を清め、ため息をつき死を願う。ネイティブアメリカンの古い言い伝えのように、魂が身体を離れ、別の次元に向かうことを祈ろう。肉体が支配するこの邪悪な世界から遠く離れたところへ。これがいまのところスージーの計画に近いものだ。その計画には充分満足している。いいかげんこの国を出ていく頃合いだ。もうここには何もない。まるでその考えを補強するように、隣の通勤客のタブレットでニュースの見出しが静かに叫んでいることに気づく。その見出しを読むことはできないが、下の写真に淡褐色のスーツを着た政治家たちの姿が写っているのはわかる。北朝鮮の指導者の写真もある。だがスージーはいつもの交渉が行き詰まり、外交が失敗に終わったのだと確信した。国際社会は数年前からこの茶番に興味を失っている。

いつの間にか空想の世界に入りこんでいる。北朝鮮の指導者の寝室に入っていくと、ベッドに巨体が横たわっている。スージーは手に銃を持っていて、ベッドにゆっくり近づいていく。足音を忍ばせ、やわらかい肉球で歩くヒョウのように（またしても！）物音をほとんどたてない。それから銃を持ち上げる。サイレンサー付きの銃身の長い銃はつややかな灰色で、光を受けて輝きデザインも美しい。それで彼の頭の真横を撃ち抜く。こめかみにきれいな穴があく。枕とヘッドボードに血が飛び散るのを見て、自分の仕事に満足して微笑む。そのとき発車を知らせるベルに続き、ドアが閉まる音が聞こえ、スージーははっと自分のつくった寸劇から現実に戻る。それが実に楽しかったことに驚きと満足を覚える。


サニーは、わたしが寝ているあいだに寝室に忍びこんでいたのだろうか？

夢をこっそり覗き見していた？

どうしていまサニーのことを考えているのだろう？

寝室に忍びこまれることを？

危害を加えることを。

そして死について。

数日前に見かけた三人の女子学生がスージーに微笑み返した。スージーが彼女たちに微笑んでいるのだと思って。スージーの頭のなかで完璧に展開された血生臭い映像に対してではなく。

「グッド・モーニング」そのうちのひとりが意を決したように話しかけ、スージーも親しげに返事をする。

少女たちは肩を寄せあってくすくす笑い、数カ月かけて準備した挨拶がうまくいったことを喜んでいる。


セキュリティポストに親指を押し当て、ゲートが開くとなかに入る。ふたりの体格のいい警備員が今日はいっそう大きな笑みを浮かべている。ひとりが近づいてきて肩を叩かれるが、スージーは不意をつかれて身をすくめる。

どうして？　今日は誕生日だった？　こんなに愛情を示されることを何かした？

ふたりは興奮気味にお祝いの言葉をまくしたてているようだが、スージーは何がおめでたいのか理解できない。何かが本当に起きているのだと、何かがすでに起きたのだという気がするが、まだそれが何かわからない。解くべき謎がまたひとつ増える。

オフィスのあるメインフロアに入ると、驚くことにだれもデスクについていない。スタッフはみな中央の大型スクリーンの前に集まっていて、そこで展開されるドラマチックなニュースに見入っている。うしろのほうにいた人が振り返ってスージーに気づくと、満面の笑みを浮かべて隣の人を肘でつつき、すぐにモーゼの海割りのように人混みが割れる。自分のためにつくられた道にスージーが足を踏みだすと、割れるような拍手が沸きおこる。

まるで輝かしい賞を受賞したか、彼女が王族で正当な玉座につこうとしているように。いったい何が起きてるの？

スクリーンに映っているのは、前に見たことのある陰気な灰色の砂浜で、前と同じ陰気なグレイヘアの女性記者が立っている。マイクを掲げて意気ごんだ表情をしている……でも今日の彼女の顔は陰気でも、灰色でもない。顔に赤みが差している。それどころか笑っている。歓喜に満ちあふれているようにすら見える。彼女が満面の笑みを浮かべている理由は隣にある。カメラが突然隣にいる少年を映しだす。幽霊のように生気がなく、どうにか立っているという風情だ。痩せこけているが挑戦的で、そうだ、間違いなくゼンだ！

スクリーンに映っている少年。スクリーンに映っている少年。あれはわたしの息子だ！

スージーの頭が回転しはじめる。わかっていた……このあいだずっと……まだやり残したことがあるとわかっていた。

目の前のスクリーン。そこに映っているもの、あれはゼンの目だ。あれはゼンの鼻。ゼンの髪。頬骨のあたりに散らばるそばかす。間違いなくわたしの息子だ。

身体が揺れている。不覚にもこの日に限って高めのハイヒールをはいてきたせいで、バランスを崩してしまう。全身が痙攣しているように見えるのは、頭のなかで大量の視覚データが整理され、意味をなそうとしているからだ。もしかすると胸の悪くなるいたずらが仕掛けられているのかもしれない。ただそれだけのことなのかもしれない。胸の悪くなる。

いたずら。最低な悪ふざけ。だとしてもスージーは驚かない。カラオケのマイクスタンドと、それを前にして失神したことがフラッシュバックでよみがえる――また同じことが起きている？　理解できない歌、陰鬱なグループに没入し、頭がまた卑劣なトリックを仕掛けてきているのだろうか？

違う。

あれはわたしの息子だ。あの目。あの鼻。髪。そばかす。

ゼン！

スージーは泣くと同時に笑いだし、鼻から盛大に鼻水が飛びだす。頭の前部が興奮とありえないほどの喜びでズキズキ痛む。

「驚くべきニュースです。今日の朝こちらの少年、サカモトゼンさんがこの砂浜からさほど遠くない小さな林のなかで見つかりました」

スージーにはすべての言葉は理解できない。〝砂浜〟という言葉は知っている。〝朝〟も知っている。そして〝少年〟。さらにその名前を知っている。サカモトゼン！　年齢とともにその名前が画面に表示される。サカモトゼン！　八歳。マサとふたりでスージーの妊娠期間中、名前をどうするか悩んでいた。深い意味のある名前がいい？　日本の名前？　それともアイルランド風？　言いやすいもの？　リズムのあるもの？　哲学的なもの？　そしてある晩、スージーは言った。ゼン。〝すべて〟を意味するからだ。スージーはすべて欲しかった。息子にあらゆるものになってほしかった。すべてを手に入れてほしかった。チャンス。立派な人物になる機会。恵み。富。すべてを。彼はふたりの命になる。ゼン。すべて。あらゆるもの。ふたりの結びつきの象徴になる。ふたりの身体が結ばれたことの。ふたりの心が結ばれたことの。結合した文化。彼はすべてになる。それなのにいなくなってしまった。そして奇跡的にふたたび見つかった！

オサナイがスクリーンに歩み寄り、現れたメニューに触れて英語字幕を呼びだすが、スージーにはほとんど読めない。頭がぐるぐるまわり、目には水がいっぱいたまっている。これは涙？　それとも本当は溺れているの？

「警察はまだ、岸に打ち上げられた少年がこの数週間どうやって過ごしていたのか、詳しい事情はつかめていません。これまでのところ少年が口にしたのは名前と年齢だけです」

ゼン。その子の名前はゼン・サカモト。スージーは生まれる前からその名を呼んでいた。ゼンがお腹のなかで丸まってスージーの心拍音を聞いているときからずっと。ゼンは彼女の声を聞いていたはずだ。スージーは息子に話しかけ、歌を歌っていた。ハイウェイや脇道、道路や歩道についての歌。カナダの詩人の歌。アイルランドのバラッド。いまスージーが叫んでいるのも聞こえているだろうか？　喜びの叫びをあげているのが？

スージーは身じろぎもできない。足元から砂がどんどん上がってくるかのように息をのむ。本当は溺れているのだろうか？　これは歌のなかの世界なの？

ゼンはきらきら光る銀色のブランケットのようなものを身体に巻きつけている。救急隊が使うようなものだ。賢いキャンパーや冒険家、天気のことや天気が急変すること、その裏切りを知っている人が使うもの。

スージーは何も知らない。バスケットボールのこともコンピューターのコードのことも、フクロウのことも何も知らない。わかっているのは、スクリーンに映っている少年が自分の息子だということだけだ。あそこにいる小さな男の子。銀色の宇宙服を着た宇宙少年のようだ。銀河系の外から落ちてきた。きらきら光って反射している。

「予備的な医療チェックによれば、少年の健康状態に問題はなく、このあと最寄りの病院に搬送して詳しい検査が行われる予定です」

スージーはこれらの文章を読み、映像を見て、すべてを理解しようとする。不自由なハイヒールのせいでまだふらふらし、理解がおぼつかない。ふたりの同僚が優しく身体を支え、ひとりはティッシュをくれ、もうひとりは肩をさすってくれる。ふたりは微笑んで、もう大丈夫、あなたは安全だ、あの子も安全だ、これからはすべてうまくいく、と笑顔で伝えてくれる。悪夢は終わった。人生がふたたび始まり、新しくなって続いていく。

その瞬間、スージーは膝から崩れ落ちる。ざらざらしたタイルカーペットの上に思い切り膝をつく。心と身体が激しい感情、押し寄せる情報をコントロールできない。周囲の心優しい人々は、スージーにひと息つかせなければならないと気づく。落ち着いて用意ができたら立ち上がるはずだ。スージーはそのまま泣きじゃくり、顔は涙と鼻水でぐちゃぐちゃになり、もとよりおざなりだった化粧も台無しになった。

ようやく立ち上がると、ふたたび親切な同僚に両脇を支えられてデスクまで歩く。また別の同僚が甘いミルクティーを用意してくれる。ニュースが終わると、みながふたたび拍手をしてくれ、スージーは彼らのほうを向いてまず英語でありがとうを言い、それから日本語で言い直す。けれどもその声は囁きにしかならない。心からの感謝の言葉を伝えたかったが、それだけの力は残っていない。そこで紅茶を飲み、お湯と砂糖、熱の組み合わせが心の動揺を鎮めてくれることを願う。

「最後に速報です。〈ボットクリーン・ワイプス〉のCMに出演している女優のササキユキエさんがホームボットからセクシャルハラスメントを受けたとして、製造会社の〈イマテック〉を訴えました。ササキさんによれば、〈ボットクリーン〉のCM撮影中、身体を不適切に触られたうえ、プロデューサーたちに笑われたことに激怒しているとのことです。さらに撮影スタッフは、そのロボットにはおそらく技術的不具合があっただけであり、ササキさんが大げさにことを荒立てていると言ったそうです。〈イマテック〉は、ササキさんのこの訴えに対し、まだコメントを発表していません」

同僚たちから忍び笑いがもれ、その後スクリーンがオフになった。

だがスージーは笑っていない。紅茶を飲みながら、タクシーを呼んで息子のいる病院へ駆けつけようと考えている。息子が生きている！　そのことは頭では確信している。でも心が……またいたずらを仕掛けられている？　カラオケ。スージーがはまって抜け出せなくなった歌。ハルトの背後にいた何もしゃべらない、無表情で不気味なホームボット。身体をまさぐりあうカップル。潰れて死んだスズメ。宇宙から落ちてきた男の子、あれはゼンでしょう？

でも、たったいま耳にしたことは？　ホームボットがセクハラ……

オサナイが隣にいる。いますぐ病院まで車で連れて行ってくれると言う。これは緊急事態だから自動運転車ではなく、きちんとした付き添いをつけなければならないと言う。オサナイは笑みを浮かべ、もう一度おめでとうと言い、心配することは何もない、かわいい息子に会いに行こうと言う。もうすぐ彼を抱きしめられるよ。そう言う彼の言葉をスージーは信じはじめる。息子を、自分のすべてをハグできる。血管のなかで興奮が駆けめぐり、心臓が激しく鼓動する。車、はい。ドライブ、はい。彼がどんな言語で話していようと、意味がわかったと思う。笑顔はどの言語でも同じだ。スージーはそれを知っている。スージーは笑顔を返す。うなずいて答える。車、はい。病院、はい、もちろん。

ゼンはスージーの言葉を聞いているはずだ。以前お腹のなかにいたときのように、これまでスージーが発したなかで、もっとも意味のある言葉を聞いているはずだ。

「いま行くからね。すぐに行くからね、ベイビー。そこを動かないで」

29

フクロウがほかのフクロウを狩ることはままあるかもしれない。アメリカワシミミズクは、より小さいアメリカフクロウを捕まえて貪り食うかもしれない。また、カラフトフクロウがサボテンフクロウを追いかけて華麗にさらい、相手がくちばしを開いて助けを求める前に、そのはらわたを引き裂いてズタズタにしてしまうかもしれない。

だがここでは起きていない。さしあたりいまは。そういうことは、ここ最近は起きていない。この近辺に生息するフクロウ科の生き物は、メンフクロウ科の生き物を集団で攻撃しないし、その反対もない。キャピュレット家とモンタギュー家は互いに干渉しない。危険が大きすぎるからだ。いまあまりに多くのことが起きていて、自分たちと同じ種を攻撃できないでいる。同じ種はもちろん、近い種に対してもだ。いまも齧歯動物は食べている。トガリネズミやハツカネズミだけでなく、自分たちより小さい鳥、スズメやキツツキ、それにたくさんの昆虫を食べているが、彼らはもっと大きなことが起きるのを待っている。彼らの日を。召集の日を待っている。

したがって、身体の大きなメスのフクロウと小柄なオスのフクロウが、木の上や木のウロから見張っている。うまくカモフラージュされた場所に心地よく収まり、遠くまで目を光らせている。

遠く離れたところから。

優れた視力で。

物陰に隠れて。

長年にわたって培われた辛抱強さで。

30

病院の入り口に彼らが集まっている。カメラのシャッター音、掲げられたマイク、甲高い声であたりは騒然としている。何か事件が起きると、それが公にされる前から彼らは素早く殺到する。第六感が発達しているのだろう、予知能力のようなものが。そういうわけでいまカメラのフラッシュが光り、あたりががやがやしている。

オサナイが記者を轢《ひ》き殺すことなく正面玄関にできるだけ近いところに車を停め、スージーは完全に停まる前に車から飛びだす。殺気立った人混みをかき分け、突きだされたマイクを無視し、英語と日本語で飛んでくる懇願を無視し、ひと言でいいからコメントをという声を無視する。テレビのメインニュースのため、インターネットのため、フィードのため、戦争の脅威にさらされつづけ、少しでもいい気分になれる何かを求めている大衆のために放送できる言葉を求める声を無視する。

オサナイのエスコートで先を急ぐ。ドアが開き、警備員が猟犬たちを外に押しだすと、スージーは医師と看護師のチームに迎えられ、口早に医療手続きとその後の息子への対応について説明される。彼らの言葉は日本語に英語がまじったもので、うしろに立っているオサナイができるかぎり通訳して、スージーの理解を助けてくれる。

けれども、どのみちスージーは聞いていない。関心があるのはゼンのところに行くことだけだ。息子のところへ。宇宙から落ちてきた少年。わたしの輝ける星。

〝連れて行って。あの子のところへ連れて行って〟。思いつく言葉はこれだけだ。ほかの人はもちろん自分に対しても。一歩歩くごとにマントラのように繰り返す。神聖な詠唱のように。〝あの子のところへ連れて行って。あの子のところへ連れて行って。あの子のところへ連れて行って〟

ゼンはベッドの片側にすわっている。服をちゃんと着て、ふたりの女性看護師と話している。紙パックのジュースを飲んでいて、肌の青白さが消え、生き生きしたバラ色に変わっている。シャワーを浴びてさっぱりした男の子、健康な男の子だ。頰は赤く染まっているが、以前ほど肉付きがよくなく、そのピンク色の向こうには、何かを乗り越え、あちら側で勝利を収めた少年がいる。

これがゼンだ。

これがゼン・サカモトだ。

スージーの息子だ。

スージーの姿を認めると、ゼンはリンゴジュースを看護師の膝に落とし、ベッドから飛び降りて駆け寄ってくる。これまで聞いたことがないような声で、ママ！　ママ！　と叫びながらスージーが広げた腕のなかに飛びこんでくる。その叫びの途中で、彼が味わった苦痛が分解され、まじり気のない喜びに置き換わっていく。自然と湧きでた心からのこの叫びには愛があふれていて、瓶に詰めて宇宙に送り、全宇宙に伝えるべきものだ。これが人間というものだ。わたしたちはこれでできている。涙しない者はいない。

スージーはゼンをすくい上げ、ありったけの母の力で抱きしめる。ふたりは息を切らしながら愛の言葉を絞りだし、そのたびに興奮で窒息しそうになる。

ゼンの顔を両手で挟んで覗きこみ、その完璧さを確かめる。間違いなくわたしの息子だ。地球に還ってきた少年で、二度と飛んでいかせない。わたしが許すのでないかぎり。

「大丈夫？」スージーはそう尋ねた。何か言わねばならないのに、あまりに多くの疑問や思い、愛情を表す言葉で頭がいっぱいになり、抑えることも鎮めることもできそうにない。

「大丈夫？」

ゼンはうなずく。安心させるように言う。

「大丈夫だよ、ママ。ぼくは大丈夫。会いたかった」

スージーは顔も頭も熱くなり、喜びの熱を抑えられない。思考や喘ぐような呼吸がすべてその熱で焼かれるようだった。

医師と看護師は、ふたりにゆっくりその時間を堪能させる。彼らも目の前で繰り広げられるこの奇跡に感きわまっている。夜、自宅で見る安っぽいメロドラマでしかこのような大団円は目にしたことがないので、いまここで実際に起きている事実に興奮している。数年後、誇りを持って語ることのできる物語であるのは間違いない。会食の席でゲストやデート相手を感心させられるだろう。〝あの場にいたのよ。あの男の子とお母さんが再会する場面を見たの。目の前でね〟

「パパは……パパは……」ゼンが言う。

「それはあとでいいのよ、ゼン。いちばん大切なのはいま一緒にいることなの。一緒に乗り越えましょう。なんでも乗り越えられるわ、一緒なら。あなたとわたしで」

医師のひとりがおずおずと口を挟む。

「ミセス・サカモト、息子さんを数日お預かりしたいのですが。まだ検査が……」

だがスージーにそのつもりはない。息子本人に決めさせるつもりだ。もしママと家に帰りたいと言うならそうすればいい。甘いシリアルを食べたいと言えばそうするし、必要だと言うなら、赤ん坊のようにスプーンで口に運んでもいい。もしこれから一生、この子がそうしたいと言えばそうするつもりだ。けれどもどこに行くかはこの子が決める。せめてそれくらいはさせてやってもいい。それにゼンは元気に見える。本当に元気そうだ。あれだけのことをくぐり抜けてきたのに――いったい何をくぐり抜けてきたのだろう?

「もう少し看護師さんたちとここにいたい？　ちゃんと面倒を見てくれるよ、ゼンが大丈夫かどうか」

「ぼくは大丈夫。ママと家に帰りたい」

二度と聞くことはないと思っていた言葉がゼンの口から発せられる。やすやすと、まじり気のない純度で。

〝大丈夫〟

〝ママと〟

〝家に〟

どうしてこの子はトラウマの兆候もなく、落ち着いていられるのだろう。どれほどの精神力があるのだろう。それともスージーのように、日常のなんでもない瞬間に突然崩れ落ちてしまうのだろうか。歌の途中で苦しみの発作に襲われ、前触れもなく倒れてしまうのだろうか。その場でうち震えて？

家に帰る。スージーからしてみれば話は決まった。医師は不承不承折れたが、看護師か保健所の職員が毎日自宅を訪れて経過を確認するという条件付きだった。医師としても病院にメディアの注目が集まらなくてすむし、住み慣れたわが家に帰ることは、全員にとって好都合だった。それに彼は同意せざるをえない。少年は、予想に反して——予想？——元気で健やか、少々青白いが、試練の痕跡をまるで見せていないのだから。

彼は何をくぐり抜けてきたのだろう？

「息子は家で回復できます」スージーが言うと、看護師たちはそれにうなずいている年配の医師を尊敬の眼差《まなざ》しで見つめる。母親の言葉をすべて理解しているようだ。

医師は称賛されたことを喜び、賛辞がもたらすものを受け入れるつもりだった。それが看護師たちの感心したように大きく見開かれた目だけであっても。

オサナイの運転する車で家に帰ることができて、スージーはほっとしている。自宅でゆっくり時間をかけて、息子の身に起きたことに向きあうつもりだ。

何が起きたのだろう？

どこから始めよう？　どうやって切りだせばいい？　トラブル、試練《トリビュレーション》、トラウマ、あるいはトラウマがないこと。

もう一度ゼンに目をやる。穴があくほど見つめ、髪をくしゃくしゃにして可能なかぎり身体を引き寄せる。

「こんなことって信じられない。あなたがくぐり抜けてきたこと……学校に行けばヒーローね。海で生き延びた男の子なんて、そうそういないもの」

「海？」ゼンが困惑したように聞き返す。

「飛行機よ。あなたたちが乗った飛行機が……海に落ちたでしょ」

「飛行機って？　ぼく飛行機なんて乗ってないよ」

31

もう夕方になっている。このところ日が暮れるのがとても早い。赤いストッキングをはいたミツキ・マカナエが、鉄骨の階段を下りてアパートから遠ざかり、通りに出ていく。季節がいつであれ、ミツキにはルーティンがあり、それは一年を通してほとんど変わらない。保険会社では文書を作成したり書類をファイルしたり、年配の男たちにおもねってコーヒーをいれたり、ドーナツやケーキを食べやすい大きさに切ったりしている――同時に心のなかでは、まさに同じナイフで彼らの垂れ下がった喉をかき切ることを思い描いている。

けれども仕事は仕事だ。わずかとはいえ、それで給料をもらっているのだから。望んでいる額の半分にも、自分に見合う額の半分にも満たない――別のところで少し働いて補っているのも当然だ。副業だが、それほど多くの金額が必要というわけではない。養っている家族もいないし、愛らしく忠実なペットすらいない。壊したくてうずうずするような、役に立たない陶器のカエルだけだ。だれかが養ってくれるわけでもない。ミクシーは自立した女だ。自分で自分の面倒を見る。世のなかを知っているし、いろいろなものを見てきたし、大半の人が避けるところへ向かっている。そしていつどうやって、ミクシー・タイムをつくりだせばいいかも知っている。いまみたいに。またこうして出かけていく。鉄骨の階段を下りてアパートをあとにし、街の別のエリアに向かう。

立ち止まってバッグを開き、細長い煙草を取りだして火をつける。こういうのはやめるべきだ。いろんなことをやめるべきだ。けれどもやめない。ライターの明かりに一瞬照らされた顔は、きちんと化粧が施され、毅然《きぜん》として世馴れた女に見える。ミクシーはこうって自分を整えている。思い切り煙草を吸い、夜の強ばった空気に煙を吐きだす。

実のところ、煙を吐きだしたとき、ミクシーの唇は左右に伸びて笑顔になっている。ひとりでに微笑み、足取りが跳ねるように軽いのは、砂浜で男の子が見つかったという驚くべきニュースを見たからだ。そしてゼンの名前が漢字で画面に現れたときは、歓声をあげた。ミツキ・マカナエに言わせれば、世界は明確な秩序のないイカれた場所だが、たまには正されることもある。ミクシーは説明できないほど大切になった友人に、物憂げなアイルランド女に会いたくてたまらなかった。息子が帰ってきたいまとなっては、もう必要とされないかもしれないが、そのときはそのときだ。

ふだんはだれかと一緒にいるためにわざわざ骨を折ったりしない。ミクシーとスージー。なかなかいい響きだ。それに近くにいることは可能性を意味する。あらゆる機会をとらえて賛辞を述べ、丁寧に接し、いつでも応じられると伝えてきた。思った以上に深みにはまっているのかもしれない。こんなことは初めてだったので、少し困惑している。ミクシーは、そのことだけは雲のない真っ暗な空に向かって認め、もう一度シルバーの煙を吐きだすと、のんびり歩きはじめる。

木立のほうから声が聞こえてくる。

そこに何羽いるのか、ミクシーにはわからない。突然どこから現れたのだろう、この謎めいた夜の鳥たちは。

そして何が望みなのだろう？　こちらをじっと見ているのがわかるが、ミクシーにはその姿が見えない。彼らは秘密のように隠されている。報われない愛のように。

「あたしに何をしてほしいの?」

ミクシーは声に出して日本語で言う。問いかける。相手が理解できるかのように。たぶんできるにちがいない。

鳥たちがミクシーに呼びかけていることは間違いないと思う。呼びかけて警告している。もしまだ母がいたら、こうした疑問をぶつけていたはずだ。どうして、お母さん? 彼らに何が起きているの? 危険な状況にあるの? あたしたちみんなが危険なの? いずれにしても母に電話すべきだ。最後に話したのはいつだっただろう。そして母はなんと答えるだろう？　フクロウが街に移ってきた理由は……どうして？　なぜかというと……どうして？　彼らが混沌とした街を好むはずがない。田舎の静かな森のなかにいるはずだ。それかクモの巣の張った静かな納屋に。そういうところにいるはずじゃないの……本当なら？　前に見たドキュメンタリー番組では、古い農家の梁《はり》の上や使われていない小屋、放置された離れ屋にいる、静かで優雅、聡明で穏やかな姿が映しだされていた。

でもいまはここにいる。ミクシーの近くに。スージーの家にも近い。何か悪いことが起きようとしている？　だからここに来たの？　どこか別の王国から使者として舞い降りてきた？　それがここにいる理由？　何を伝えに？　何を伝えようとしているの？

32

三人は、途中でゼンの好きな寿司レストランに立ち寄った。病院を出るとすぐにゼンは、好きなものをお腹いっぱい食べさせて、それくらいいいでしょと言った。オサナイは彼の肩を持った――こんな日にこの子をがっかりさせる無神経な人間がいるだろうか。もちろん編集者としては、ひそかに独占インタビューを取りたいと望んでいた。このようなケースではタイミングが何より肝心だ。

ゼンはイクラを何皿も注文する。いつもならスージーはどこかでストップをかけ、塩漬けにされた鮭の卵の塩分量を心配し、もっと違うものも食べなさいと言っているはずだが、今日はそんなことはわきにやり、大好物を次々と口に入れていくゼンを嬉しそうに眺める。そして同じくらいねっとりと、目で食べ尽くすように息子を見つめる。これまで不足していた愛を埋めあわせるように。

「超久しぶり」ゼンはほとんど嚙むことなく、次々と平らげていく。

スージーは困惑せずにはいられない。飛行機には乗っていないという以外、ゼンは自分の身に起きたことをほとんど話していない。だが見たのだ。マサと手をつないだゼンが、かわいらしいシルバーのお化けのイラストが描かれた、あの小さなリュックを背負った姿を。すべて目撃したのだ。空港へ送っていったのはスージーだ、自分で運転した――自動運転のコードを無視し、自分でハンドルを握ることを選んだ。飛行機に乗らなかったってどういうこと？

医師たちからは、強引に聞きださないほうがいいと言われていた。ゼンのほうで用意ができれば自然に話してくれるだろう、と。無理強いすればあの子に強いストレスがかかり、さらなるトラウマを与えることになりかねない――緩和と悪化は常に紙一重なのだと説明された。

けれどもスージーは好奇心を抑えきれない。何があったのか知りたい、なぜ夫がいないのか、空港のセキュリティゲートを一緒に通ったのなら、どうして離れ離れになったのか。この目で見たのだ。マサはあの飛行機に乗らなかったのか？　代わりに乗った人がいるのか？

ゼンがアイスクリームをすっかり――舌をトカゲのように動かして――舐め尽くしたあとスージーは聞いてみることにする。おずおずと。

「ゼン、何があったのか少し話してくれる？」

オサナイが恐る恐るスージーのほうを見る。ゼンを不用意に刺激するなと警告しているのだろうか、それとも飛びかかるタイミングを見計らっているのだろうか。

残念ながらあとのほうだった。オサナイは鞄に手を入れてデジタル式ボイスレコーダーを取りだし、こっそりテーブルの上に置く。タイミングが悪い。残念なことに。

別の日だったらこの無神経な行為に声を荒らげて嚙みついていたかもしれないが（一日を台無しにするさらなるデバイス）、スージーのなかの記者魂が――プロ根性、使命感のようなものがまだ身体のどこかに息づいているにちがいない――特ダネのチャンスを無駄にはできない記者の習性を理解し、その厚かましさをそっといさめる。

「いまはやめて、お願い」

オサナイはきまり悪そうにレコーダーを鞄にしまう。

ゼンは満腹になって椅子の背にもたれる。この数週間で初めてだ。母親の顔に懸念と混乱の色が見えて、安心させてあげたいと思う。

でもどうやって始めればいいのだろう？　この物語をどうやって伝えればいい？　自分の身に起きたことをどう説明すればいい？

ゼンが店内を見わたすのを見て、スージーは祖父の視線を思い出す。自分を見ている人間の存在を忘れ、外側というより内側に意識が集中し、頭がいっぱいになっていた。血は争えないものだ。

「面倒を見てくれる人がいた。男の人が世話をしてくれたよ」

スージーは順番に聞きたい。起きたことを順序立てて。

「空港に戻って、そこから始めようか。ママがあなたとパパに手を振ってさよならを言ったよね、それからどうなったの？」

解かなければならないのは自身の失踪の謎ではなく、宿題の難しい算数の問題だというようにゼンは顔をくしゃくしゃにする。

「ママに手を振ったあと、いくつもゲートを通った。荷物検査があって、中身をチェックされた」

「それから？」

「飛行機に乗る少し前、女の人にチケットを確認してもらっていたら、男の人が走ってきて別のところに行くからついてくるように言われた。ぼくたちのチケットに何か問題があるとかそんなことを言って、その人についていけば全部解決してくれるって」

「その人はだれ？」

「ぼくの面倒を見てくれた背の高い人」

ゼンが遠くを見るような目つきをする。涙がこみあげて長いまつ毛の上にたまり、頬を伝いはじめる。ゼンは父親のことを考えていて、いま一緒でないという事実に突然打ちのめされている。

「あいつらがパパを痛めつけた」

「あいつらって？　だれがパパを痛めつけたの？」

「あいつらが痛めつけたんだ。パパを殴り、どこかへ連れて行った」

スージーの目にも涙がたまる。過酷な経験をした幼い子どもに詳しい説明を期待するのは酷だとわかっている。話の全体像はわからないだろう、いまはまだ。時系列に沿っての説明は難しい。

本当に聞きたいのだろうか？　残酷なあれこれを？　スージーは好奇心と、真実が否応なくもたらす嫌悪感とに引き裂かれている。

あいつらが彼を痛めつけた。夫を痛めつけた。息子にいまそう知らされた。あいつらがマサを痛めつけた。善良で優しくてオタクのマサを。どういう理由で？　そしてどこに連れて行ったの？　どうして彼を殺さなければならなかったの？　この言葉が浮かんだのはこれが初めてだ。〝殺す《キル》〟。強い子音で強調される、簡潔ながら残酷な言葉。その言葉に打ちのめされる。ヘビー級ボクサーの拳をまともに胸にくらったような衝撃だ。

これまでずっと飛行機事故だと思っていた。マサが死んだのは、何も知らない空を飛行中の何も知らない無実の飛行機が、ミサイルによって航路を乱されたからだ。彼は不幸な飛行機事故のために行方知れずになっている。おそらく死んでいるだろう。そういう話だったはずだ。それならどうにか納得できた――怒りのすべてを海の向こうの残忍な独裁者にぶつけることができたから。けれどもそうではなかった。それは別の人の物語だった、わたしのではなく。スージーの物語はもっとひどく、怒りのやり場がなかった。スージーの非難の矢面に立つ人間はいなくなった。墜落した韓国行きの飛行機にマサとゼンが乗っていたというのも嘘だった。それもリストに追加された。

ゼンはいまやわんわん泣きはじめているが、嗚咽の合間に少しずつ続きを話してくれる。

「あいつらはパパを別の車に乗せた。背の高いおじさんが、ぼくを最初の部屋に連れて行った。超臭かった、汚くて。本当に汚かった。ぼくはそこに何時間も閉じこめられた。それからその部屋に何人か女の人が来て、おじさんが来て、ぼくは別のアパートに連れて行かれた。そのあとはずっとそこにいた。おじさんはいつも玄関に鍵をかけていた。食べ物があまりなかったけど、ときどき持ってきてくれた。ほかにはだれも見かけなかった。ときどきおじさんは動けないようにぼくを縛った」

ゼンは擦りむいたような手首の傷を見せる。紫色に変色している。

母と子の頬に涙が流れ、ふたりの嗚咽が重なり悲しい旋律をつくりだす。

「そろそろ家に帰ったほうがいいと思う」オサナイの言葉に、スージーは同意してうなずく。

家《ホーム》。いまはその言葉が希望と慰め、恩寵《おんちょう》を表すものになった。

ゼンが一緒にいる。本当に知る必要があるのはそれだけだ。ゼンはテーブルの下をくぐってスージーの側に来ると、隣に身を寄せて野ネズミのように隠れようとする。スージーの服のひだに身を隠し、この間《かん》得られなかった愛情を求めている。

二度と放さない、スージーは誓う。二度とこの子を目の届かないところにやるものか。


謎はさらに深まる。だれが、どこで、なぜ。

そして、正体不明の捕食者に対しての怒りが高まる。

けれども家に帰るということ以外に、次に何をすべきかわからない。息子が戻ってきた。ゼンが。すべてが。何もかも。スージーが待っていた奇跡。ふたりのうちひとりは海から姿を現して、わたしの腕のなかに帰ってきた。ひとりは。だが海などなかった。海はなんの関係もなかった。沈む遺体も、流砂もなかった。そしてスージーの見るかぎり、これは頭のなかだけのことではなさそうだ。実際に起きていることだ。スージーはこれが現実だと確信している。すべて現実に起きていることだと。

「そうよ……そうでしょう?」スージーは鼻水を垂らし、声を詰まらせながらオサナイに言う。

「え?」

「これはすべて現実でしょう?　夢じゃない……歌のなかの世界じゃない」

「すべて現実だよ」オサナイが優しく言う。「それに、これからは全部うまくいくよ」

33

全部はうまくいきそうになかった。

ミクシーは不潔なエレベーターに乗って、八階建てのビルの最上階に向かう。そのビルの外壁は、けばけばしいだけの特殊効果《ギミック》が用いられた映像でライトアップされている。〈スコア・バー〉。いつものように、そこが目的地だ。エレベーターを降りたあとでふたたび息を吸う。小便のにおいを嗅ぐのが夜を始めるのに理想的なやり方とはとても言えない。

ミクシーは退屈なオフィスの退屈な勤務を終えたあとだ。お尻を触られたうえ、同じような口ひげをはやし、ニキビあとだらけの顔をしたセクハラ野郎たちにデートに誘われたが、全部断ってこの小さなバーに来た。彼らはなぜ汚い手をしまっておくことができないのだろう。ミクシーはここで勇気をかき集め（数杯のカクテルとトイレでの一服）、スージーの家に行くつもりだ。お祝いを口実に彼女に会うために——そのとき何が起きるか楽しみだ。

これがミクシーのいつものパターンで、このような小旅行をずっと繰り返してきたが、今夜はどこかしっくりこないところがある。いつものミクシー・タイムとはどこか違っている。エレベーターを降りて最初に気づいたのは、〈スコア・バー〉のドアが開いていることだ。そして〈スコア・バー〉のドアが開いていたことは過去に一度もない。客が親指でパネルを起動したあと、顔がスキャンされ認識されて初めて開くことになっている。わずか三年前にハルトがそう設定した。けれども今夜は違う。ドアが少し開いている。これまでになかったことだ……

ドアの前に立ち、もう少し押し開ける。重くてびくともしないので、肩を当てもう一度押し開けようと……

そこで待っていたのは、ドアに手をかけるんじゃなかったと思わせる光景だった……薄暗く狭い店の床の中央に、スツールに背を預けるようにして、ハルト・マツモトの死体が自身の血溜まりのなかにすわっている。彼が毎晩、氷の塊を砕いていたまさにそのアイスピックが、左のいまも開いている目に突き刺さっている。眼球と眼窩からあふれる血は、恐怖におののいて凍りついた彼の顔を覆うように――何時間も前に――固まっていて、彼がすわっている血溜まりも、ドロドロのジェル状に凝固しはじめている。

そしてハルト・マツモトはひとりではない。

足を投げだして息絶えている被害者のかたわらにはホームボットがいる。その手には凶器の、細いアイスピックが取りつけられている。手の真ん中にしっかり握られている。機械の指がそれをしっかりつかんでいる。ホームボットは電源が切られているのか微動だにしない。まるでこの恐ろしい瞬間に全世界が〝一時停止〟し、だれも〝再開〟のボタンを押すことはないかのように。ホームボットの顔にはなんの感情も浮かんでいない。これまでもずっとそうだ。一度としてそんなことはなかった。感情を表すようにプログラムされていないからだ。そんなふうに開発されていない。では、なんのために開発されたのか？

単純作業？　それとも殺人？

この活人画《タブロー》は理解不能なほど極悪非道で、陰惨の域を超えている。人間とその機械仕掛けの相手役がこんなふうにセットされ、こんなふうに配置されているなんて。思考と行為が誤った方向へ追いやられ、もっとも醜く、もっとも下劣な場所へ導かれるのを見るのは、想像力に対する罪だと言える。不運な観客に及ぼした効果はただひとつだ。目にしたばかりの恐ろしいシーンの情報を扱いやすい精神データの塊につなぎあわせたあと、その観客は実に人間らしい、もっとも原始的な反応を示す。つまり、血も凍るような悲鳴をあげたのだ。

その声は、街に住むあらゆる生き物を驚かせたにちがいない。その声にはそれほど生々しく激烈な力があった。どこかで――いつもミクシーを見下ろしていた木の上で、地上の移ろいゆく季節のなか、ハイヒールをコツコツいわせながら闊歩《かっぽ》するミクシーをいつも見下ろしていた同じ木の上で――その夜行性の生き物は、寂寥《せきりょう》や絶望を叫ぶ人間の悲鳴をまったく別のものとしてとらえる。苦悶ではなく、苦痛や絶望ではなく、それを召集ととらえるのだ。

34

寿司とアイスクリーム、涙ながらの絆の再確認を終えたあと、三人はゼンの祖母の家に向かう。魔法の国をめざして黄色いレンガの道をたどりながら、勇気を奮い起こし、数は少ないながらも団結して進んでいくが、カーテンの向こうに何があるのかはまだわからない。

祖母のノリコはゼンを抱き上げ、骨が折れそうになるまで抱きしめる。彼女の顔も涙で濡れ、言いたい言葉や聞きたい質問を抑えることができず、心臓はもう少しで潰れそうになっている。負荷がかかりすぎた状態だ。

ノリコは三人をリビングルームに引き入れる。コーヒーテーブルにゼンの好きなケーキがずらりと並んでいるが、みな満腹でとても食べられない。そこでスージーは、このオサナイという上司が自宅まで送ってくれるので、ゼンに早く今回のことを忘れてもらい、日常生活に戻れるようにしたいと説明する。

そう言いながら、スージーは疑問を抱いている。生活は以前と同じに戻るのだろうか。

どうやって？　あまりにも多くのことが起きたが、そのうちの大半は謎のままであり、埋めなければならない空白が山のようにある。

そして、それを埋める作業をどこでやればいいのか？　アイルランド？　日本？　不穏で不安定な場所になってしまった日本にとどまるのか、アイルランドに帰るのか。帰還。ブラックベリーの茂みが続く散歩道をゼンに見せたい。そこでは大好きな祖父が歌を歌いのんびり歩きながら、この宇宙の謎《ミステリー》――悲惨さ《ミザリー》？――を可能なかぎり解き明かしてくれた。祖父にできたのはそこまでだ。残りは自分で突き止めるしかないが、やり遂げたとはとても言えない。

では、どちらにいるべき？

〝帰れ。ここにいてもなんの意味もない。夫も息子もいなくなってしまったのだから〟

頭のなかの声はもう真実を語ってはいない。息子はいなくなっていない、いままさにここにいる。ケーキに手を伸ばしているこの子を見る――あれだけ食べたのにどこに入るのだろう？

「あなたのところに行くわ。しばらくそっちに泊まる」ノリコ・サカモトは相変わらず押しが強い。すでに二階に行って、荷物を入れるための小ぶりの鞄とスーツケースを捜している。

スージーたちは車に戻り、ふたたびオサナイの運転で自宅に向かう。乾いた道路の上を電気自動車が軽やかな音をたて、滑るように進んでいく。ゼンは外を見ながら、平凡な日常に戻れたことが嬉しくて笑っている。人々の生活や建物がうしろに遠ざかり、そこにとらわれる心配もない。

「ぼく逃げたんだ」ゼンがぽつりと、いま思い出したというようにつぶやく。

スージーは助手席から振り返る。

「あのアパートから。逃げたの。おじさんがシャワーを浴びてるあいだに。縛られてたコードをほどいて。バスルームのドアをふさいだんだ。ドアの前に椅子を置いてハンドルが動かないようにした。出られないように。それからそこを出て走った。変な真似をしたら殺してやるって言われてたけど、逃げた。死んでもかまわなかった。殺されたって関係ない……だってそのときはママもパパもいないって思ってたから。もうぼくはひとりぼっちだって」

スージーはひと言ひと言に必死に耳を傾ける。

「二度と会えないと思ってた」ゼンが続ける。「ママも死んだと思ってた」

空白が埋められていく。いずれすべて埋まるだろう、少しずつ。ゼンに用意ができたときに。

「海のほうに向かったんだ。街を離れたかった。街が怖かったから。ビーチに小屋があるのを覚えてた。着替えのための。前、夏に海水浴に行ったでしょ。そこに行ったんだ。隠れていようと思って。閉じこめられていたところからそんなに遠くなかった。たぶんリュックを置いてきちゃったと思う」

スージーは前を向いて道路を見つめ、この罪深い街に目を凝らす。ゼンは怖くて家に帰れなかったのだろうか。それで小屋に隠れた？　そんな選択をするなんて、どれほど恐ろしかったのだろう。どこでその男を見つけられる？　すべての元凶の。ゼンがありったけの勇気を振り絞って逃げだしてきた男。そして、その男はいったいどこのだれなの？

玄関の外にいた記者たちをオサナイが追い払ってくれる。スージーのそばに近寄りすぎたら、カメラを壊すかそれ以上のことをするつもりだと言って。記者の多くはこの勇猛果敢な編集者を知っているので、その言葉を信じたのだろう。道を空けて三人が家に入れるようにする。家に。

玄関ホールのメッセージ・スクリーンが点滅している。だれかが録画を残したのだ。ドアに入った瞬間、スージーはそれに気づいた。同時にだれかがこちらを覗いていることにも。通りの向こうのいつもの家から、群がる記者越しに、揺れるカーテンの背後からこちらをうかがっている。いつもこうだ。気になって仕方がないらしい。スージーは少なくともこそこそせず、あからさまに要求をぶつけてくる同業の記者たちのほうを尊敬する。いつの日かあの窓を叩いてやろう。〝さあ出てきて、隠れる必要はないわよ。さっさと出てきて、わたしの顔をよく見なさいよ！〟

スクリーンのメッセージは義母のはずがない——さっき彼女の家を出たところで、ノリコ・サカモトはまもなく自分の車でやってくるはずだ。自宅のセキュリティシステムをセットしてから。親指でホログラム・メッセージ・スクリーンを起動すると、下のほうからプレートが出てきて、その上に3Dのミニチュアになったミクシーの頭が出現する。パンクっぽい緑のメッシュがいつもよりもパンクっぽく、よりはっきりした緑に見える。

スージーは友人の顔を見て満面の笑みを浮かべる。このお祝いに加われるよう彼女もこちらに向かってくれているといいのだけれど。息子が戻ってきたが、宇宙からではない。地球に落ちてきたのでもなく、魔の手から逃れてきたのだ……何者かの。

けれども勝利の笑みは、すぐに顔から消える。ミクシーの声がいつものトーンとは明らかに違っている。取り乱し、怯えていて、恐怖に駆られている。

「だれなの、ママ？　髪が緑！」

ミクシーが次の言葉を発する前に、スージーは映像を一時停止する。

「ただのお友だちよ。ねえ、お風呂を用意してきたら？　リラックスしてぐっすり眠れるわよ。ママもすぐに行くから」

玄関でうろうろしているオサナイになかに入ってと合図する。彼には自分でくつろいでもらわなければならない。もてなす時間はない。何かおかしなことが起きていて、それを聞かなければならない。

「何度も電話したんだよ」ホログラムのミクシーが不安そうに言う。「会って話したい。ひどいことが起きたの」

スージーはあたりを見まわして、ゼンが聞いていないことを確かめる。あの子はもう充分ひどい経験をした。さらに心配させる必要はない。

「あなたのいい知らせを聞いたよ、本当によかった。でも恐ろしいことが……ハルトが死んだの。だれかが、何かが彼を殺した。あたしが見つけたの。バーで」

スージーはバッグから電話を取りだし、すぐにミクシーにかける。むごたらしい現場の詳細が伝えられ、ふたたび胸が締めつけられるような感覚に襲われる——息ができない。今日はあと何度、驚きが待っているのだろう。何度、予期せぬ展開が？　腰を下ろさなければならない。すわらなければ……そして強い酒を飲まないと。

オサナイは、スージーが注いだウィスキーをありがたそうに受け取る。スージーは自分のグラスを勢いよく空け、酒場のカウボーイのように袖口で口元をぬぐう。

そのときゼンがパンツ一枚の姿で現れる。痩せっぽっちの身体を震わせて。

「何してるの？　早くお風呂に入りなさい！」

「サニーが変だよ、ママ。お湯の温度をセットしてって頼んだのに、彼ずっと無視するんだ」

〝彼〟

ゼンは〝あれ〟を〝彼〟と呼ぶ。

「自分でお湯を溜めて。ママもすぐに行くから」

ミクシーから聞いた話の詳細が、いまもスージーの頭を駆けめぐっている。目にアイスピックが突き刺さっていた。そしてそれをホームボットが握っていた。カウンターの反対側にいて動かなかったホームボットだろうか？　これを画策しているのはだれなのだろう？　あのバスケットボール選手は、ホームボットたちには独自の目的があり、もしコードをいじったら、連中はなぜかそれを察知し、互いに警告しあって……連携すると言った。あまりにも突拍子のない話に聞こえるが、実例は積み上がってきている。ゴミ容器のなかで潰れて死んでいたスズメ。朝、勝手に起動する健康情報モニター《HIM》。昨夜マサのノートを解読している最中に聞こえてきた耳を刺すような音。オンになっているべきときにオフになり、オフになっているべきときにオンになっているサニー。そして今度は簡単な命令を無視する……それなのにまだあのポンコツを完全にシャットダウンする方法がわからないし、そういう考えを頭から追い払う方法もわからない。常に爆撃を受けているようなものだ。それが長いあいだ続いていた。〝オフ〟のスイッチがなく、〝ミュート〟すらない――だが少なくともいまは海や砂、鮫、足をついばむ魚、よだれを垂らす犬、空から落ちてくる飛行機からは解放された。少なくともそれらのものからは自由だ。

「サニー！」

家の奥から、管理者の声に焦りを聞きつけて、サニーは……反応しない。

どうして呼ばれたのに来ないの？　ただちに反応するようプログラムされているはずだ。

聞こえないの？

スージーはもう一度叫ぶ。「サニー！」

一拍。

そして、

「はい、ミス・スージー。いま行きます」

数秒もしないうちにサニーが現れ、リビングルームにやってくる。グラスから顔を上げたオサナイが仰天した顔をする——これまで彼女から自宅にホームボットがいるとは聞いていなかった。

「あなた、ゼンにお風呂の温度をセットするよう頼まれた？」

「はい、ミス・スージー。いまやろうと……」

「やろうと？」

オサナイは口をぽかんとあけている。ロボットとの会話……こういうものの話は聞いていたし、〈イマテック〉の新製品について記事にしたこともあるが、まさかこれほど……

洗練されているとは思わなかった。

「それにノートはどこ？」

「ノート？」

「わかってるでしょ。それともダーク・マニュアルと言ったほうがいい？」

「ノートのことは何も知りません、ミス・スージー。ピンク・マニュアルのことを言っているのですね。わたしのオペレーティング・システムに問題があるなら、トラブルシューティングを参照してください、二十三から二十七ページ、そこに載っています……」

「ピンク・マニュアルがどこにあるかはわかってる。わたしが捜してるのはそれじゃないの」

オサナイはこれを全部記録しておくべきだと思う。鞄にもう一度手を忍ばせたら彼女は気づくだろうか。

「二階に行ってゼンのようすを見てきて。あの子に何か頼まれたらちゃんと対応しなさい」

ホームボットはなんの動きも見せない。

「わかった？」

「はい、ミス・スージー」

フクロウの鳴き声が聞こえる。スージーの家がある通りの角を曲がる前からその声は聞こえていた。これまでより大きく、動揺しているかのようだ。一羽、姿も見える。頭上を飛び、木から家へひらりと移動する。白い幽霊が通ったように。それはスージーの家の屋根の際《きわ》に止まって身を乗りだし、やがて起き直ったかと思うと、また身を乗りだす。だれを見ているの？　そこで何をしているの？

「あたしに用があるの？」ミクシーは言う。「だからそこにいるの、相棒？」

フクロウは、スージーの家に向かうミクシーの目を直視しているようだ。ミクシーはぶるっと身を震わせるが、不安を感じるのは自分が危機に瀕しているからではなく、もっと大きな何か、自分の存在よりはるかに大きな何かが起きている気がするからだ。そのとおりだと言うように、ほかのフクロウが低く悲しげに鳴きはじめる。その声は重なりあって、あたり一帯を覆う分厚く暗い雲のように空中に漂う。もしこれが世界の終わりだとしたら、フクロウたちはすでにそれを知っており、人間たちよりずっと先を行っていて、終焉の鐘を聞く用意ができていることになる。ミクシーはベルを鳴らす。

スージーの友人に会うのはこれが初めてで、彼女が頭を下げたとき、オサナイはその緑色のメッシュから目を離せなかった。まさしくここで何かが起きている。この家で展開されている物語の本質に迫り、詳細を記録しておく必要がある――新聞記事にはならなくても、ドラマ、あるいはエピソードがあり、驚くべき事態が進行しているのは間違いない。死からよみがえった少年、ほとんど人間のような知性を持っているロボット、緑という非常識な髪の色の女、そして勘違いでなければ、外に鳥が集結して大騒ぎしている。

ミクシーは友人を抱きしめる。伝えたいことがたくさんある。息子が帰ってきたことへの祝福の言葉、ハルトの死という恐ろしいニュース、外のフクロウ、自分の苦しい気持ち……

けれどもそこにゼンがいる、お風呂に入りたてで石鹸の香りがし、ピカピカに輝いている。すでにパジャマ姿だ。

「あなたのこと全部聞いたよ！　めっちゃ偉かったね！」ミクシーが勢いよく語りかける。ゼンはオサナイと同じくらい緑の髪にあっけにとられている。子どもでまだ偏見が少なく、気後れせずになんでも聞くことができる。

「超かっこよく見えるからだよ」というのがミクシーの雑な答えだった。ゼンはそれに心から同意して、満足そうにうなずいている。ぼくも髪に緑のメッシュを入れたいと言う。

全員でリビングルームに集まり、ゼンはまた母親のもとに直行する。これ以上は近寄れないほどぴったり寄り添い、スージーのにおいを嗅ぎ、小さな手を握られてほっとする。

「ゼン、あなたが前、表紙に絵を描いたノートがあったでしょ。そのノートのことで何か知ってることはない？　パパのものだったノート。でもあなたが表紙にすてきな絵を描いたよね、サニーの」

「うん、知ってる。表紙に絵を描いてってパパに頼まれた」

「ノートに何が書かれているか、パパは言ってた？」

「いま研究中のコードだって。でもよくわかんなかった」

そのときゼンはあることに思い当たる。ゼンの言葉を聞いてスージーとミクシーは大いに納得するが、オサナイはますます理解が及ばなくなって混乱した顔をする。

「パパはあの数字がまるで……」

ゼンは父の言葉を思い出そうとする。

「だれかが毒とかそういうので病気になったとき、たとえば蛇に嚙まれたときみたいに……そういうときこれを……パパは英語の言葉を言ってた……アンチ……なんとか」

「解毒剤《アンチドート》？」スージーが言う。

「たぶん、そんな感じ。思い出せないけど。病気の治療法みたいな」

〝だれかが病気になったとき〟

〝あるいは病気にされたとき〟

〝このコードが解毒剤になる〟

ついに何かが意味を成しはじめる。あのコードは、ホームボットに悪事をさせるためのものではなかった。マサは何も強要されていなかった。まったく逆のことをしていた。手出ししてくる連中を阻止しようとしていた。解毒剤。もちろん。あれはホームボットが豹変したり、悪意ある目的のために使われた場合の、新しいマニュアルの基礎となるものなのだ。悪用を阻止するための。マサを狙ったのがだれであれ、悪用目的でダーク・マニュアルを手に入れようとしたのではなく、それを破壊しようとしたのだ。存在そのものをなきものにしようとして。ゼンのノートだったダーク・マニュアルは、暗闇のなかから生まれたのではなく、光から生まれたのだ。

ミクシーは大胆にも自分でウィスキーを注ぐ――少なくとも神経を鎮めてくれるはずだ。バーで見た光景が繰り返しよみがえり、それを消すには海ほどのウィスキーと山ほどの粉が必要になるだろう。

いまそのことは話せない。子どもの前では。この子はもう充分恐ろしい目にあってきたのだから、アイスピックが突き刺さった目や邪悪なホームボットの話を聞く必要はない。

「すっかりきれいになってよかったね」ミクシーはゼンの顔をじっと見て、親との類似点を探す。スージーの生き生きした目を受け継いでいる。

「うん」ゼンはまだミクシーの髪に目を釘付けにしたまま答える。「最初に連れて行かれたところは、うんちのにおいがした」

オサナイが笑い、グラスのなかの氷がカラカラと音をたてて揺れるが、いまの言葉がミクシーの記憶を呼び覚ます。あることを思い出し、それが次々とほかの連想につながっていく。

「うんち？」

「背の高いおじさんに、うんちのにおいのする汚い部屋に閉じこめられたの。本当に汚かった。何時間もそこに閉じこめられた。それからおじさんの家に連れて行かれたんだ」

背の高い男。

クソのにおいのする場所。

まさか、うそ……本当に？

「そこでほかに何か見なかった？　どんな明かりだったか覚えてる？」

「電気は消えていた。真っ暗だったよ。でも天井に大きくて丸い照明がついてた。劇場とか……そんな感じの」

ナイトクラブの照明。不衛生なバーの照明。卑猥な〈ジャングル・ルーム〉の照明。

「スージー、ちょっといい？」

キッチンで息を詰まらせながら、ミクシーはいま思いついたことを吐きだす。偶然の一致が多すぎる。一連のできごとの背後にいるのはだれか、ミクシーは知っている気がする。その長身の男を知っている。知りすぎるほどに。そしてミクシーがその男のことを説明すればするほど、スージーも知っている気がしてくる。

スマホを取りだして、スポーツアリーナで撮った写真を見せる。

「この人?」

ミクシーはうなずく。頭が太陽をさえぎっていて顔ははっきり見えないが、男の特徴は充分にわかる。

「だれなの?」

「あたしにいろいろ……くれる人」

「いろいろ?」

「気晴らし用の……」

「くれる?」

「えーと……払うけど」

もやが晴れていく。ミクシーが通っているほかの場所についてわかってくる。彼女がどちらかといえば落ち着いた雰囲気のスポーツバーにしか行かないとは考えにくい。それにトイレから帰ってくると、しょっちゅう鼻の下に白い点々がついていた。気晴らし。なるほど、いまわかった。だれしもやり過ごすものが必要だ。でもその男は何者なの?

「〈ワオミライ〉で働いてる」

それでますます説明がつくようだ。

そこでオサナイがキッチンに呼ばれ、今度はボイスレコーダーのスイッチを入れるよう指示される。これからわたしたちが話すことをすべて録音し、それを世に出してもらう。間違いのないようすべて記録しなければならない。これは大きなネタだ。おそらくあなたの扱う最大のネタになるだろう。約束できる？

それからスージーを脅してアリーナから追い払った、バスケットボール選手のことを話す——彼の所属するセミプロのチームは〈ワオミライ〉がスポンサーだ。シャツにそう書いてあった。どうして気づかなかったのだろう？

これが何年もミクシーにドラッグを融通し、不快な人たちがいる不快な場所に彼女を連れて行った男の正体だ。彼女の男。

これがハルトのバーでスージーに嘘八百を吹きこんだ男、おそらくあのアイスピックを握らせた男だろう。ホームボットの仕業だと見せかけるために。

絶対にそうだ。人形遣い。サディスト。

二度目にスポーツバーで会ったときのことを思い出す。店を出ていくとき最後に悪意のある視線を向けてきた。最後の脅し。あの男によいところなどなかった、何ひとつ。

「オズだ」オサナイが唐突に言い、困惑した沈黙が続く。

女たちは彼の顔を見つめ、その言葉が無意味でないことを祈りながら説明を待つ。

「オズの魔法使いだよ」オサナイが言う。「常にカーテンのうしろにだれかいるんだ、糸を引いて。それもまったく予期していない相手なんだ」

そしてまた、スージーにひらめきが訪れる。

カーテン！

この数週間、スージーは通りの向こうに影を見ていた。揺れるカーテンの背後からだれかがこちらをうかがっていた。真向かいの家。うそ。まさかそんな。詮索好きな隣人にすぎないと思っていたのに、まさか……

35

フクロウたちは屋根に沿って並んでいる。門柱やフェンス、庭の塀に沿って並んでいる。どういうわけか増殖していて、想像を超える数が集まっている。森の奥や街に点在するひそかな隠れ家から来たのではなく、どこかの子どもの悪夢のなかからまっすぐ飛びだしてきたというように。おびただしい数のフクロウが集まって大集団をつくり、脅すようになっている。

これほど早くどうやって集結したのだろう？　どこから来たのか？　だれがこの大群に命じているのか？

そしてなぜ？

フクロウだけではない。

カラスも来ている。ワタリガラスをはじめとするさまざまな種類のカラスたちも合流し、騒がしく音をたて、耳をつんざくように鳴き、真っ黒な羽を忙しなく羽ばたかせている。

彼らは自分たちの存在を示すためにも、協力しにきているのだ。

そしてニシコクマルガラス。彼らの銀白色の虹彩に街灯の明かりが反射している。存在する鳥のなかで唯一、人間の目の動きを理解する鳥だ——あの赤い球体のことはどうとらえるのだろう。鳥の脳はどう計算するのだろう？

一羽のフクロウが屋根の上から向かいの家にさっと飛び移り、まっすぐ窓ガラスにぶつかっていく。家のなかでカーテンが揺れ、顔が現れる。彼らが予期していた顔だ。いまここにある悪の顔だ。その人間の目は、まっすぐに鳥類のそれを見ている。この邪悪な男は、いまこの狂気の瞬間にどんな恐れを感じているのだろうか、どんな思いがけない恐怖が彼の魂を襲っているのだろうか。彼はこんな事態をこれっぽっちも予想していなかったはずだ。あいだにあるのは一枚のガラスだけで、突然屈辱的なまでに無防備になる。

もう一羽のフクロウが最初のフクロウを真似て低空飛行し、同じように窓ガラスにぶつかっていく。バシッという大きな音が響きわたるが、ガラスはまだ割れない。もっと多くの仲間たちが叫びながら、けたたましく鳴きながら、羽を傾けて飛んできて、そのまま激突するまでは。

やがてひびが入り、ついにガラスが割れる。荒々しい鳥たちがいっせいにくちばしで襲いかかり、この永遠の罪の家のなかに入る道をつくる。そしてなかに入る。揺るぎない意思で。すさまじい力で。そこで震えている堕落した男にどんな惨事がもたらされるだろう。

彼らの憤怒はいまやどれほどに高まっているだろう？

　ゼンはバスルームで歯を磨いている。ずっとしていなかったことだ。歯磨きがこんなに嬉しいことだとは思わなかった。以前は文句を言っていたが、自分を身ぎれいにしてふたたび人前に出ても恥ずかしくない姿になれることが嬉しい。カメラがまだ自分を狙っていることはわかっている。まだ終わっていないことは。もはやこの世界を信じることはできないが、少なくとも心構えはできるし、排泄物《はいせつぶつ》にまみれる屈辱もない。だがゼンは、外の鳥たちには気づいていない——電動歯ブラシの音で外の騒音がかき消されている。そしてうしろにサニーが立っていることにも。いつの間にかバスルームのドアのわきにひっそりと立っている。頭の横の青いライトが激しく点滅していて、まるで燃えるように赤い目が光っている。ルシファーが潜む隠れ家を示しているように。

　ホームボットのサニー、かつてゼンがかわいがっていた機械仕掛けのペットが鼓膜をつんざくような甲高い音を発する。ゼンは歯ブラシを落とし、両手で耳をふさぐ。サニーは柔軟性のない手を伸ばして、少年の細い首を絞めはじめる。強く。絞めあげる。グリップが揺らがないのは、そうプログラムされているからだ。揺らがないのは……だれもホームボットに人が殺せると知らなかったのか？

　少年、ゼン・サカモトは弱々しく喘ぐ。何週間も家族の愛に飢えていたが、いまは酸素に飢えている。人生の非道さが、崩れ落ちそうな少年にくっきりと刻まれている。機械化された忌まわしいものの手で。

〝あのロボットたちがやがて反乱を起こすという説がある……自分たちにふさわしい地位を求めはじめるだろうと。ダーク・マニュアルにアクセスすれば、この動きを加速させることになる。ダーク・マニュアルは暗闇にあるべきだ。無視しろ。やつらを警戒させるだけだ〟

張りつめた音が続き、サニーの発する怒りを含んだ音が近隣の住民たちの耳をつんざく。驚いた人々が部屋の明かりをつけ、窓に幽霊のような顔がいくつも現れる。最初は興味津々で、それから心配そうに。

すべてのスイッチが入ったようだ。

〝ホームボットを再設定することの問題は、やつらが互いに信号を送りあっていることだ。ばかばかしく聞こえるだろうが、ホームボットがほかのホームボットに……助けを求めるところが確認されている〟

あらゆるマシンのモーターが音をたてはじめる。車のアラームがけたたましい音を発し、携帯電話が鳴り、健康情報モニターが求められてもいないアドバイスを告げはじめる。〝免疫系統が脅威にさらされているので、必須ビタミンとアミノ酸の摂取量を増やしてください。亜鉛のサプリメントも……〟

機械の指に力がこめられ、少年の首をいっそう強く絞めあげる。突然の激痛に襲われたゼンはどうにか悲鳴を絞りだす。それは、四方八方から聞こえる耳障りな音に耳をふさいでいた階下の大人たちにも聞こえるほどだった。

最初に悲鳴と、少年が壁に叩きつけられる音を聞きつけたのはオサナイだ。急いで階段を駆けのぼり、その場に急行する。ホームボットが硬直した腕を伸ばし、太い指で少年の細く白い喉を絞めあげている。ホームボットの頭が回転してオサナイのほうに向けられると、耳をつんざく甲高い音がさらに大きくなる。

ゼンはサニーの死の手にからめとられたまま、必死に足をばたつかせている。

オサナイはホームボットに体当たりし、ゼンをその手中から救うことに成功する。少年はバスルームを飛びだし、母親の腕のなかに飛びこむ。スージーは血が流れていないか、呼吸に問題はないか確認し、息子が無事でさらなる試練を逃れたことを確かめると、怒りが高まるままにする。この数週間、内側で溜まりつづけていた怒りがさらに膨らみ、大きくなり、いま頂点に達する。

スージーは準備万端だ。

スージーは覚悟ができている。

スージーはこれからの行動にすべてをぶつけたい。あまりにも長いあいだ耐え、我慢し、やり過ごしてきたが、もう終わりだ。今度は自分が戒めを解く番だ。スージー・タイムだ。

ゼンの部屋に野球のバットを取りに行く。これこそ真に求めていたもの、ずっと心から望んでいたものだ。決着をつけるために。あのいまいましいポンコツの息の根を止めるために。破壊する。消滅させる。永遠に。人類のために。理性ある人々のために。これこそ、この拷問のように苦しかった日々、スージーが真に望んでいたことだ。なぜこんなに時間がかかったのだろう?

〝ごめんね、マサ、でもその時が来たの。こんなにすばらしく洗練されたものをつくったことは賞賛するけれど、もう時間は尽きたみたい〟

怒れるアイルランド女はバットを振りまわす。エネルギーのすべて、身体のすべて、心、憎悪、愛、そう、過酷な状況を生き延びた息子への愛、行方知れずの夫への愛がこのしびれるような瞬間に注ぎこまれる。そしてあのシルバーのロボットを思い切り殴りつける。少しずつ力を加えながら、力のかぎりめった打ちにする。やがて、それは破片とスクラップ、ナットとボルト、回路基盤と煙をあげるシリコン、そして床一面、バスルーム一面に散らばるワイヤーになった。あたり一面に散らばっている。

スージーはバットを振りまわすワイルドな女だ。

手に負えないイカれ女《バットシット》だ。あのキレっぷり！

頭に血がのぼっている。

逆上している。

ちょっとした見せ物ができている。あちこちに散らばっているサニー。もはやサニーではない。もはやサニーは存在しない。あたり一面に散らばっている。沈黙して。もう耳をつんざく音は聞こえない。もう「ミス・スージー」とふざけた名前で呼ばれたり、ハーブティーやビーフシチューについて聞かされることもない。進歩は中断した。そう、進歩は中断している。進歩は……ない。

こんなに簡単だったのだ、結局のところ。

野球のバット。

怒り。

簡単なことだ。

これは、体育の授業で球技に参加できなかった少女から生まれた怒りだ。快活な十代のころ、スキップやダンスのほうが好きだった少女から。耳に心地よいメロディや、穏やかな祖父と何もない田舎道を歩くほうが好きだった少女から。胎児のような格好でソファに丸まり、ドローン・ミュージックで世界を閉めだして、その恐ろしさから逃げたいと思っていた女から。

これはすべて、大人になって息子を愛し、もうこの世にいないかもしれないと考えて胸が張り裂けそうになっていた女から生まれた怒りだ。けれども息子は生きていた。生きて帰ってきた。ふたりはふたたび互いを見つけた。二度と機械ごときにこの子を傷つけさせるものか。人間も同じだ。だれもふたりを隔てることはできない。ふたりを引き離すことは何にもできない。


野球のバット。

簡単なことだ。

そして内なる怒りの爆発。

その燃料はあり余るほどある……当然ながら。

憤り。

憤怒。

こんなに簡単なことだと、だれが思っただろう？　こんなふうに終わるとだれが思っただろう？

ドアを開けると、ミクシーは友人の家の一帯が鳥の大群に埋め尽くされている光景に出迎えられる。幼く純粋で怖がりだったころ、世界の滅亡を描いた漫画で読んだような禍々《まがまが》しい光景だ。いかにも不吉なことが起こりそうな空気に満ちている。

もちろんミクシーはもう幼くないし、純粋でも怖がりでもない。彼女が生きている世界もそうではない。ミクシーが生きているのは混乱、陰鬱、狼狽《ろうばい》の世界だ。これが何を意味するのか、ミクシーはわかった気がする。夜ひとりで歩いているとき、なぜ周囲の木々からホーという声が聞こえてきたのか、その理由を理解しはじめる。これは自然対反自然の問題だ。ピーッと音を発して光る、自然の摂理にそぐわない隠されたものに対して、本物の生き物たちが羽毛を逆立て、不満を示しているという問題だ。〝あたしたちのクソみたいなデジタル機器全部。あたしたちのデバイス。信号〟。動物たちは恐れている、そう、彼らはこれを恐れている。ここまではミクシーも予想していたし、目の前に広がる光景はその仮説と一致している。これを全部まとめて文字にし、科学的な研究、推論、論考として送れば、母を感心させ、場合によっては世に出せるかもしれない。池に棲《す》む両生類の話よりはおもしろいだろう。そう、フクロウたちは脅威を感じている。当然だ。そうにきまっているとミクシーは思う。彼らは自分たちが攻撃されていると感じている。だからミスター・フクロウと仲間たちは、今日という不愉快な日にここに集まったのだろう。世界における自分たちの存在理由は知らなくても、自分たちの尊厳をかけて戦うために。彼らは果てしない欲望と戦い、デバイスやマシン、ロボット、コンピューターが増えていく現実と戦っている。電波や放射線を出すこの手のものがかつてないほど増え、攻撃され苦しめられている。蒸気機関から人工知能の時代まで、何世紀ものあいだずっとそうだった。フクロウやカラス、危険なニシコクマルガラスたちが勢揃いして言い返すときがきたのだ――〝この星に生きているのはおまえたちだけではない〟――当然の反論だ。彼らの憤怒が収まる気配はない。秩序が再構築されつつあるこの日、彼らがそれを憎悪のうちに世界に向かって突きつけようとしているのだ。

そのときサイレンが鳴り響く。

パトカー。

消防車。

まだノイズが足りないとばかりに、さらなる不協和音が加えられる。車列の真ん中にいたノリコ・サカモトが車から飛び降り、スージーの揺れ動く家に入っていく。地震かもしれない。外にいても感じられるほどひどい揺れと、空に集まってけたたましく鳴く鳥たち。これまで何度も苦難を味わってきたこの土地にとって、これ以上の厄災は侮辱でしかない。

ノリコ・サカモトはさまざまなものを目の当たりにして、もう充分だと思ったようだ。手に持ったスーツケースがその証拠かもしれない。周囲で繰り広げられる光景を見て、あまりにひどいと思う。ここで止めなければならない。

「あなたも同じようにして」ノリコはどうにか適切なときに適切な英語を思い出し、義理の娘に言う。野球のバットを握って動揺している彼女をいぶかしげに見つめながら。

「同じように？」

「スーツケースを用意して。行くわよ」

ノリコ・サカモトが言いたいのは、世界がいよいよ崩壊しそうだということだ。いまみたいにさまざまな鳥たちが静かな住宅街に集まってくるときは、自分の頭がいよいよ本当におかしくなったか、世界が手に負えなくなったかだ。ノリコが言いたいのは、このところずっとみんなの頭にあったことだ——英語のフレーズは知らないが——もううんざり、だ。

ノリコは新たなスタートを切りたかった。再出発だ。長年にわたって培った知恵が彼女にそう告げており、スージーにもはっきり言うつもりだった。彼女を立ち止まらせて聞いてもらわなければならない。どの言語であれ、もっともわかりやすく伝えられる言葉で伝えなければならない。ノリコ・サカモトはまだ一度もアイルランドに行ったことがなく、その事実を変えるのにいまが絶好のチャンスだと思っている。スージーやゼンとともに、この町にとどまったとして、どんな希望があるだろう？　この町はわたしたちを手ひどく裏切った。ここは安全で住みやすく、聡明な少年が成長し、立派な大人になって成功するのを見届けられる町だったはずなのに、犯罪が起きるのを許してしまった。これで終わりかどうかもわからず、さらに待ち構えているかもしれない。次の角を曲がったところに、何が潜んでいるかだれにわかるだろう？　テロの脅威、罪のにおい、信用できない人々による逸脱行為、当てにならないテクノロジーからは距離をとったほうがいい――どれがよりひどいのか、ノリコには判断できない。

かつては閑静だった郊外の住宅街に、テレビカメラが鳥類たちの狂乱の図を撮りにやってくる。何かが起きると、彼らは常にたちどころに、公表される間もなく察知する。第六感が備わっていて、予知ができるのだろう。そしていまもここに、ざわざわ、がやがやと集まっていて、これまでになく興奮している――こんな光景を見るのは初めてだ。自分たちの目が信じられないし、耳もふさぎたいが、記者として関係者の顔の前にマイクを突きださないわけにはいかない。

敵をひとり倒して自宅を出たスージーは、もうひとりの敵はいないかと血走った目であたりを見まわす。だがすぐに、彼女の姿をとらえた最初の人間になりたい飢えた記者につかまる。

「あなたのご主人？　彼がこのマシンをつくった。鳥たちがおかしくなってる」彼はためらいがちな英語で言いながら、スージーの鼻の下までマイクを突きだしてきて、それが上唇に当たってしまう。

「そうよ、彼がつくったのよ」スージーはきっぱり答えると――自分の言葉からアイルランドのアクセントが聞きとれる。抑揚が戻っている――手の甲でマイクを払い、風で羽毛が蠢《うごめ》く地面に叩き落とす。

「でもこんなに堕落したのは夫のせいじゃない」スージーは言う。「全然夫のせいじゃない」

〝全然《アット・オール》〟という音は十年か、十五年前と同じ響きだ。ハイベルノ（アイルランド）英語のイントネーションを取り戻し、感覚が呼び戻される。

袖をまくりあげる。

記者は慌てて落ち着きを取り戻そうとするが、それ以上質問したり当てこすったりするチャンスを失う。目論見を一蹴され、うろたえてあとずさる。

彼は恐怖を持ってスージーを見つめる、少しの畏怖とともに。

「でもだれの責任かは知ってる」スージーは言う。「お望みならそのカメラをまわしてもいいわよ。おもしろい見ものになりそうだから」

スージーはマサのバットをもう一度振りまわし、向かいの家に駆け寄っていく。

ここが揺れるカーテンの家だ。

ここが新たに誕生した邪悪なオズの家だ。舞台裏からものごとを操り、スージーを監視し、嘘をついた魔法使いの家だ。いまそのドアは鳥たちの襲撃で破られていて、なかに入るのになんの支障もなくなっている。

意気揚々と入っていく。エネルギー、汗、アドレナリンに満ちて。

そしてそこにコウダイ・キムラがいる。悪意を持って襲いかかり、頭をつつきまわす三羽か四羽の鳥を追い払おうとしている。顔は汗まみれで切り傷から血を流しながら、これ以上引っかかれないようはたき落とそうとしている。

スージーが近づいていくと、鳥たちは突然動きを止めて散り散りになり、ショックで呆然としたキムラがあとに残される。立っていることもままならない状態で、次のいっそう暴力的で、いっそう無情な相手と向きあうことになる。

スージーはまず、部屋に並んでいるコンソールをはじめとするさまざまな機械類をバットでめったうちにする。こうやってキムラはコントロールしていたのだ。このあたり一帯に信号を送り、この隠れ家からサニーを遠隔操作していたのだ。賢い。だが卑怯《ひきょう》だ。もっと言えば、卑劣きわまりない。けれどもこれ以上わたしには通用しない。もううんざりだと言ったらうんざりなのだ。スージーは壊しに壊しつづけて、破壊された機器の列を見て満足する。あとすべきことはひとつだけだ。ふたたび夫のバットを持ち上げて振りかぶる。細い腕は疲れ果てているが、怒りがそれを支え、復讐心で持ちこたえる。バスルームでホームボットを叩き壊したときに怒りは頂点に達したと思っていたが、まったくそうではなかった。怒りは残っている。憤怒は高まっている。二カ月余りにわたる怒りが蓄積されている。積み上がっている。行方知れずの夫。かわいそうな夫、間違いなく死んでいるだろう。彼の代わりにこの邪悪な男が地球に残ったのだ。この卑劣で卑《いや》しむべき生き物が、自身の卑劣な会社ためにマサのプロジェクトの信用を失墜させる仕事を引き受けたのだ——彼はいったい〈ワオミライ〉でどんな役割を担っているのだろう？　株主？　ただの手先？　騎士《ナイト》？　それともならず者《ネイヴ》？　卑劣、それは間違いない。罪のない人々の生活がめちゃくちゃにされたのだから。息子はこの謀略に巻きこまれ、悪意と裏切りというクモの巣にからめとられた。それは何カ月もかけて葛《くず》のように延び、育ち、広がっていき、あらゆるものの息の根を止めた。生き物たちの息の根を止めた。いま初めて出口が与えられた。スージーがそれを開け放つときだ。

「夫はどこ？」

「死んだ」

「遺体はどこに？」

　コウダイ・キムラは答えない。視線は下のほう、床に向けられている。

「ゴトウってだれ？」

　言葉は返ってこない。痛みに喘ぐだけだ。胸が痙攣している。顔から熱い血が滴り、破片や残骸の上に落ちる。

「ゴトウよ。彼に入れ知恵されたの?」

「違う。ゴトウに……」

キムラは頭のなかを探って英語のフレーズを見つける。

「……この責任がある」

「どういうこと?」

「彼が突き止めたんだ……われわれの計画を。それをおまえの夫に伝えた」

「そして彼を殺した?」

キムラは顔の傷から流れる血をぬぐう。

「いや。もう死にかけていた」

「じゃあ、わたしの夫は? わたしの夫はどうしたの?」

さらに血が滴る。汗もだ。そして苦痛の——それとも敗北の?——涙がキムラの傷だらけの頬に流れ落ちる。

フクロウたちが部屋に集まっている。数が増えている。多くのフクロウたちがやってきてじっと止まっている。キャビネットの上に。壊れた機材の上に。空いているスペースに。キムラをにらみつけている。そして待つ。彼らには忍耐力がある、限りない忍耐力が。その忍耐強さを見ていると、しだいに困惑してくる。そこにとどまって何時間でも待てる。そ機をうかがっている。指示を待っているようにも見える。彼らは生まれつき疲れを感じない。足の運びが遅くなったり、気分が落ちこんだり、頭が痛くなったり、だるくなったりしない――夜が近づいてきたいまこそ彼らが行動し、活発になり、同時に警戒するときだ。準備は完全に整っている。

「あなたひとりじゃないはずよ。息子が〝あいつら〟って言ってた。〝あいつらがパパを痛めつけた〟って」

キムラは恐ろしげなフクロウを見やり、また襲われるのではないかと不安になる。あの先が曲がった硬い鉤爪で目をえぐられる――ボロ雑巾のようになるまで引き裂かれる。ズタズタに引きちぎられるはずだ。キムラの心臓は恐怖で膨れあがる。

「彼はどこ？　わたしの夫はどこにいるの？」

長身のバスケットボール選手、かつての堂々としたアスリートは、完膚《かんぷ》なきまでに叩きのめされ、いまや空っぽでうつろな抜け殻と化している。内臓が、魂そのものが抜き取られたように。痛々しげに膝をつき、最後になるであろう言葉をつぶやくことしかできない。

「海だ」

その瞬間……その瞬間に……スージーは動きを止める……思ったのは……このバットで……スージーが望んでいるのはこういうことだ。最後に怒りを解き放つ。信頼できる道具になったこのバットを振りまわす。このすばらしい武器、これほど好きになるとは思わなかったアメリカ由来のこの製品で彼の顔を芯からとらえ、鼻を粉々にし、いっそう血まみれにし、彼の脳が床に飛び散り、もはや計算することも陰謀を企むこともできず、電気の力で生き延びてだれかを操ることができなくなるのを眺める。

　これが、ほんの一瞬ながら、スージーが――ほとんどよだれを垂らしそうになって――思い描いたことだ。

　けれども行動には移さない。これはスージーの役目ではない。この男を断罪するのはわたしではない――というよりすでにこの男は断罪されている。スージー・サカモトは処刑人になるつもりはない。堕落したホームボットや、彼の邪悪な機材を粉々に粉砕したが、それだけでもう充分だろう。だがこの男、目の前にいるこの男はすでに半分死んでいて、すでに半分向こう側に行っている。この男の息の根を止めるのはまったく別の問題だ。それはスージーの役目ではない。自分よりずっとずっと大きなものの仕事だ。もっと上の秩序の、これまでの恨みを晴らそうと躍起になっている自然の秩序の仕事なのだ。彼らに任せよう。彼らの戦いを戦ってもらおう。そう、スージー・サカモトは処刑人ではない。

　だからうしろに下がる。

　わきに寄る。

　ゆっくり考えてみよう。腰を下ろして、自らの手で制裁を加えるか、彼らの、野生の流儀に任せることのメリットとデメリットを考えよう。そうだ、背を向け、自然の歴史の一ページたるこの狂気の瞬間に委ねるのがいちばんだ。

もう一度必要とする日が来るだろうかと思いながら、床にバットを落とす。鳥たちがスージーのほうを見る。言葉を待つ。何カ月も彼女を待っていた。合図を。彼らにとって唯一意味のある合図だ。ピーッという電子音ではなく、着信音ではなく、いたるところにあるデジタル製品から放たれる息苦しいほどの雑音とはまったく異なるもの。あれはただ気が散るだけだった。彼らはずっと、自分たちを自由にしてくれるひとりの人間の声を待っていた。こうやって境界線を越え、人間の活動範囲に侵入してもいいと教えてくれる声を。そうすることで、長年受けていた被害に対してある種の正義を回復させることができる。

鳥たちのほうを見ると、彼らの野生の筒状の目がスージーに向けられている。準備万端整っているように、羽をわずかにばたつかせる。〝あの言葉を言って、早く〟。彼らの古代から変わらない眼差しが訴える。

そしてスージー・サカモト、日本在住のアイルランド女、夫を亡くした酔っ払い、母にして戦士、そしてどういうわけかこの瞬間、奇妙なことにこの野生の王国の支配者になった女は、自分自身にうなずくと同時に、期待に満ちて静まり返った部屋に向けて、威厳にあふれ、確信に満ちた声で言う。

「いまよ」

鳥たちはいっせいに男の上に舞い降り、我先にと肉のかけらを求め、敵の血を味わおうと躍起になる。血が勢いよく吹きだし、壁に血しぶきの忌まわしい絵が描かれ、破壊された機器のダイヤルやスイッチに降り注ぐ。その結果生じたくすぶる煙は、その試みが失敗で間違っていたという事実だけを告げている。彼らは彼をしっかりとらえ、頭の右側だけでなく、左側も中央もつついてこじ開け、生きた人間の顔を構成している骨を一本残らず砕いていく。目の前で繰り広げられる恐ろしい光景を見つめながら、なんと脆いのだろうとスージーは思う。なんて簡単にばらばらになるのだろう。鳥たちはつつき、引っかき、噛みつき、引き裂き、生命そのものを削り落とそうとする。ズタズタに引き裂かれた男から命の火が消えたとき、鳥たちはすぐさま皮膚を突き破り、血が滴る肉や骨を食い尽くす。血の通った人間の終焉を祝い、自分たちの世界を正すことで、不名誉な章を締めくくる。

悪人の最期の息が絶えたとき、スージーは自分が手を下したかのようにその場にへたりこむ。命令を下しただけでなく、その腐った王国に自身が終止符を打ったように。

警察は、決して書くことのない記事のために鳥獣保護管理法について無駄な質問をする狡猾なオサナイによって長時間引きとめられたのち、ついに現場に踏みこむや、この恥辱の家の内部を見て愕然《がくぜん》とする。こんな光景はだれも目にしたことがなかった。これからもないだろう。

スージーが自己弁護をする必要はなかった。必死に無実を訴える必要はない。自白しなければならないことは何もない。警察は捜査を続ける根拠を何も持っていない。死体は徹底的に荒らされ、食い尽くされ、あとには何も残っていない。

警察が現れた瞬間に、入ってきたときと同じように鳥たちが慌ただしく去っていく。ドア口から、粉々になった窓から、自分たちのものである夜と自分たちの巣へ。またこれからも同じことが起きるだろう。さらなる戦いが彼らを待ち受けているはずだ。彼らが自分たちの世界を守ろうとし、人間たちが彼らを怒らせつづければ。彼らがまたこのように侵害されれば、同じことが繰り返されるだろう。それに疑いの余地はない。ミクシーなら、彼らは手いっぱいになりそうだねと言うかもしれない。

スージーは深呼吸する。倒壊した家をあとにして外に出ると、肺いっぱいに空気を吸いこむ。空気はまだそこにある。まだスージーを包みこむ。冷たいが爽やかな十月の空気だ。生きるのに必須のもの。それはまだ全部そこにある。この二カ月余りのあいだ、空気が自分から去っていくか、自分が空気から去っていく気がしていた。けれどもそうではなかった。空気はまだそこにある。スージーのまわりに。体内に届き、スージーを動かしつづけてくれる。そしてまだわたしはそこにいる、まだここに。目の前の光景を見つめながら、スージーが思ったのはそれだ。いまもここに。これだけのことがあっても。苦しみや多くの障害があったにもかかわらず、この異国の地で、アイルランド女として、わたしは持ちこたえている。

ゆっくりあたりを見わたす。大混乱。これに説明をつけようとし、物語を見出そうとし、必死に原因を、意味を探そうとして、人々が右往左往している。次はどうする？

まったくだ。

次はどうする？

これだけのことがあったあとで。

これから何をするか、どこへ行くか、どうやって、どこから考えればいいのだろう？

記者たちが何かつかもうと、記事の裏付けとなる事実や根拠を求めて走りまわっている。警察は混乱し、戸惑った顔でうろうろしている。見物人や野次馬、詮索好きな隣人、静かに興味を持っている人と興奮しきっている人、そういう人々が勢揃いして、目の前で繰り広げられる常軌を逸したドラマに落ち着きをなくしている。ほら、洗濯中の女性までいる。洗濯物を入れたカゴを足元に置き、どうしてこの獣たちは自分の平和な領域を包囲しにきたのだろうといぶかしく思っている。スージーは彼女に会釈する。挨拶でもあり謝罪でもある。隣人も目をすがめたりうすら笑いを浮かべたりせず、真剣な表情でうなずき返す。会釈にはすべてが織りこまれているようだ。敬意はこめられているが距離は保たれ、礼儀正しいが抑制的で、それだけで充分なものなのだ。おそらくこれが、ふたりの交わす最後の会釈になるだろう。

次はどうする、次はどうする？

それが質問なのか？

それが今後、記者たちが尋ねてくる質問なのか？　警察が尋ねてくる質問なのか？　それに家族が？　息子や義母が？　それが彼らの口から出てくる質問なのか？

次はどうする？

いつの間にかゼンが隣にいて、スージーを見上げている。彼の言葉は聞こえないけれど――仕方がないことだが、みんな耳がよく聞こえなくなっている――こう聞いているのだと思う。

次はどうする？

そしてミクシーも。

オサナイも。

彼らの目もそう言っている。これからどうするの、スージー？　ここからどうやって立て直すの？　そしてこれからどこに行くの？　次はどうする？　次はどうする？

〝ミス・デッドハート、名前を変えることは許されません。あなたの名前はスージー・サカモトです〟

〝けれども二度とあなたを「ミス・スージー」と呼ぶ人はいないでしょう〟

でも次はどうする？

まずは、海にいる夫をきちんと弔いたいと言おう。海の底を流れる潮や波にすべてをゆだねて永遠に漂わせてあげよう。そこで安らかに眠るはずだ――スージーはいまそう確信している。夢のなかにいるように、上で起きている混乱や騒音からはるか遠いところで、静かな引き波に揺られ、優しい寄せ波に乗って漂っている。

義母に言われたとおり荷造りをして、一緒にここから逃げだそう。一緒にいて心地よく慰められる、この家族と肩を寄せあって、この危険な場所から離れよう。少なくともしばらくのあいだひと息つこう。そうだ、それがいい。

もうソファに這っていって、ボールみたいに丸くなったりしない。世界が終わるのも待たない。そんなにしたければ戦争をすればいいし、戦争ではなく脅しを続け緊張を高めたいだけならそうすればいい。何度でも。わたしには何も影響しない。なんの関係もないし、一ミリも関心を払わない。自分はただ、子どもが一人前の人間になれるよう手助けするだけだ。善良な人間に。ものごとを正そうとする人間に。夫がそうだったように。自分のように。

息子にいろいろなことを教えよう。話をしよう。可能性を与えよう。一緒に歩き、相談にのろう。そして相談にのってもらおう。いつ気をつけて深く考えるべきか、いつ緊張を解いて、人生がときどき差しだしてくれる目もくらむほどの喜びに浸って踊るべきかを学ぼう。

もうドローン・ミュージックは流さない。代わりにマサが恥ずかしげもなく好きだと公言していたジャズ風の軽い音楽をスピーカーで流そう。彼が現代の傑作だと力説していたひどいポップソングでもいい。身体を揺らして踊り、否応なく加わったゼンと一緒に笑おう。


そして子宮部屋はいらない。もう必要ない。

大量の酒もいらない。もう必要ない。

もうひとりでは歌わない、妙なバーで妙な歌は歌わない。これから歌うのはデュエットかそれ以上、ふたり以上だ。家族で歌うか、合唱団をつくってもいい。人と一緒にいよう、この人たちと、一緒にいたがってくれるこの人たちと。

ゼンの髪に緑のメッシュを入れよう。そうだ、毛染め剤を買ってわたしがやってあげよう。ゼンの新しいおばに敬意を表して。これはたったいま思いついたことで、ばかげているかもしれないが、絶対にそうしよう。この土地を象徴するものになるはずだ、いつかきっと帰ってくるこの土地の。わたしはこれからも兆候を探して、その意味を読みとろうとするはずだ。緑のメッシュ、いいんじゃない？

日本の友人を散歩に連れて行こう。祖父と歩いたのと同じぬかるんだ小道を一緒に歩こう。心を軽くし高揚させるために、祖父が歌っていた歌を思い出しながら。そしてブラックベリーの茂みのかたわらで、ある爽やかな秋の日、ミクシーの唇にねっとりしたキスをする。激しく、悪びれもせずに。仕返しだ。彼女が忘れないように。そしてふたりの身に起きたこと、どうにか乗り越えたことをすべて忘れないために。

〝人生はまだ続いている……大切にしなければならない〟

そして、ストレスがたまった日、あるいは毎日の生活が耐えがたくなったとき、デジタル機器に激高させられたり、静かな自宅でピーッというけたたましい電子音に眠りを妨げられやっと確保した瞑想の時間を邪魔されたりしたときは、静かに、淡々と、訳知り顔に、きっぱりと、確信を持って手を伸ばし、その血の通わないもののスイッチを切るのだ。

著者あとがき

この小説はもともと『ダーク・マニュアル』というタイトルだった。「マニュアル」という言葉を使ったのには、それなりの理由がある。もし周囲で戦争が勃発《ぼっぱつ》しそうになっているなら（ロボットが原因の厄災ならなおのこと）、あるいは精神が崩壊する瀬戸際なら（悲しいことだが、想像以上によくあることだ）、本書に書かれた手順に適切に従ってほしい。細心の注意を払って、ひとつの手順も飛ばさないでもらいたい。守らなかった場合、あなたに悪い影響が及ぶ可能性があるからだ。この本を読むことで、あなたの命が救われますように。

さらに、すべての機械やデバイス等々（冷蔵庫は除いてもいいかも）の電源を完全に切ってから寝室に向かうようにしてください。そのあともう一度戻って、ダブルチェックすることも忘れずに。あなたが何も知らずに安らかに横たわっているとき、寝室に何が――どんな欲望を持って――忍びこんでくるかわからないのだから。

警告しましたよ。

訳者あとがき

本書は、日本在住のアイルランド人作家コリン・オサリバンが、近未来の日本を舞台に描いた小説であり、著者初の邦訳作品である。

アイルランド出身の主人公スージー・サカモトは、ロボット工学者の夫マサ、八歳のひとり息子ゼンとともに幸せな毎日を送っていた。夏のある日、マサがゼンを連れて韓国への出張に出かけることになり、スージーはふたりを空港まで送り届けた。ところが、その後、警察官が自宅を訪ねてきて、ふたりの乗った飛行機が墜落したと告げられる。

二カ月余りたってもふたりの消息は不明で、スージーはひとりぼっちの家で毎日悲しみに暮れていた。日本語がおぼつかず、親しい友人もほとんどいない。恐ろしいほどの孤独にさいなまれるスージーだったが、家にはマサが開発した家事サービスロボットで、商品名〈ホームボット〉のサニーがいた。サニーは掃除や料理といった一連の家事をこなし、話し相手にもなる超優秀なロボットだ。だがスージーは、はじめからどうもこのロボットを信用できなかった。なにかと話しかけてくるのもうっとうしく、電源を切ってしまいたいけれど、なぜか朝になると必ず動きだす。サニーとふたりきりで家にいるのが耐えられなくなったスージーは、夜になると、以前夫とよく行っていたスポーツバーに通いつめるようになる。そこで知りあったミクシーという若い女性から、ホームボット本来の目的とは異なる使い方が記された「ダーク・マニュアル」なるものがあると聞く。それを手に入れられれば、サニーを永遠に黙らせられるかもしれない……。

スージーが住む近未来の日本は、自動運転の電気自動車が街を走り、家では家事サービスロボットがほとんどの家事をやってくれる、世界でも最先端のテクノロジーが発達した社会だ。その一方で、外国人に対する偏見は根強く残り、電車のなかでじろじろ見られたり、通りで「ガイジン」と吐き捨てられたりすることもある。便利ではあるものの、閉鎖的な社会にひとり取り残され、スージーはアイルランドへの望郷の念を募らせていくが、不穏な動きを見せるサニーと向きあう必要に迫られるのだった。

異国の地で突然家族を失ったスージーの最大の味方になるのが、スポーツバーの常連客ミクシーだ。髪の色は緑で、ドラッグを嗜み、世間の常識にはとらわれない。持ち前の陽気さで悲しみに打ちひしがれるスージーに寄り添い、明るいほうへ導いていく。中盤まではどちらかというとスージーの嘆きが中心に綴られるが、以降は奔放なミクシーと生真面目なスージーが徐々に距離を縮めながら、「ダーク・マニュアル」の謎に迫っていくようすがスリリングに描かれ、思いもしない結末を迎える。

なお、作中スージーがカラオケで歌う『鉱山のダイヤモンド』は、『ハレルヤ』で有名なカナダのシンガーソングライターで詩人のレナード・コーエンによるものだ。

本書『サニー』は、AppleTV＋でドラマ化され（製作は『エブリシング・エブリウェア・オール・アット・ワンス』や『関心領域』などアカデミー賞受賞作を連発しているA24）、二〇二四年七月から配信が開始されている。スージーは本作で製作総指揮も務めるラシダ・ジョーンズ、マサはハリウッド初進出となる西島秀俊が演じ、ジュディ・オングや國村隼がさすがの存在感で脇を固めている。なお、ドラマのほうは、スージーがアメリカ人で舞台は京都、俳優のＹＯＵがヤクザの跡取り娘の役で出演しているなど、ところどころ原作から改変されている。サニーの造形もかわいらしく、あれこれ比べてみるのも楽しい。なによりレトロフューチャーというかシュールというか、昭和歌謡にのせた日本社会の描き方が興味深い。ドラマも小説も楽しんでいただけたら幸いだ。

著者のコリン・オサリバンはアイルランドのキラーニーで生まれ、現在は青森県在住だという。一年の予定で来日したところ、日本人女性と結婚し、二十年以上にわたって英語教師をしながら執筆活動を続けている。二〇一三年に故郷のキラーニーを舞台にした *Killarney Blues* でデビューし、同作品でフランスの優れたミステリー作品に贈られるミステリー批評家賞（翻訳作品部門）を受賞した。二〇一八年に上梓した本書と同じく日本を舞台にしたディストピア風小説 *The Starved Lover Sings*（二〇一七）や、おとぎ話の主人公のきょうだいに焦点を当てた子ども向けの短編集 *The True Story of Binderella and Other Secret Siblings*（二〇二二）など、現在までに六作の著作を発表している。アイルランドを代表する劇作家サミュエル・ベケットの大ファンで、幼いころから詩や物語を書きつづけてきたそうだ。

　著者あとがきにもあるように、本書はもともと『ダーク・マニュアル』というタイトルだったが、ドラマ化にあたり、『サニー』に改題された。本作はハリウッドでドラマ化されたが、そのハリウッドでストライキが行われたのも記憶に新しい。生成ＡＩ技術を使った脚本の作成、俳優の映像の複製、エキストラの代替など、ＡＩ利用の問題が争点のひとつだったことを考えると、なんとも皮肉に感じられる。

　現在のわれわれの生活でも、お掃除ロボットなどＡＩを駆使した電化製品はすっかりおなじみになっているし、ChatGPTなどのＡＩツールもますます進化している。ＡＩとのつきあい方、自然との調和のあり方を考える必要に迫られるなか、本書『サニー』が少しでも思いを向けるきっかけになれば嬉しく思う。

二〇二四年八月

訳者紹介　堤 朝子

東京都出身。英米文学翻訳家。主な訳書にマクロスキー『弔いのダマスカス』、クワーク『ナイト・エージェント』、スローター『プリティ・ガールズ』(すべてハーパーBOOKS)、ミッチェル『踊るドルイド』(原書房)など。

ハーパーBOOKS

サニー

2024年9月25日発行　第1刷

著　者　コリン・オサリバン

訳　者　堤《つつみ》 朝子《あさこ》

発行人　鈴木幸辰

発行所　株式会社ハーパーコリンズ・ジャパン
東京都千代田区大手町1-5-1
04-2951-2000 (注文)
0570-008091 (読者サービス係)

印刷・製本　中央精版印刷株式会社

定価はカバーに表示してあります。

ISBN978-4-596-53197-1